蘇

英文文法一點靈

各點擊破文法盲點　治療陳年文法痛

學文法學半套?

Little和Small都是形容詞「小的」,
你知道little money和small money意思大不同嗎?

When和While都是連接詞「當…的時候」,
你知道它們連接的子句,有「干擾事件」和「背景事件」之分嗎?

每次考每次錯!

不是看到ly結尾的字就是副詞

不是動詞之後動詞就一定是加to或-ing

本書特點

- **目錄直接羅列常錯的文法問題,一目瞭然,即查即看**
- **解析力求減少專有名詞的使用,簡單扼要,一針見血**
- **每單元附大小考試必考題型:填充、選擇、翻譯加詳解,重點練習,突破盲點**

《英文文法一點靈》專治英語學習者最容易混淆以及大小考試每次考每次錯的文法。目錄直接羅列常考常錯的文法問題,解析力求減少專有名詞的使用,每單元並附大小考試必考的題型加詳解,幫助讀者擊破發霉文法盲點,搞定陳年文法病痛。

作者序

雖然現在從事英語教職，但在高中時期，也曾經歷過英語學習的「撞牆期」。當時除了課堂上的學習外，亦買過相關的英語參考書籍，希望能釐清一些學習上的盲點。然而，可能是資質駑鈍之故，被書上「完全及物」、「不完全及物」等一大堆專有名詞以及複雜的文法規則闡述弄得一個頭兩個大，而原本不明白的地方還是不明白。

有幸出國唸書後，發現文法的學習可以不需使用層層疊疊的文字結構來死記硬背，而是可以在閱讀大量文章後，由其中發現語言規則，再進而歸納掌握；此時再回頭閱讀當年的文法書，便覺得豁然開朗。

有鑑於過去的學習經驗，本書在編寫時盡可能減少文法專有名詞的使用，期望以例句和簡明易懂的語言來幫助讀者理解文法的規則。此外，書中的單元多為易出錯混淆的文法概念，希望讀者在閱讀後，對於這些文法的要點使用能更為得心應手，未來在使用該文法時，準確度也能因此有所提升。

最後，本書的完成有賴於編輯們的協助和包涵、家人和朋友們的支持與鼓勵，並特別感謝外籍友人 Camelia Panitcherska 擔任本書的顧問，在此謹致謝忱。

編 者 序

學文法學半套？

Little 和 Small 都是形容詞「小的」，你知道 little money 和 small money 意思卻大不同嗎？When 和 While 都是連接詞「當…的時候」，你知道它們連接的子句，有「干擾事件」和「背景事件」之分嗎？

每次考每次錯？

不是看到 ly 結尾的字就是副詞，也不是動詞之後動詞就一定是加 to 或 -ing。文法本來是整理出來幫助學習一種語言的，如果沒有真正對其中微妙之處加以區辨，永遠都東學一點西漏一點，也永遠都差那麼一點。

一點就靈！

這本《英文文法一點靈》的 48 個單元，都是針對英語學習者最容易混淆以及大小考試每次考每次錯的文法詳加解說，不使用艱澀的專有名詞，適合各種英語程度，想要精進辨析特定文法觀念的讀者。每單元並附大小考試必考的題型 (填空、選擇與翻譯)，藉相關重點練習，幫助讀者一一搞定文法疑難雜症。

天靈靈，地靈靈，想要擊破文法盲點，治療陳年文法毛病，不用施魔法也無需下咒語，先看看《英文文法一點靈》吧！

倍斯特編輯部

目次 CONTENTS

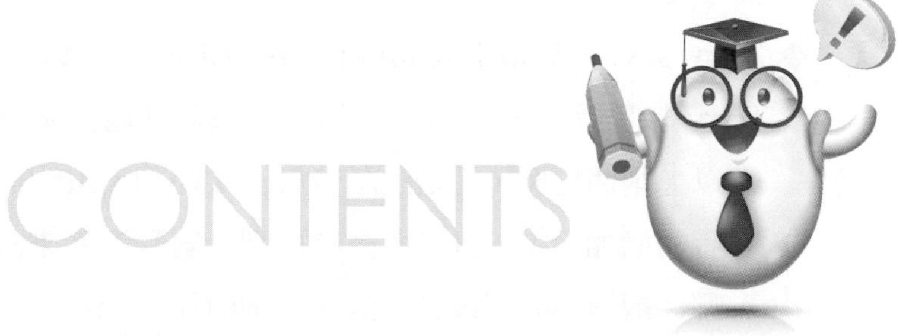
CONTENTS

1 UNIT

名詞前面到底要不要加“the”或“a”呢？

名詞（Noun）前是否需要加“the”或“a/an”，需視名詞的屬性來做判別：

(A)在大部分的情況下，**可數的單數名詞**（apple，cat，dog）前，必須**加“the”或“a/an”**：

1. 當所提的人／事為**新資訊**時，則在該名詞前加“a/an”；倘若之後**又提及該人／事**，則需在該名詞前加上“the”。

◆ I had **a pancake** and **an egg** for breakfast. **The egg** wasn't very nice.

說話者第一次提到 pancake 和 egg，對聽話者來說是個新資訊，故用“a/an”

這裡說話者使用“the”，因為聽話者已經知道是哪個 egg 了（非新資訊）

多看看幾個例句：

◆ I wore **a shirt** yesterday. **The shirt** was bought by my mother.
我昨天穿了一件襯衫。那件襯衫是我母親買的。

◆ Terry saw **a film** last night. **The film** was about a love story.
Terry 昨晚看了一部電影。那部電影跟一個愛情故事有關。

→ 以上兩個句例，都是說話者第一次提到 shirt 和 film 時，在兩者前面加上 a；但之後再次提到，對聽話者來說，已經知道是哪件襯衫與哪部電影，故在名詞前加上 the。

2. 當所提的人/事**沒有限定**時，則在該名詞前加上“**a/an**”；倘若所指的人/事**有特別限定**時，則需在該名詞前加上“**the**”。

◆ Joe bought **a jacket**.

Joe 買了一件夾克。→沒有特定哪件夾克，說話者只是提到有這麼一件事。

◆ Joe bought **the jacket** he saw last week.

Joe 買了他上禮拜看到的那件夾克。→限定是 Joe 上週看到的那件夾克。

3. 當說話者與聽話者**同處一個相同環境**，兩者都知道彼此所指為何時，那麼即使第一次提到某人／物，仍在該名詞前加上“**the**”。

◆ Can you close **the door**, please?

可以請你關門嗎？→兩人同處一室，聽話者知道說話者所指的是哪個門。

◆ Did you see **the delivery man** this morning?

你今早有看到那個送貨員嗎？→兩人的送貨員為同一人。

(B) 當提到**複數可數名詞**（apples, cats, dogs）或**不可數名詞**（education, music, coffee）時，是為了表達一個**普遍**、**非限定的概念**時，該名詞前**不需加“the”**；**反之**，倘若這個複數可數名詞或不可數名詞是有特定的話，則**需加“the”**。

◆ I like to eat **vegetables**.

我喜歡吃蔬菜。→任何一種蔬菜，沒有特定。

◆ I like to eat **the vegetables** from Mr. McDonald's farm. They are very fresh.

我喜歡吃 McDonald 先生田裡種出來的蔬菜。他們非常新鮮。

→限定是 McDonald 先生田裡的蔬菜，而不是隨意的蔬菜。

◆ **Salt** is very important for cooking.

鹽對於烹調很重要。→沒有限定什麼鹽

◆ Could you pass **the salt**, please?

可以請你遞一下鹽嗎？→說話者指的是桌上的鹽

(C) 某些特定的名詞詞彙，則**視情況**在前面加上冠詞“a/an/the”或是不加冠詞。

1. **prison、school、university、church**

如果前往這些建築物的目的是很**直觀**的，如：“監獄→入獄”、“教堂→做禮拜”、“學校→上學，則建築物前**不需加** the（“go to prison”，“go to school/university”；“go to church”）。但如果前往這些建築物的目的是比較「**間接**」的，如：“監獄－探訪”、“教堂－修理物品”、“學校－參加家長會”，則需在建築物前**加上** the。

◆ There is **a prison** near my house.

我家附近有一座監獄。→說明我家附近有這樣一座建築物。

◆ Vincent’s brother **went to prison** three years ago.

Vincent 的哥哥三年前入獄了。→入獄是“go to prison”而不是“go to the prison”

◆ Vincent **went to the prison** to visit his brother.

Vincent 去監獄探望他哥哥。→“go to the prison”表示 Vincent 只是一個探視者，而不是要入獄的罪犯。

2. **cinema、theater、radio**

這些字前面通常會加上 the，但並非有指特定電影院或收音機的意思。

◆ Do you want to go to **the cinema** with me tonight?

今晚想和我一起去電影院嗎?

◆ My father likes to listen to **the radio**. 我爸爸喜歡聽收音機。

然而，雖然我們說“Could you turn down the television, please?”，但這是因為雙方都在同一個空間裡，彼此知道對方指的是哪個電視，但**一般 television 這個詞，大多是用在“看電視”（watch television），此時前面是不加 the 的**。如：“People normally watch the news on **television**.”

3. 所提的名詞為**唯一一個**時，該名詞前需加 the，如：“**the sun** 太陽”，“**the moon** 月亮”，“**the earth** 地球”，“**the capital** 首都”，“**the highest mountain in the world** 世界上最高的山”，“**the most beautiful woman I have ever seen** 我所看過最漂亮的女孩”等。

4. **各大洲、國家、城市前面不加 the**，如：

◆ **Asia**（*NOT* ~~the Asia~~）, **Europe, Africa**

◆ **Taiwan**（*NOT* ~~the Taiwan~~）, **China, France, Mexico**

◆ **Taipei**（*NOT* ~~the Taipei~~）, **Beijing, Paris, London**

然而，倘若提到國家名含有**聯合眾國、共和國、國協**等（states, republic, union, kingdom），**則需在前面加上 the**，如：

◆ **the Republic of China**

◆ **the Unite Kingdom**

◆ **the United States（of America）**

5. 地域視表達的方式來決定是否加 the，如：

◆ **the Middle East, the south of France**

◆ **northern England**（*NOT* ~~the north England~~），**western China**

6. **路名、街道名、廣場名不可加 the**：

◆ **Fifth Avenue**（*NOT* ~~the Fifth Avenue~~），**Park Road, Broadway, Red Square**

7. **建築物以人名或地名命名時，前面不加 the：**
   - ◆ **Oxford University, Taipei Zoo**（Oxford 和 Taipei 都是地名）
   - ◆ **Ching Kai-Shek Memorial Hall, Kennedy Airport**（Ching Kai-Shek 和 Kennedy 都是人名）

   另外，建築物如“**the White House**”，“**the Royal Palace**”前面有加 the，因為 white 和 royal 既不是人名也不是地名。

   然而，也有少數例外的例子，如“**the Hilton（Hotel）**”，“**the British Museum**”等。平日在閱讀書報雜誌或上網時，不妨多留心此類語料，並做一番整理。讀書報雜誌或上網時，不妨多留心此類語料，並做一番整理。

一點就靈

I. 填充題：請依題意在空格填上 a，an 或 the

I share 1. ____________ apartment with 1. ____________ man and 3. ____________ woman. 4. ____________ man is from Spain and 5. ____________ woman is from France.

答案與解說

我和**一個**男人還有**一個**女人合租**一間**公寓。**那個**男人來自西班牙，而**那個**女人來自法國。

1. an　說話者第一次提到這間公寓，是個新資訊，所以用 an。
2. a　說話者第一次提到這個男人，是個新資訊，所以用 a。
3. a　說話者第一次提到這個女人，是個新資訊，所以用 a。
4. The　男人再次被提到，聽話者已經知道是哪個男人，所以用 the。
5. The　女人再次被提到，聽話者已經知道是哪個女人，所以用 the。

II. 選擇題：請選出正確的選項

1. ________ Mable is looking for（A. a　B. an　C. the　D. X）job.
2. ________ Can you turn on（A. a　B. an　C. the　D. X）light, please?
3. ________ I am over（A. a　B. an　C. the　D. X）moon.
4. ________ Stephen used to live in（A. a　B. an　C. the　D. X）Norway.
5. ________ My aunt lives in（A. a　B. an　C. the　D. X）Haling Park Road.
6. ________ He is（A. a　B. an　C. the　D. X ）plumber. His job is to fix pipes.
7. ________ （A. A　B. An　C. The　D. X ）cars were both damaged in the accident.
8. ________ （A. A　B. An　C. The　D. X ）food was delicious, thank you.

答案與解說

1. A　Mable 正在找工作。 Mable 找一個工作，但不是找一個特定的工作，故使用 a。
2. C　可以請你開燈嗎？　通常說這句話時，說話者和聽話者均在同一個空間裡，所以在 light 前面加 the，因為雙方都知道是哪個燈。
3. C　我很開心。　moon 只有一個，故前面要加上 the。又，"over the moon"表示欣喜若狂之意。
4. D　Stephen 過去經常住在挪威。 挪威為地名，前面不加 the。

5. D 我阿姨住在 Haling Park 路。路名前不需加 the。
6. A 他是一個水電工。他的工作是修水管。說明職務用 a/an。
7. C 車子在車禍中都受損了。限定為車禍中受損的車，故用 the。
8. C 食物很可口，謝謝。限定為某人煮的食物，故用 the。

III. 翻譯題：請將以下句子翻譯為英文。

1. 南台灣的天氣比較溫暖。

____

2. 孩子應該要上學。

____

3. 蘋果對你有好處。

____

4. 書架上層的書都是屬於我的。

____

5. 我將搭計程車去車站。

____

6. 台北是台灣的首都。

____

7. Smith 先生去了教堂修天花板。

____

8. 我經常聽音樂。

____

答案

1. The weather of the south of Taiwan/southern Taiwan is warmer. 依地域的寫法決定是否加 the。
2. Children should go to school. 去學校的目的如果是為了學習，則 school 前不加 the；倘若是別的目的，如：家長去參加家長會，則需寫為“go to **the** school.”
3. Apples are good to you. 這裡指任何一種蘋果都對你有好處，不限定是什麼蘋果，所以 apple 前不加 the。
4. All the books on the top shelf belong to me. 這裡說話者限定了只有書架最上層的書，所以 books 前要加 the。
5. I am going to take a taxi to the station. 通常說這句話時，說話者與聽話者都知道說的是哪個車站，故使用 the station。
6. Taipei is the capital of Taiwan. 首都只有一個，故 capital 前要加 the。
7. Mr. Smith went to the church to repair the roof. Smith 先生到教堂的目的不是做禮拜，故 church 前面要加 the。
8. I often listen to music. 沒有限定音樂的類型，且音樂為不可數名詞，故 music 前面不加 the。

2 UNIT

動詞後面可再直接加動詞，不加 to 嗎？

(A) 請閱讀下方兩個句子，看看哪一個是正確的。

1 Peggy likes watch TV.
2 Peggy likes to watch TV.

除非有適當的連接詞或標點符號，否則**一個英文句子裡只能有一個動詞**，故第 2 句 likes to watch（動詞＋to＋不定詞）的型式才是正確的。

當一個動詞後面出現另一個動詞時，句子型式通常為 **動詞＋to 原形動詞（＝V.＋to Vr.）**

◆ Andy usually starts to work at 9:00.

◆ Mary decided to have dinner alone.（NOT Mary decided having dinner alone.）

或是**動詞＋動名詞（＝V.＋V-ing）**

◆ Andy usually starts working at 9:00.

◆ Julie enjoys having dinner alone.（NOT Julie enjoys to have dinner alone.）

不同的動詞在其後方所用的動詞型式也會有所不同。請參看以下的示例動詞：

後面僅能使用 to Vr 型式	後面僅能使用 Ving 型式	後面可使用 to Vr 或 Ving 型式
agree	admit	bear
ask	appreciate	begin
choose	avoid	continue
claim	consider	hate
decide	delay	intend
expect	enjoy	like
hope	fancy	love
learn	finish	start
manage	keep	
plan	mention	
refuse	miss	
train	practice	
want	quit	
wish	suggest	

(B) 然而，以下幾種動詞，均可以在不使用 to V 或 Ving 型式的情況下，在其後加上動詞：

1. **使役動詞**: make, let, have
2. **感官動詞**: hear, see, watch, feel, look
3. Do **做為助動詞時**
4. **口語習慣**：go+V.
5. help

詳細句例與使用方法，請看下頁說明。

1. **使役動詞：make, let, have**

make, let, have 在文法裡被稱為使役動詞，意思都是**允許**，**強迫**，**導致某人去做某事**。大部分的情況下，使役動詞後面接了受詞後，直接加原形動詞，而非 to V.。

make＋受詞＋Vr.（強迫/導致某人做某事）

◆ My mother **made** me **finish** my meal.

◆ Cold weather **makes** me **feel** uncomfortable.

let＋受詞＋Vr.（允許某人做某事）

◆ She **let** me **stay**.

◆ The boss **let** everyone **go** home early.

have＋受詞＋Vr.（強迫某人做某事）

◆ The teacher **had** me **rewrite** my homework.

◆ Paul's brother **had** Paul **wash** his car.

2. **感官動詞：hear, see, watch, feel, look**

所謂感官動詞，指的是使用感覺器官的動詞。在感官動詞後面接了受詞後，可直接加原形動詞或 Ving，而非 to V. 此外，當我們使用**感官動詞＋受詞＋Vr.時，代表看到/聽到/感覺到某事發生的整個過程**；而**感官動詞＋受詞＋Ving。代表僅看到/聽到/感覺到某事正在進行的狀態**。

◆ I **saw** John **leave** his house this morning.

→我看到 John 離開家的整個過程；含關門、鎖門、上車、開車離家全部過程

◆ I **saw** John **leaving** his house this morning.

→我看到了 John 正要離開家的動作;可能僅看到 John 開車離家的動作

◆ Mary **heard** Lucy **go** out.

→Mary 聽到 Lucy 外出；包含下樓、開門、關門全部過程

◆ Mary **heard** Lucy **going** out.

→Mary 聽到 Lucy 外出；可能僅聽到 Lucy 正要關門外出的動作

3. do 做為助動詞時：do＋Vr.

do 可做為助動詞，**加在另一動詞前面，用來強調該動作**。文法規則和一般助動詞相同，均是在其後直接加原形動詞。

◆ Andrew **did try** his best.

◆ The teacher **does look** tired.

◆ Please **do switch** off your mobile phones.

4. 口語習慣：go＋Vr.

在口語中，可在 go 後面直接加上原形動詞，**用來命令某人做某事**。

◆ **Go get** me a drink.

◆ **Go ask** your mom!

5. help：help（to）＋Vr.

help 的後面可選擇直接加原形動詞或 to V.，意思不變。

◆ Helen **helped organize** the whole party. /Helen **helped organize** the whole party.

◆ Alex **helps** me **do** my homework. /Alex **helps** me **to do** my homework.

一點就靈

I. 填充題：請依照括號中的提示，填上正確的動詞型式

1. As it was late, Peter decided ____________ a taxi home.（take）
2. I don't fancy ____________ out this evening.（go）
3. Ryan's wife made him ____________ this ring for her.（buy）
4. They saw Stacy ____________ her dog.（walk）
5. Mark helped his mother ____________ the dishes.（do）

答案與解說

1. to take　動詞 decide 後面僅能接 to V.
2. going　動詞 fancy 後面僅能接 Ving.
3. buy　使役動詞 make 後面的動詞形式為原形動詞
4. walk/walking　感官動詞 see 後可加 V.或 Ving。使用原形動詞表示他們看到了 Stacy 遛狗的全部過程；而使用 Ving 則表示只看到部分過程。
5. to do/do　動詞 help 後面可加 to V 或 V.，兩者均不影響句子原意。

II. 選擇題：

1. ____________ I do（A. believe　B. to　believe　C. believing）his ability.
2. ____________ This TV program always makes me（A. to laugh　B. laugh　C. laughing）
3. ____________ I need to find someone to check my washing machine. It keeps（A. make　B. making　C. to make）a funny noise.
4. ____________ You look really tired. Go（A. getting　B. to get　C. get）some sleep.
5. ____________ We saw a lot of monkeys（A. jump　B. jumping　C. to jump）up and down when we passed that road.

答案與解說

1. A　當 do 做為助動詞強調動作時，do 後面的動詞為原形動詞。
2. B　使役動詞 make 後面接受詞＋原形動詞
3. B　動詞 keep 後面僅能接 Ving

4. C　用 go 進行命令句時，其後的動詞為原形動詞
5. B　感官動詞 see 後面可接原形動詞（看到整個過程）或 Ving（看到部分過程）。這裡是剛好看到猴子跳上跳下，而不是一直看著牠們跳躍的整個過程，所以此題選 B

III. 翻譯題：請參考括弧內的提示，將下方的中文翻譯為英文。

1. Lisa 的母親同意借她一些錢。（agree）

____

2. Brown 先生強迫 Gavin 娶他的女兒。（make）

____

3. Sally 已經提起拜訪 Rose 嬸嬸的事一陣子了。（mention）

____

4. 我真的很相信 Billy。（do）

____

答案

1. Lisa's mother agreed to lend her some money.　動詞 agree 後面僅能接 to＋Vr
2. Mr. Brown made Gavin marry his daughter.　使役動詞 make 後面接受詞＋原形動詞
3. Sally has mentioned visiting Aunt Rose for a while.　動詞 mention 後面僅能接 Ving
4. I do believe Billy.　do＋原形動詞有強調該動詞的作用。

3 UNIT

介係詞＋關係代名詞一起用時，是否可省略介係詞呢？

(A) 一般句中較常見到關係代名詞和介係詞合用的方式為關係代名詞在前，介係詞在後（**關係代名詞＋介係詞**），如：

This is the movie theater I usually go to.
This movie theater is closed for decoration.

→ The movie theater **which** I usually go **to** is closed for decoration.

I was looking for the book.
I found the book.

→ I found the book **that** I was looking **for**.

此類句子**可以將其關係代名詞省略，但不可省略介係詞**。

- The restaurant（**which**）I usually go **to** is closed for decoration.
- I found the book（**that**）I was looking **for**.

那麼，如果是介係詞在前，關係代名詞在後（**介係詞＋關係代名詞**）的情況又是怎樣呢?

(B) 介係詞在前，關係代名詞在後的句型為正式的英語句型。句型結構請看以下：

I know the girl.
He is talking to the girl.

→ I know the girl **whom** he is talking **to**.

→ I know the girl he is talking **to.**

→ I know the girl **to whom** he is talking.

French is a subject.
I know very little about French.

→ French is a subject **which** I know very little **about**.

→ French is a subject I know very little **about**.

→ French is a subject **about which** I know very little.

需特別注意的是，此種**介係詞＋關係代名詞句型**在使用時，關係代名詞**一定僅能為 which 和 whom，不可是 that, who 或空關代**。

I know the girl **to whom** he is talking.

- I know the girl **to ~~who/that~~** he is talking.（X）→ 介係詞 "to" 不可置於 who 或 that 之前
- I know the girl **who/that** he is talking **to**.（O）→介係詞 "to" 可置於 who 或 that 之後

French is a subject **about which** I know very little.

- French is a subject **about which/~~that~~** I know very little.（X）→介係詞 "about" 不可置於 that 之前。
- French is a subject **who/that** I know very little **about**.（O）→介係詞 "about" 可置於 who 或 that 之後。

由上述句例可知，此類句子**不可以將其關係代名詞省略，亦不可省略介係詞**。

- I know the girl **whom** he is talking.（X）
- I know the girl **to** he is talking.（X）
- French is a subject **which** I know very little.（X）
- French is a subject **about** I know very little.（X）

(C) 介係詞＋關係代名詞句例

1. The music was good.
   I listened to it yesterday.

→The music **to which** I listened yesterday was good.

我昨天聽到的音樂很好聽。

2. { The picture is painted by Monet.
   You are looking at the picture.

→The picture **at which** you are looking is painted by Monet.

你正在看的那幅畫是莫內的作品。

3. { The boy is my brother. .
   You talked to him this morning.

→The boy **to whom** you talked to is my brother.

今早和你講話的那個男孩是我弟弟。

4. { I must thank Professor Coe. .
   I received a gift from him.

→I must thank Professor Coe **from whom** I received a gift.

我一定要謝謝 Coe 教授給我的禮物。

5. { This is the school. .
   Miss Brown teaches in here.

→ This is the school **in which** Miss Brown teaches.

這是 Brown 小姐教書的學校。

in which＝where：This is the school where Miss Brown teaches.

一點就靈

I. 填充題：請在空格填上正確的介係詞

1. This is the restaurant ____________ which I normally go.
2. I should reply to Dr. Paterson ____________ whom I received a letter.
3. The topic ____________ which you discussed was interesting.

4. What is the evidence ____________ which you base this claim?
5. These are the people ____________ whom we went to New York last year.

答案與解說

1. to　這是我通常會去的餐廳。　This is the restaurant I normally **go to**.
2. from　我應該要回信給 Paterson 教授，因為我收到了他的一封信。　…I **received** a letter **from** Professor Paterson.
3. about　你討論的話題很有趣。　The topic you **discussed about** was interesting.
4. on　你論證的根據是什麼？　…you **base** this claim **on** what evidence…
5. with　這些是去年和我們一起去紐約的人。　We went to New York **with these people**.

II. 選擇題：請選出錯誤的句型並說明原因

1. Mrs. Green is the person from who I obtained the information.
2. This is the time during that I was not working.
3. The woman about whom you are talking is my wife.
4. Tokyo is the place to which we went together last summer.
5. The time at which he arrived was too late.

錯誤句型和錯誤的原因為：____________________________________

____

____

____

____

答案與解說

錯誤句型：

第 1 句。關代詞 who 不可放介係詞 from 之後；應改為 Mrs. Green is the person **from whom** I obtained the information.

第 2 句。關代詞 that 不可放介係詞 during 之後；應改為 This is the time during which I was not
working.

III. 請將下方句子合併為介係詞＋關係代名詞的句型。

1. I don't like the boy.
   You danced with the boy.

   ____

2. I can't remember the name of the hotel.
   We stayed at the hotel.

   ____

3. Mike was the boy.
   I grew up with him.

   ____

4. Is this the dress?
   The dress you finally decided on.

   ____

5. This is the news.
   Everyone talks about.

   ____

6. I slept in the bed last night.
   The bed wasn't very comfortable.

____

7. He fell in love with the girl.
   The girl left him last month.

____

8. Jasmine doesn't get the job.
   She applied for the job last week.

____

答案

1. I don't like the boy **with whom** you danced.　我不喜歡跟你一起跳舞的男孩。
2. I can't remember the name of the hotel **at which** we stayed.　我不記得我們住過的那間旅館叫什麼。
3. Mike was the boy **with whom** I grew up.　Mike 是那個跟我一起長大的男孩。
4. Is this the dress **on which** you finally decided?　這是你最終決定的洋裝嗎?
5. This is the news **about which** everyone talks.　這是每個人都在談論的新聞。
6. The bed **in which** I slept wasn't very comfortable last night.　我昨晚睡的床不是很舒服。
7. The girl **with whom** he fell in love left him last month. 他愛的女孩上個月離開他了。
8. Jasmine doesn't get the job **for which** she applied last week.　Jasmine 沒有得到她上週申請的工作。

4 UNIT

Taste "good"，"good" 為何不是副詞？

(A) 在大部分的情況下，動詞後面出現的多為副詞，目的為修飾該動詞，如：drive **carefully**（小心地開車），sing **loudly**（大聲地唱歌），speak **nicely**（親切地說話）等。然而，在某些動詞後面出現的卻是形容詞而非副詞，如：taste **good**（嚐起來好吃）, sound **angry**（聽起來很生氣）或 look **happy**（看起來很開心），這是因為這些動詞非一般常見的動作動詞（action verb），而是**連綴動詞（linking verbs）**。

連綴動詞後面多接形容詞：

◆ This cake tastes delicious.　這個蛋糕很好吃

這裡 delicious 與動詞（taste）無關，而是**修飾** cake，讓讀者知道蛋糕是好吃的；taste 在此句的作用為連結名詞（cake）和形容詞（delicious）。

(B) 常見的連綴動詞用法與句例

常見的連綴動詞有 be **動詞.（是）**，look（**看起來**），smell（**聞起來**），taste（**嚐起來**），sound（**聽起來**），feel（**感覺起來**），seem（**看來好像**），get（**變得**），become（**變成**）等。

1. **Be 動詞/look/smell/taste/sound/feel/seem/get/ become（變成）＋形容詞**

◆ The apartment **is** quite **small**.

那棟公寓很小。

◆ Your idea **sounds good**.

你的想法聽起來不錯。

◆ Their music has **become** very **commercialized**.

他們的音樂變得很商業化了。

2. **Be 動詞/look/smell/taste/sound/feel/seem/become＋like＋名詞/名詞片語**這裡的"like"是介係詞，"像"的意思。

◆ This perfume **smells like a honey cake**.

這瓶香水聞起來像個蜂蜜蛋糕。

◆ The weather is so hot. It **feels like summer** now.

天氣太熱了。感覺夏天到了。

3. **Be 動詞/become＋名詞／名詞片語**

◆ I **am a student**.

我是個學生。

◆ Rebecca **becomes a doctor**.

Rebecca 變成了一名醫生。

美式和英式英語在部分連綴動詞的使用方法上有些微的不同：

英式英語	美式英語
look, sound, feel, seem 後面**可**直接加名詞／名詞片語	look, sound, feel, seem 後面**不可**直接加名詞／名詞片語
◆ It looks a great day. ◆ I felt a fool. ◆ He seemed (to be) an English teacher.	◆ It looks like a great day/ It looks to be a great day. ◆ I felt like a fool. /I felt foolish. ◆ He seemed to be an English teacher.

(C) 部分連綴動詞既可做連綴動詞又可做普通動詞，如：

◆ I think; therefore I **am**.

我思故我在。→此句中的“am”為一般動詞非連綴動詞。“**I am**”這裡表達的是“我存在”而非“我是…”，“**am**”後面不需要加任何補充說明的形容詞或名詞片語。

◆ Derek **tasted** a glass of wine.

他品嚐了一杯酒。 →此句中的“tasted”為一般動詞非連綴動詞。Derek 不是一杯酒，這裡 tasted 是一個品嚐的動作動詞，而不是連綴動詞，讓 a glass wine 修飾 Derek。

◆ The queen **looked a**t herself in the mirror.

皇后看著鏡中的自己。→此句中的“looked”為一般動詞非連綴動詞，表達的是皇后”看鏡子”的動作。

一點就靈

I. 填充題：請將下方的連綴動詞與形容詞結合，並依句意填入空格中。

連綴動詞	~~**seemed**~~ **look** **smell** **tastes** **sounded** **feel**
形容詞	**pale** **sour** ~~**upset**~~ **cold** **delicious** **shaky**

例：What happened to Homer? He *seemed upset* this morning.

1. What a beautiful cake! It ____________ , too
2. Could you check on Kelly for me, please? Her voice ____________ on the phone when we talked.
3. Are you all right? You ____________ .
4. I think you should throw those 3 bottles of milk away. They all ____________ .
5. Although it’s March now, I still ____________ .

答案與解說

1. tastes delicious　好漂亮的蛋糕！它**嚐起來**也很**可口**。　這題一開始也許會不知該填 tastes 或 smell，但因為該句主詞為 It，所以必須選擇第三人稱單數動詞 tastes，並依語意加上形容詞 delicious。
2. sounded shaky　可以請你幫我看看 Kelly 好嗎？剛剛她的聲音在電話裡**聽起來很顫抖**。空格前一個字為 voice，故選擇和聲音有關的 sounded，再依語意填上 shaky。
3. look pale　你還好嗎？你看**起來臉色蒼白**。　依題意選擇 look 和 pale。
4. smell sour　我想你應該把那三瓶牛奶丟了。它們**聞起來**都**酸了**。　依題意選擇 smell 和 sour。
5. feel cold　雖然已經三月了，我仍然**覺得冷**。　依題意選擇 feel 和 cold。

II. 選擇題：請圈選出正確的選項。

1. I felt uncomfortable/uncomfortably about what you just said.
2. Don't look at me cold/coldly.
3. Sharon's food tastes worse/badly than mine.
4. What/How does the drink smell like? It smells like burnt coffee.
5. What/How does the drink smell? It smells bitter.

答案與解說

1. uncomfortable　我對你剛說的話**感到很不舒服**。　Feel 為連綴動詞，後面需加形容詞 uncomfortable。
2. coldly　不要這麼**冷酷地看著我**。"Look at" 為普通動詞 "看著" 之意，後面填副詞 "coldly" 修飾動詞 "look at" 這個動作。

3. worse　Sharon 的食物**嚐起來**比我的**難吃**。　這裡題意的重點是在蛋糕而不是嚐起來（taste）這個動作，故應選擇形容詞 worse 修飾蛋糕。
4. What　那個飲料聞起來像什麼？它聞起來像燒焦的咖啡。　問句的結尾為 like（像），且對方回答像“一杯燒焦的咖啡”，故問題應以 what（什麼）做開頭。
5. How　那個飲料聞起來如何？　它聞起來很苦。　答句提到「聞起來很苦」，故可以推測問句問的是“如何（how）”，而不是“什麼（what）”。

III. 翻譯題：請依提示將以下的中文翻譯成英文。

1. 林小姐看起來很漂亮。

______

2. 我父親總是很小心的吃魚。（taste）

______

3. 玩線上游戲聽起來很有樂趣。

______

4. 那隻貓淋濕了。（got）

______

5. 在電影的最後，每個人都變成了殭屍。

______

6. 他的新房子看起來如何?

______

7. 我渴了。

______

8. 這束玫瑰花聞起來很香。

______

答案

1. Ms. Lin looks beautiful. 這裡的重點是林小姐漂亮，故 look 做連綴動詞，後面接形容詞修飾林小姐。
2. My father always tastes fish carefully. 這裡的重點是吃魚的這個動作很小心，所以將 tastes 視為一般動詞，以副詞做修飾。
3. Playing online games sounds interesting/like fun. 這題可選擇 sound 後面加形容詞或 like＋名詞的寫法。
4. The cat got wet. 形容詞 wet 修飾 the cat，說明貓是濕的。
5. In the end of this movie, everyone becomes a zombie. 連綴動詞 become 後可直接加名詞/名詞片語，所以這裡 becomes 後面直接加 a zombie。要注意 everyone 為單數名詞，故 become 要加 s，zombie 也不可做複數。
6. How does his new house look? 問題問的是“如何”，而非“像什麼”，故需以以 How 做問句開頭。
7. I am thirsty. 形容詞 thirsty 修飾 I，說明我渴。
8. This bunch of red roses smells good. 此句的重點是玫瑰花，smell 後面加形容詞 good 修飾玫瑰花。又，一束的寫法為“a bunch of”，這裡限定了某束玫瑰花（可能是說話者收到的），所以用 The bunch of。

5 UNIT

Seldom, rarely, hardly 的用法

(A) seldom, rarely 及 hardly 均有否定的意味，三者的詞性、語意與示例請看下方。

ldom

副詞（*adv.*）

不常

◆ I **seldom** watch television these days.
我這些天很少看電視。

◆ Karen **seldom** shows her feelings in front of people.
Karen 不常在人前流露情感。

rarely

副詞（*adv.*）

不常

◆ I rarely saw Mike last month.
上個月我不常見到 Mike。

◆ We rarely agree with each other.
我們很少意見一致。

hardly

副詞（*adv.*）

1. 幾乎不；幾乎沒有
   - ◆ Sandy is too nice. She **hardly** refuses her friends' requests.
     Sandy 人太好了。她幾乎不會拒絕她朋友們的請求。
   - ◆ There is **hardly** any coffee left.
     幾乎沒有咖啡了。
2. 用於說明事情剛要開始或發生
   - ◆ We had **hardly** sat down to watch television when the door bell rang.
     我們才剛要坐下來看電視，門鈴就響了。
3. 用來說明某事的不合理或某人所做所說是愚蠢的
   - ◆ It is **hardly** the time to visit people now.
     現在這個時間去拜訪別人是不合理的。
   - ◆ You can **hardly** expect Jessie to get the job because he is not qualified.
     你不該期待 Jessie 能得到那份工作因為他的資格不符。

(B) **seldom 與 rarely 兩者為同義詞，可互換使用**。兩者詞意都是“不常（not often）”，使用上與**頻率**相關（→how often something happens），發生的頻率介於“sometimes”和“never”之間。而 hardly 意思是“幾乎不（almost not）”，使用上與**程度**相關（how easily something happens）；hardly 的同義詞為 barely。試比較下方句子：

◆ The start was **seldom/rarely visible**.
那顆星不常被看見。→表示人們只能偶爾能看到那顆星。（可能

大部分的時間那顆星都被烏雲擋住了）

◆ The star was **hardly/barely** visible.
肉眼幾乎看不見那顆星。→表示人們幾乎無法看見到那顆星。（可能星星的亮度較小，所以一直很難看到）

(C) seldom, rarely, hardly 的句型使用

seldom, rarely, hardly 三字否定副詞，放在句中的用法與一般的副詞用法相同，均為修飾一般動詞，句例可參考前頁 A）部分。這裡所要說明的是此三字放置於**句首**時的用法。

seldom, rarely, hardly 三字放在句首時可有**加強語氣**的效果，但需將句子改為**倒裝句型**：

1. 若原句句型為：主詞＋be 動詞＋否定副詞，需改為：**否定副詞＋be 動詞＋主詞**。

◆ Penny is **rarely** sick. → **Rarely** is Penny sick.
Penny 很少生病。

◆ Julie is **hardly** late for school. → **Hardly is** Julie late for school.
Julie 幾乎沒有上學遲到過。

2. 若原句句型為：主詞＋否定副詞＋一般動詞，需改為：**否定副詞＋do/does/did＋主詞＋原型動詞**。

◆ I **seldom read** such remarkable works. → **Seldom did** I **read** such remarkable works.
我不常讀到這麼傑出的作品。

◆ My sister **hardly finishes** the whole book. → **Hardly does** my sister **finish** the whole book.
我姐姐幾乎沒有讀完整本書。

3. 若原句句型為：主詞＋can/could/must/should/will/would＋否定副詞＋原形動詞，需改為：**否定副詞＋can/could/must/should/will/**

would＋主詞＋原形動詞。

◆ You **will seldom experience** regret for anything that you've done. → **Seldom will** you experience regret for anything that you've done.

從此你將不大會對自己曾經做過的事感到後悔。

◆ I **can hardly hear** his voice. → **Hardly can** I **hear** his voice.

我幾乎不能聽到他的聲音。

4. 若原句句型為：主詞＋has/have/had＋否定副詞＋過去分詞，需改為：**否定副詞＋has/have/had＋主詞＋過去分詞**。

◆ This politician's scandal **has rarely attracted** much media attention. → **Rarely has** this politician's scandal **attracted** so much media attention.

這個政治家的醜聞很少吸引太多的媒體關注

◆ The construction work **has hardly begun**. → **Hardly has** the construction work **begun**.

這個建設工作幾乎沒有動工。

(D) scarcely 和 scarcely ever/hardly ever

1. scarcely 可譯為“幾乎不(almost not)”，與 hardly 為同義詞，但較 hardly 更為正式一些。

◆ He **scarcely** had time to be with his children.

他幾乎沒有時間和他的孩子相處。

◆ The town had **scarcely** changed in 10 years.

這個城鎮 10 年裡幾乎沒有變化。

Hardly，barely，scarcely 三者可視為同義詞，但倘若要細分三者的不同，則為：

使用 hardly 時，多帶有強調該行為的困難（the difficulty

involved)

◆ He could **hardly** finish his dinner.

他幾乎無法把晚餐吃完。→吃完晚餐對他來說有點難度。

使用 barely 時，則強調接近某個界限（only just；no more）

◆ They **barely** succeeded.

他們幾乎沒有成功。→接近成功的界限。

使用 scarcely 時，則意指低於可接受的程度（below satisfactory performance）

◆ Ethan can **scarcely** write. Ethan

幾乎不會寫字。→會寫一點字，但還不到令人滿意的程度。

2. hardly ever 和 scarcely ever 均可譯為“不常（not often）”

◆ I **hardly ever** go to the movie theater.　我不常去電影院。

◆ My father **scarcely ever** left the country.　我父親不常出國。

在口語中，“hardly ever 做某事”會較“rarely 做某事”更常被使用。

一點就靈

I.　填充題：請依題意在空格填上 hardly 或 rarely

1. Amy broke her leg in a car accident last week. She can ____________ walk now.

2 Alan ____________ has conversation with his neighbors. He doesn't see them very often.

3 I only heard about Lynda's name once. In fact, I ____________ knew her.

4 I have ____________ seen such a gorgeous.

5 My sister eats meat about once every two months. In a short, she ____________ eats meat.

答案與解說

1. hardly　Amy 在車禍中腿受傷了。她現在幾乎不能走路。　這裡要說明的是 Amy 走路困難的程度，故使用 hardly。
2. rarely　Alan 不常跟鄰居們交談。他很少看見他們。　第 2 句提到 Alan 很少看見鄰居，說明他的情況是跟鄰居們交談的頻率很低，故使用 rarely。倘若第 2 句改為"They are not friendly."則答案可以是 rarely 也可以是 hardly；前者說明因為鄰居們不親切，Alan 很少與他們交談（可能一年講不到 10 句話），後者說明鄰居不親切，所以 Alan 和鄰居很難講的上話（very difficult to talk to 不知道要說些什麼）。
3. hardly　我只聽過 Lynda 的名字一次。事實上，我幾乎不認識她。"認識 know"這個動作不會是"經常認識"或"偶爾認識"，所以與頻率無關，應使用"hardly"。
4. rarely　我很少見到這麼豪華的餐廳。此句為表達頻率，故使用 rarely。
5. rarely　我姐姐兩個月吃一次肉。簡單的說，她很少吃肉。 由於第一句已經提到了姐姐吃肉的頻率，故這裡需使用 rarely。倘若第一句是"My sister can't afford to buy meat. 我姐姐買不起肉" 那麼答案就需改為 hardly。

II. 選擇題：請圈出正確的選項

1. People can hardly/seldom walk from Taipei to Kaohsiung.
2. Rose usually goes abroad for business. Rarely she has/has she seen her baby.
3. Nowadays many countries in the word still suffer from famine. People there hardly/seldom have food to eat.

4. His name is too exotic. Hardly I can/can I memorize it

答案與解說

1. hardly 人們很難從台北走到高雄。 這裡使用 hardly，表達走這麼遠的路不大可能。
2. has she Rose 常到國外洽公。她很少見到她的孩子。否定副詞放句首，需使用倒裝句型。
3. hardly 現在世界上很多國家仍為飢荒所苦。那裡的人們幾乎沒有食物可吃。 飢荒讓人們很難吃到食物，用 hardly 說明困難的程度。
4. can I 他的名字太奇特了。我幾乎記不住。 因為句首時用否定副詞，故需使用倒裝句型。

III. 翻譯題：請依提示將下方的中文翻譯為英文。

1. 他不常來學校。（rarely）

____

2. 我幾乎不期望他的幫助。（Hardly）

____

3. 他幾乎不能入睡。（Hardly）

____

4. 我爸爸很少喝酒。（seldom）

____

5. 會叫的狗不咬人（rarely）

____

6. Kevin 是個電腦宅男。他很少出門。（Seldom）

____

7. 總統現在很少公開露面。（Rarely）

____

8. 我幾乎不能分辨橘子和柳橙的不同。（hardly）

____

答案

1. He rarely comes to school. 他來學校的目的是上學，所以 school 前面不加 the。
2. Hardly do I expect him to help me. Hardly 放句首，後面用倒裝句型：Hardly do＋主詞＋動詞。
3. Hardly can he fall asleep. Hardly 放句首，後面用倒裝句型：Hardly can＋主詞＋動詞
4. My father seldom drinks. Seldom 很少，修飾 drink。
5. Barking dogs rarely bite. 這裡泛指一般的情況（大多數會叫的狗），所以 dog 用複數。
6. Kevin is a computer nerd. Seldom has he gone out. Seldom 放句首，後面用到裝句型。
7. Rarely is the president seen in public. 在公眾場合為 in public.
8. I can hardly distinguish/tell the difference between a tangerine and an orange. “difference between A and B” A 和 B 的不同。

6 UNIT

Late vs. Lately

(A) “lately” 為副詞，但**並非是“late”的副詞形式**，兩者的含義也大不相同。

late

形容詞（*adj.*）
1. 遲到的 ◆ David was **late** for work this morning. Daivd 今早上班遲到了。 ◆ I am sorry I am **late**. 抱歉我遲到了。 2. 晚的；後期的 ◆ I am going to meet Lisa in this **late** afternoon. 我今天傍晚將會和 Lisa 見面。 ◆ He married in his **late** thirties. 他在 30 多歲時結婚。（結婚時約 38、39 歲） 3. 已故的 ◆ Helen misses her **late** husband every day. Helen 每天都想著她已故的丈夫。 ◆ Bruce was an admirer of the **late** Elvis Presley. Bruce 是已故貓王的崇拜者。

*late 做“已故的”使用時，僅能使用於“人”，且置於該**人稱之前**；如：“her late husband”，“the late Elvis Presley”（*NOT* “~~her late dog~~”或“~~the Elvis Presley late~~”）

副詞（*adv.*）

1. 遲到；晚
   - ◆ I got up **late**.
     我睡過頭了。
   - ◆ The parcel arrived two days late.
     包裹晚了兩天才到。
2. 晚期
   - ◆ It happened **late** last century.
     這件事發生於上世紀晚期。
   - ◆ **Late** that night, there was a knock at the door.
     那天深夜，有敲門的聲響。

lately

副詞（*adv.*）

最近；近來（＝recently）

- ◆ Have you seen Doris **lately**?
  你最近有見過 Dosis 嗎？
- ◆ Hank has been busy in writing **lately**.
  Hank 近來忙於寫作。

(B) 請閱讀下方兩個句子，看看哪一個是正確的。

1. John came home **lately** yesterday.
2. John came home **late** yesterday.

本句的句意為“John 昨天晚歸了”。此處 late 與 lately 均為副詞，但 lately 為“最近、近來”的意思，與句意不合，應使用 late“遲到、晚”，故第 2 句“John came home late today.”才是正確的。

(C) Late 與 lately 的用法和句例

late

當 late 在句中的詞意為“遲到”時，句型的應用分別如下：

1. 形容詞（adj.）

late for { **＋某事** / **＋Ving** }

◆ Peter was **late for** the party because of the traffic jam.
Peter 未能準時出席派對，因為路上塞車。

◆ He is always **late for** picking up his daughter from the school.
他每次接女兒放學總是遲到。

2. **副詞（adv.）**

late 為副詞時，放置於**動詞或動詞片語後**做修飾。

◆ She has to work **late** tomorrow.
她明天必須晚下班。

◆ Can you stay up **late** with me tonight?
你今晚可以跟我一起熬夜嗎？

◆ Brian’s parents don’t allow him to stay out **late**.
Brian 的父母不允許他在外面待太晚。

3. **too late to＋原形動詞** … 做…已經太晚了

◆ It is **too late to** apologize.
現在說抱歉已經太晚了。

◆ It is **too late to** cook dinner.
現在煮晚餐已經太晚了。

◆ It is never **too late to** set your goals.
訂立你的目標永遠不會太遲。

4. （**as**）**of late＝lately＝recently** 最近

句型為**現在完成式**（has/have＋p.p.）。

◆ The days have been getting warmer **of late**.
最近天氣漸漸暖了。

◆ How have you been **of late**?
你最近如何？

Lately

使用 lately 時，其句型為**現在完成式**（has/have＋p.p.）。

◆ Where have you been **lately**?
你最近到哪去了？

◆ There have been some interesting programs on TV **lately**.
最近電視上有些有趣的節目。

◆ Have you seen Kate **lately**?
你最近有見到 Kate 嗎？

◆ They haven't written to each other **lately**.
他們最近沒有通信。

一點就靈

I. 填充題：請依題意在空格填上 late 或 lately

1. Betty has been feeling unwell ____________ .
2. Don't be ____________ !
3. Danny arrived ____________ because his car was broken.
4. Pat has been doing exercises ____________ for losing weight.
5. Stacy often works ____________ into the night.

答案與解說

1. lately　Betty **最近**覺得身體不舒服。　“最近”為 lately
2. late　不要**遲到**了！　“遲到”為 late
3. late　Denny **遲到**了因為他的車壞了。　“遲到”為 late
4. lately　為了減重，Pat 最近一直在做運動。　“最近”為 lately
5. late　Stacy 常常工作到深夜。　Late 做副詞修飾 work，表示工作的很晚。

II. 選擇題：請圈出正確的選項

1. Jason came to work late/lately and missed the meeting.
2. His health hasn't been too good late/lately.
3. She is late for catching/to catch up the bus.
4. I didn't see/ haven't seen Ryan of late.
5. Emily left it too late to applying/apply for the school.

答案與解說

1. late　Jason 太晚上班以致於錯過開會。　Late 表示“遲到、太晚”；lately 為“最近”之意。
2. lately　他最近健康情況不大好。　lately 表示“最近”；late 為“遲到、太晚”之意，和句意不符。
3. for catching　他趕不上公車了。　late for＋**Ving**
4. haven't seen　我最近都沒有見到 Ryan。　句子最後有 of late，故本句需用現在完成式句型。
5. apply　Emily 拖了太久以致於不能申請學校了。　too late to＋原形動詞… “太遲了以致於不能…”

III. 翻譯題：請將下方的中文翻譯為英文。

1. 到台北的火車晚點了。

____

2. 我們最近遭遇了一些困難。

____

3. 他現在 20 多歲（將近 30 歲）。（late）

____

4. 回頭已經太晚了。

____

5. Pam 從已故的丈夫那繼承一大筆財產。

____

6. Sophie 最近一直煩躁不安。

____

答案

1. The train to Taipei was late. 晚點即為“遲到”之意，使用 late。
2. We have encountered some difficulties recently/of late. recently 和 of late 均可表示“最近”；注意本句需使用現在完成式。
3. He is in his late twenties. late 做形容詞有“晚期的”之意。
4. It is too late to turn back. too late to＋**原形動詞**；**turn back** 有“往回走”、“車輪倒轉”、“翻回（第…頁）”及“打退堂鼓”的意思。
5. Pam inherited a large fortune from her late husband. late 做形容詞有“已故的”之意。“從…繼承”為 **inherit from**。
6. Sophie has been very edgy lately/of late. recently 和 of late 均可表示“最近”；注意本句需使用現在完成式。“edgy”（adj.）有“煩躁的”之意。

7 UNIT

Near vs. Nearly

(A) near 可用為形容詞（the **near** side of the bank）、副詞（come **near** me)、介詞（**near** the hospital）與動詞（the train **nears** the station）；而 nearly 僅可做為副詞使用（**nearly** sick with fear)。兩者的詞意與句例請看以下說明：

near

形容詞（*adj.*）

1. （距離、時間）近的
   - ◆ The bank is quite **near**.
     銀行很近。
   - ◆ I plan to go to London in the **near** future.
     我計劃在不久的將來到倫敦去。
2. 相近的
   - ◆ Eason is talking about his **near** death experience on TV.
     Eason 正在電視上談論他的瀕死經驗。
   - ◆ This party was as a **near** disaster for Mr. Brown.
     這個派對 Brown 先生來說，與災難無異。

   此種用法僅可置於**名詞之前**，且**不會有比較級或最高級**形式出現：~~his nearer death experience, the nearest disaster~~。

副詞（*adv.*）

1. （距離、時間）近；接近

◆ A bomb exploded somewhere **near**.
一枚炸彈在附近的某處爆炸了。

◆ Mary's birthday is **drawing near**.
Mary 的生日快到了。

2. （程度）幾乎；差不多

◆ That was a **near**-perfect performance.
那幾乎是場完美的表演。

◆ I just found a **near**-optimal solution for our product line design.
我剛為我們的產品線設計找到了一個幾乎理想的方案。

draw near＝臨近；靠近；即將來臨

** 多置於形容詞前形成複合詞

介詞（*prep.*）

（距離、時間）靠近

◆ He stood **near** the window.
__他站在靠近窗戶的位置。

◆ The exam is very **near** Christmas.
__考試的日期很接近聖誕節。

英式英語中有時會在 near 後加上 to，如："near to the window"，"near to Christmas"。

動詞（*v.*）
（時間、空間）靠近 ◆ We **neared** the top of the mountain. 我們靠近了山頂。 ◆ As Chinese New Year **nears**, children becomes more and more excited. 每當春節將近，孩子們都變得越來越興奮。

nearly

副詞（*adv.*）
幾乎；差不多 ◆ The glass is **nearly** empty. 玻璃杯幾乎要空了。 ◆ Queen Elizabeth II is **nearly** ninety. 英國女王已經將近 90 歲了。

同樣是做副詞“幾乎；差不多”之意時，nearly **會較** near **更常使用，**如：“It's **nearly** five o' clock”； 而 near 則多用於複合詞，如：“**near**-perfect performance”

(B) near 與 nearly 的句型

near

1. **not anywhere near/nowhere near** 差的遠
   - ◆ This watch is **not anywhere near/nowhere near** my expectation.
     這只錶沒有我預期的好。
   - ◆ The restaurant was **not anywhere near/nowhere near** full.
     那餐廳離滿座還差的遠。

2. **not come near somebody/something** 遠不及（用於兩人/物相比較時）

◆ None of these girls' performances come nearKate's.
沒有一個女孩的表現可以和 Kate 相比。

◆ Her third film does not seem tocome near her second.
她的第三部電影似乎沒有她的第二部來的好。

3. **near to (doing)＋某事** 覺得幾乎；差點：

◆ She was **near to** tears.
她差點要哭了。

◆ He came **near to** being killed.
他差點被殺了。

nearly

1. not nearly 遠少於；一點也不：

◆ There **isn't nearly** enough time to get there.
沒有足夠的時間到那裡。

◆ 1 kilogram of rice is **not nearly** enough to feed 100 people.
1 公斤米遠不足以餵飽 100 個人。

2. **pretty nearly** 幾乎

pretty nearly 為較不正式的口語用法，意同"pretty much/well"。此外，pretty nearly 為英式英語用法，美式英語為 pretty near。

◆ The first stage is pretty nearly finished.
第一階段幾乎完成了。

◆ She goes out pretty nearly every night.
她幾乎每晚外出。

⒞ (adj.) : **near/ close**

near 和 close 做形容詞時，兩者的意思相同，均有”**相近的；靠近的**”的意思，如：

◆ His house is **near/close** to the hospital.

他的房子**靠近**醫院。

然而，某些詞組或慣用語則有既定只能使用 near 或 close，如：

“the **near** future”（*NOT*“~~the close future~~”）不久的將來

“a **close** call”（*NOT* “~~a near call~~”）千鈞一髮

close 還可用來形容人與人之間的關係很密切，如：“a **close** friend”（摯友），“**close** links”（緊密的環節）；但 near 則不可用於此處。

⒟ **near/nearby**

nearby 和 near 可視為同義詞，兩者均可譯為“靠近”；而兩者的不同處為：

1. near 可做為介係詞（＝close to），但 nearby 則不可做為介係詞使用。

◆ I live near a school.

我住在一間學校附近。（*NOT* ~~…nearby a school~~）

◆ I put the luggagenearthe door.

我將行李放在門附近。（near＝close to）

⊕ 偶爾雖會聽到“I put the luggagenearbythe door.”的說法，但在文法上來說是錯誤的。

2. near 可和時間一起使用，表示“將近”；但 nearby 則不可和時間一起使用

◆ I hope to see you in the near future.

我希望能在近期內見到你。（*NOT* ~~…nearby future~~）

◆ Winter is drawing near.

冬天要到了。(*NOT* ~~Winter is nearby~~.)

(E) (adv.) : **nearly/almost**

某些語言學家試圖將 nearly 與 almost 兩者的語意做區分，他們認為，nearly 多用於描述時間（nearly midnight）、空間（nearly at our destination）或數量（nearly enough water）；而 almost 則用於描述程度（almost dead）。事實上，兩者的區別其實微乎其微，在大部分的情況下，nearly 與 almost 是可以互相代換的。若真要論不同之處，則有以下幾點：

1. **在 any 以及 no, none, never, nothing 等否定詞之前僅能用 almost**，不可使用 nearly。

◆ There is **almost** no wine left.　幾乎沒剩下什麼酒了（*NOT* ~~nearly no wine left~~）

2. **在談到心理狀態或情感時，一般多用 almost 而不用 nearly。**

◆ She is **almost** afraid to go to school.　她害怕上學。（*NOT* ~~nearly afraid~~）

一點就靈

I. 填充題: 請依題意在空格填上 near 或 nearly

1. I have ____________ finished my homework.
2. Don't come ____________ me!
3. Louis has worked here for ____________ ten years.
4. She refused to sit ____________ men.
5. They ____________ failed the exam.

答案與解說

1. nearly　我**快要**完成我的作業了。　Nearly 做"差不多"、"幾乎"之意。
2. near　不要**靠近**我！　Near 做"靠近"之意。
3. nearly　Louis 已經在這裡工作了**將近**十年。Nearly 做"差不多"、"幾乎"之意。
4. near　他拒絕坐在男人**旁邊**。　Near 做"靠近"之意
5. nearly　他們**差點**考試不及格。　Nearly 做"差不多"、"幾乎"之意。

II. 選擇題：請圈出正確的選項

1. Is the school near/nearly the park?
2. Dee was afraid to go near/nearly the dog.
3. She near/nearly missed the flight.
4. What a near/close call!
5. Amanda is one of my near/close friends.
6. The day of her wedding was drawing near/nearly.
7. My brother was near/nearly to falling asleep.
8. I look forward to seeing you in thenear/nearby future.

答案與解說

1. near　學校離公園**近**嗎?　Near 做“靠近”之意。
2. near　Dee 不敢靠**近**那隻狗。　Near 做“靠近”之意。
3. nearly　她**差點**錯過班機。 Nearly 做“差不多”、“幾乎”之意。
4. close　**好險**啊！“A close call”為慣用語，意指“千鈞一髮”。
5. close　Amada 是我的**摯友**之一。Close 可用來形容關係的“緊密”。
6. near　她結婚的日子接近了。　Draw near 為表示“靠近、即將來臨”的片語。
7. near　我弟弟差點睡著了。　near to (doing)＋某事＝“覺得幾乎；差點”。使用 nearly 需去掉 to：My brother was nearly falling asleep.
8. near　我期待再不久的將來見到你。　near 可和時間一起使用，表示“將近”；但 nearby 則不可和時間一起使用。

III. 翻譯題：請依提示將下方的中文翻譯為英文。

1. 那間旅館離機場很近。(near)

____

2. 她差點昏倒。(nearly)

____

3. 那台電腦跟新的差不多。(pretty nearly)

____

4. 她遠不及她妹妹漂亮。(not nearly)

____

5. 那艘船快靠近陸地了。(near)

____

6. 幾乎所有的老師都在那裡。(nearly)

____

7. 我期待在不久的將來聽到你的消息。(near)

____

8. 那條狗差點被車撞到！好險啊！。(nearly)

____

9. 他的第二本小說沒有第一本好。(not come near)

____

10. Natasha 是我的摯友。

____

答案

1. The hotel is very near (to) the airport.　Near 做“靠近”之意。
2. She nearly fainted.　Nearly 做“差不多”、“幾乎”之意。
3. The computer is pretty nearly new.　Pretty nearly 與 nearly 的用法無意，均修飾動詞。
4. She is not nearly as pretty/beautiful as her young sister.　Not nearly 離差不多還很遠 遠不及；像…一樣漂亮 as pretty/beautiful as…
5. The ship is nearing the land.　這裡將 near 做動詞，同樣表示“靠近”之意。
6. Nearly all the teachers are there.　Nearly 並非否定副詞，放置句首時不需要做倒裝句型。
7. I look forward to hearing from you in the near future.　期待的片語為“look forward to”；特別注意 to 後面不加原型動詞，而是加 Ving。
8. The dog was nearly hit by a car. What a close call!　“差點”＝“nearly”；注意 hit 的動詞三態為 hit hit hit。
9. His second novel does not come near his first.　用 not come near 比較兩人/物時，表示前一個人/物沒有後一個人/物好。
10. Natasha is my close friend. Close 可用來形容關係的“緊密”。

8 UNIT

High vs. Highly

(A) high 可用為形容詞（a **high** building）、副詞（fly **high** ）與名詞（reach a new high）；而 highly 僅可做為副詞使用（**highly** develop）。兩者的詞意與句例請看以下說明：

high

形容詞（*adj.*）

1. （高度、程度、溫度、含量、音調、地位、價值等）高的

◆ Taipei 101 is a very **high** building.
台北 101 是一棟很高的建築物。

◆ The temperature of summer is normally **high** in Taiwan.
台灣的夏天通常是高溫的。

◆ She has a **high** voice.
她的聲音很尖。

◆ French fries are **high** in fat.
炸薯條含高脂肪。

2. 中間時間點的；最吸引人的時機點

◆ The sun's rays only reach to the room at **high** noon.
陽光只有在正午時分才會照進房間。

3. （食物）腐壞的

◆ The cheese is a bit **high**.
起司有點變質發臭了。

4. 【口語】（因酒精、藥物等引起）興奮的

◆ He was **high** on drugs.

他因吸毒而情緒亢奮。

副詞（adv.）

（高度、含量、音調等）高

◆ The eagle flies **high**.

老鷹飛的很高。

◆ Stacy is aiming **high** in her exam.

Stacy 對這次考試的期待很高。

◆ I can't sing that **high**.

我唱不了那麼高。

名詞（n.）

1. 高水準

◆ Profits reached a new **high** this year.

今年利潤達到了一個新的高峰。

2. 高溫；高氣壓

◆ **Highs** will be near 30℃ again today.

今日最高溫又會將近 30℃。

◆ A **high** over Taiwan is bringing fine sunny weather to all parts.

台灣上空的高氣壓給各地區帶來了晴朗的好天氣。

3. 高中的簡稱

◆ He graduated from Edon **High** in 2003.

他 2003 年從 Edon 高中畢業。

4. 【口語】（從做某事引發的）喜樂

◆ This book describes the **highs and lows** of her stage career.

這本書描述了她舞台生涯的高低潮。

5. 【口語】（因酒精、藥物等引起的）快感

◆ The **high** from the drug lasted for a while but then he felt nauseated for all night.
從藥物獲得的快感持續了一陣子，但之後他整晚都覺得噁心。

highly

副詞（*adv.*）

1. 非常；很

◆ He is a **highly** successful businessman.
他是一個非常成功的商人。

2. （標準、等級、評價、數量等）高

◆ Mr. and Mrs. Smith are both **highly** educated.
Smith 夫婦兩人都是高學歷。

◆ Your teachers think very **highly** of you.
你的老師們對你的評價都很高。

(B) high 與 highly 在做為**副詞**時，雖兩者形式不同，但由於同樣有"高"的意思，故在使用上常容易混淆。前者（high）在含義及用法上的特點主要是**表示具體的行為和動作**，且說明的動作或狀況有**可測量性和可見性**；而後者（highly）所表達的常常是**抽象性的行為和狀況**，且大都具有"greatly"和"extremely"的含義。試比較：

◆ A pigeon is flying high above the street.
有隻鴿子高高地飛在街道上方。→ "fly high 飛得高"為具體可見的行為，且為可見性的動作，故使用 high 修飾動詞 fly。

◆ He speaks highly of you.
他對你的評價很高。→ "speak highly of… 對…評價很高"為抽象性的行為，故使用 highly 而非 high。

(C) 常見複合字及常用詞

high		highly	
high-born	出身高貴的	highly contagious	高傳染性的
high-class	高級的	highly controversial	極具爭議的
high-definition	高畫質的	highly qualified	完全合格的
high-end	尖端的	highly recommended	強烈推薦的
high-grade	高品質的	highly-paid	高薪的
high-profile	高調的	highly praised	高度讚揚的
high-security	戒備森嚴的	highly-strung	神經緊張的
		highly dangerous	高度危險的

highly-strung 是美式拼法；英式拼法為 high-strung

一點就靈

I. 填充題: 請依題意在空格填上 high 或 highly

1. Mr. Burke was a ____________ qualified surgeon.
2. He is a ____________ skilled carpenter.
3. Professor Lu earned a ____________ reputation for his research field.
4. Our output of bicycles reached a new ____________ in the five years.
5. Jason's style is offbeat but ____________ creative.

答案與解說

1. highly　Burke 先生是個非常合格的外科醫生。　"highly qualified" 非常合格的
2. highly　他是個非常有才華的木匠。　"highly skilled" 非常有才華的

3. high　Lu 教授在他的研究領域享有很高的聲譽。　high 在這裡做形容詞，修飾 reputation。
4. high　我們的腳踏車產量達到了五年內的最高峰。　High 做名詞 “高峰”。
5. highly　Jason 的風格非主流但很有創造力。　“highly creative” 高度創造力的

II. 選擇題：請圈出正確的選項

1. Mr. and Mrs. Stevens thought high/highly of their son's school.
2. Manchester United is a high/highly ranked football team.
3. Alex studies hard to gain a high/highly level of competence in Spanish
4. He is a high/highly profile politician.
5. Gay marriage is still a high/highly controversial issue in some countries.

答案與解說

1. highly　Stevens 夫婦對他們兒子的學校有高的評價。　Think highly” 為評價高之意。
2. highly　曼聯是個名列前茅的足球隊。　“highly ranked” 名列前茅的。
3. high　Alex 認真唸書為了獲得高水準的西班牙語能力。　High 做形容詞修飾 level
4. high　他是一個高調的政治家。　“High profile” 高調的。
5. highly　同性戀婚姻在某些國家仍然是高度爭議的議題。　“highly controversial” 高度爭議的。

III. 翻譯題：請依提示將下方的中文翻譯為英文。

1. 我的電視是高畫質的電視。

____

2. 我的老師遞給了我一張她強烈推薦的書單。

____

3. 他發高燒。

____

4. 今年夏天的氣溫達到了新高。

____

5. Richard 天資聰穎。

____

6. 他在英語測驗中考了高分，但在數學測驗中卻考出低分。

____

答案

1. My television is a high-definition one.　高畫質用複合詞 high-definition
2. My teacher handed me her highly recommended reading list.　高度推薦用複合詞 highly recommended
3. He is having a very high fever.　High 做形容詞“高的”修飾 fever
4. The temperature reached a new high this summer.　High 做名詞，有高峰的意思。
5. Richard is highly gifted.　很有天賦用複合詞 highly gifted
6. He tested high in English, but low in Math.　High 做副詞修飾 tested

9 UNIT

Friendly 和 lovely 是形容詞還是副詞？

(A) 請閱讀下方兩個句子，看看哪一個是正確的。

1. She treats me very nicely.
2. She treats me very friendly.

第 1 句“She treats me very nicely”為正確選項。這句話的意思是“她對我很好”，使用副詞 nicely 來修飾動詞 treats。反觀第 2 句的 friendly 為形容詞，不可用來修飾動詞。

第 5 單元曾提到，大部分的副詞形式為〔形容詞＋ly〕，如：happily, warmly, undoubtedly 等。然而，有些-ly 結尾的單字並非就是副詞，如本單元標題的 **friendly 和 lovely 就屬於-ly 結尾的形容詞**。

(B) 以-ly 結尾的形容詞構成法則與句型

1. **名詞（N.）＋ly**

   這一類的形容詞的意思大多可以從相應的名詞詞意中推斷出來，如：

   ◆ He is a very warm and **friendly** person.
   他是一個非常熱情友好的人。→友好的

   ◆ American football is a **manly** sport.
   美式橄欖球是一種適合男人的運動。→適合男人的

   ◆ Yuki is writing articles for a **weekly** magazine.
   Yuki 現在為一本周刊寫文章。→每星期的

2. **形容詞（adj.）＋ly**

這類形容詞的意思與相應的不帶-ly 形容詞意思相近，但略有差異，如：

sick vs. sickly

◆ Rex was sick.　Rex 生病了。

◆ Rex used to be a **sickly** boy.
Rex 曾經是個多病的孩子。

clean vs. cleanly

◆ After taking a shower, Jeff is clean now.
洗完澡後，Jeff 身體乾淨了。

◆ Jeff is a **cleanly** boy, who always keeps his room tidy.
Jeff 是個愛乾淨的男孩，總是保持他的房間整潔。

3. **動詞（v.）＋ly**

由〔動詞＋ly〕組成的形容詞較前兩者的數量為少，而大部分成為形容詞後的意思也與動詞原本的意思不盡相同。

◆ It is a **lovely** day today.
今天是個美好的一天。

◆ We will come again at a more **seemly** time.
我們會在更適合的時間再次來訪。

4. **未結合其他詞性，純粹以 ly 結尾的形容詞**

◆ *The **ugly** duckling* is a famous story for children.
醜小鴨是個有名的童話故事

◆ Don't be **silly**!
別傻了

◆ He really likes Monet's **early** paintings.
他真的很喜歡莫內早期的畫作。

(C) **部分帶-ly 結尾的單字，即可做形容詞，也可做副詞**，如：

likely

◆ Vivian is **likely** to be in the office at the moment.

◆ He will most **likely** arrive here at 8.

Kindly

◆ The climate here is **kindly** for crops.

◆ The receptionist **kindly** gave me a street map.

daily

◆ These part-time workers are paid on **daily** basis. 這些兼職工人領的是日薪。

◆ The hotel manager check the rooms twice **daily**. 旅館經理每天檢查房間兩次。

(D) 常見的以-ly 結尾的形容詞及其詞意

friendly 友好的；朋友關係的	kindly 親切的；宜人的
lovely 可愛的；令人愉快的	costly 貴重的；代價昂貴的
likely 很可能的；適合的	homely 家庭般的；樸實的
lively 輕快的；鮮明的；令人愉快的	elderly 年長的；過時的
deadly 致死的；死一般的	smelly 味道難聞的
lonely 孤獨的；偏僻的	daily 每日的；日常的
early 早的；不久的	weekly 每週的
manly 有男子氣概的；適合男人的	yearly 每年的

一點就靈

I. 填充題: 請依題意選出最合適的詞填入空格中，並判別該詞的詞性。

~~lively~~ easily lonely elderly homely yearly

例：The orchestra played a *lively,* 形容詞 symphony.

1. We should respect ____________ people.
2. My mother is a ____________ woman.
3. He was very ____________ after his wife died.
4. I can't let him get away so ____________ .
5. The examination is held ____________ .

答案與解說

1. elderly，形容詞　我們應該尊重長者。　Elderly 年長的，修飾 people
2. homely，形容詞　我母親是個居家型的女性。　Homely 家庭般的；普通的；修飾 woman
3. lonely，形容詞　自從他的妻子過世後，他就非常寂寞。　Lonely 寂寞的；修飾 he
4. easily，副詞　我不能讓他這麼簡單就走掉。　Easily 簡單地；修飾 get away
5. yearly，副詞　考試每年舉行一次。 yearly 每年地；修飾 held。

II. 選擇題：請選出正確的句子。

1. I can barely hear your voice.
2. This little girl smiles lovely.
3. He spoke to me unfriendly.
4. Airfares are unlikely to remain the same.
5. Some people think blue cheese is quite smelly.

正確的句子題號：_______________

答案與解說

正確的句子題號為：1, 4, 5

第 2 句的 lovely 為形容詞，不能修飾動詞 smiles. 此句可改為："The little girl has a lovely smile."

第 3 句的 unfriendly 為形容詞，不能修飾動詞 spoke. 此句可改為："He spoke to me coldly."

III. 翻譯題：

1. 《寂寞星球》一書被稱為是旅行者的聖經。

____

2. 這是一個愚蠢的問題。

____

3. 他每月的收入為五萬元。

____

4. Stevens 先生看起來蒼白多病的。

____

5. 它是一種致命的毒藥。

____

6. 春天是宜人的季節。

____

7. 有些人認為胸毛是男子氣概的象徵。

____

8. 那是一次代價很高的勝利。

答案

1. The book Lonely Planet is considered as travelers' Bible.　Lonely 寂寞的；修飾 planet
2. This is a silly question.　Silly 愚蠢的；修飾 question
3. His monthly income is 50,000 dollars.　Monthly 每月的；修飾 income
4. Mr. Stevens looks pale and sickly.　Sickly 體弱多病的
5. It is a deadly poison.　Deadly 致命的；修飾 poison
6. Spring is a lovely season.　Lovely 可愛的、宜人的；修飾 season
7. Some people consider chest hair is a manly symbol.　Manly 男子氣概的；修飾 symbol
8. It was a costly victory.　Costly 代價高昂的；修飾 victory

10 UNIT

Worthy vs. Worth 的用法

(A) worthy 和 worth 均可做為形容詞與名詞使用。兩者的詞意與句例請看以下說明：

worthy

形容詞（*adj.*）
1. 可尊敬的；相稱的 ◆ Mr. Fernando is a **worthy** member of the community. Fernando 先生是團體中的德高望重者。 2. 應該獲得…的；值得…的 ◆ I don't think he is **worthy** of trust. 我認為他不值得信賴。 ◆ This problem is not **worthy** of mention. 這個問題不值得提出。
名詞（*n.*）
重要人物 ◆ The local **worthies** all attended the meeting. 地方名流都出席了會議。

worth

形容詞（*adj.*）
1. （...的）價值；值... ◆ This skirt is worth 3,000 dollars. 這條裙子值 3,000 元。 2. 值得（做...） ◆ The museum is worth visiting. 這個博物館值得參觀。
名詞（*n.*）
1. 價值 ◆ Your contribution was of great **worth**. 你的貢獻很有價值。 2. 值一定金額的數量 ◆ This winner will receive 2 thousand **worth** of books*. 優勝者將獲得價值 2 千元的書。

倘若有要特別說明幣值，則可寫為：2 thousand pounds' worth of books 價值 2 千**英鎊**的書

由以上詞義及句例可看出，“worthy”和“worth”在中文裡均可譯為“值得…”;在某些句子中，更可視使用者的偏好，在兩者中任選其一使用：

◆ It's not **worthy** of a visit to the spa.

◆ It's not **worth** paying a visit to the spa.

→上述兩句均可翻譯為“那個 spa 不值得一去”，這裡無論使用“worthy”或“worth”均不影響其意。

然而，若要對兩者做區分的話，“worthy”通常帶有**“值得尊**

敬”、“值得受到某種正面的對待”（deserving of respect）的含義，而“worth”則多用於表示**“有…價值”（value）**。例如：

◆ This is a book**worthy** of praise.

這本書應該會得讚美。→這本書“值得受到正面的對待（praise）”

◆ London is a city**worth** visiting.

倫敦是值得拜訪的城市。→表示倫敦“有拜訪的價值”。

(B) worthy 和 worth 的用法及句例：

worthy

1. **be worthy of＋** { **名詞（N.）** / **動名詞（Ving）** }

◆ Dr. Swain's research findings are **worthy of** note.

Swain 博士的研究發現很值得記載。

◆ This phenomenon is **worthy of** being studied.

這個現象很值得被研究

2. **be worthy＋to 原型動詞（Vr.）**

◆ She is **worthy to** receive such honor.

她值得獲得此殊榮。

3. worthy 可放置於名詞之前或之後

放名詞之前時，通常表示“可尊敬的”：

◆ She is a **worthy partner**.　她是一位可敬的夥伴。

＝She is a partner who is worthy of respect.

放名詞之後時，則可表示“值得被…”：

◆ She is **credit worthy**.　她值得被信賴。

＝She is worthy of being given credit.

4. 表達“非常值得…”時，可用 very 修飾

◆ That is **very worthy of** our attention.

那很值得我們的注意。

worth

1. **be worth＋{名詞（N.） / 動名詞（Ving）}**

◆ This watch is worth 2000 dollars.

這支錶價值 2000 元。

◆ The car is hardly worth repairing.

這輛車不值得被修復。

2. **be worth 後可接動名詞（Ving），但不可接 to＋原型動詞（Vr.）：**

◆ The car is **worth repairing**.（*NOT* ~~The car is worth to repair.~~）

此外，be worth＋Ving 時，總是用主動形式表達被動含義：

◆ The car is **worth** repairing.

→這輛車值得被修復。

3. 在現代英語中，在 be worth 前使用 It 被認為是合習慣的。如：

◆ It isn't **worth** repairing the car.

這輛汽車不值得修了。此外，直接用 Ving 做主語則是錯誤的，如：

◆ ~~Repairing the car is worth~~.

4. 表達“非常值得…”時，習慣上不用 very ，而多用 well 進行修飾

◆ This job is **well worth** doing.（*NOT* ~~very worth doing~~）

“be worthy of” 後面接的是被動式的動名詞；而“be worth”後面用主動形式表達被動含義：

◆ The car is worthy of being repaired.
◆ The car is worth repairing.

兩者均表示“這輛車值得被修復”

補充：

worthwhile

1. 形容詞（adj.）值得做的；有價值的

2. **be worthwhile＋**
   - **動名詞（Ving）**
   - **to＋原型動詞（Vr.）**

◆ The issue is **worthwhile discussing/to discuss**.
值得討論這個議題。

3. worthwhile 可以分開寫，並在其中加上 one's

◆ The work is **worth your while**.
這工作值得你去做。

4. worthwhile 可用 very 修飾

◆ Teaching is a **very worthwhile** career.
教書是一個很值得做的工作。

一點就靈

I. 填充題: 請依題意在空格填上 worthy 或 worth

1. Is organic food ____________ the expense?
2. She is a ____________ and reasonable educator.
3. This book is ____________ to read through.
4. There is nothing ____________ of mention.
5. Cooper just bought 100 pounds' ____________ of jackets.

答案與解說

1. worth　有機食物跟它的價格相符嗎？　Worth 可直接加名詞；worthy 加名詞的話，需使用 worthy of＋名詞
2. worthy　她是個可敬、明理的教育者。　worthy 可做形容詞，表示“可敬的”
3. worthy　這本書值得細讀。 worthy＋to Vr. 值得⋯.；worth 不可加 to Vr，只能加 Ving
4. worthy　沒有事情值得一提。worthy 加名詞的話，需使用 worthy of＋名詞；而 worth 可直接加名詞
5. worth　Cooper 剛買了價值 100 英鎊的裙子。　Worth 做形容詞可表示（⋯的）價值。

II. 選擇題：

1. ____________ This computer is（A. worthy　B. worth　C. worthwhile）$200.
2. ____________ It's not（A. worthy　B. worth　C. worthwhile）of getting her back.
3. ____________ London is（A. worthy　B. worth　C. worthwhile）a visit.
4. ____________ This journey is well（A. worthy　B. worth　C. worthwhile）taking.
5. ____________ The question is（A. worthy　B. worth　C. worthwhile）our while to discuss.
6. ____________ Alan is a（A. worthy B. worth C. worthwhile）man.
7. ____________ This job is well（A. worthy B. worth C. worthwhile）doing.

答案與解說

1. B 這台電腦值 200 美元。 Worth 做形容詞可表示（…的）價值。
2. A 把她追回來是不值得的。 Worthy of＋Ving 表示值得做…。
3. B 倫敦值得一遊。 Worth 可直接加名詞；worthy 加名詞的話，需使用 worthy of＋名詞。
4. B 這趟旅程值得參加。 Worth 可直接加 Ving；worthy 加 Ving 的話，需使用 worthy of＋Ving。
5. B 這個問題值得我們討論。 worthwhile 可以分開寫，並在其中加上 one's
6. A Alan 是個可敬的男人。 worthy 可置於名詞之前表示"可尊敬的"。
7. B 這個工作很值得做。 Worth 用 well 做修飾，而其他兩者則多用 very 修飾。

III. 翻譯題：請依括弧中的提示將下方的中文翻譯為英文。

1. 這個想法值得考慮（worthy）。

____

2. 學英文是值得的。（worthwhile）

____

3. 雖然他可能說不，但仍然值得去嘗試一下。（worth）

____

4. 竊賊偷走了價值 100 萬英鎊的鑽石。

____

5. 這個價值多少?

____

6. 不要傷害這麼一個好人。（worthy）

____

7. 不值得費事。（worth）

____

8. 我們等了很久，但非常值得。（worthwhile）

____

9. 努力是值得的，因為沒有不勞而獲的事。(worthwhile)

____

10. 他的建議值得被採用。(worth)

____

答案

1. The idea is worthy of consideration/being considered. /The idea is worthy to considerate. Worthy 後可加（1）of 名詞/（2）of Ving/（3）to Vr.
2. It is worthwhile to learn/learning English. Worthwhile＋to Vr./Ving。
3. Although he might say no, it's still worth a try/trying. Worth 後面可加名詞或 Ving。
4. The thief stole 1 million pounds' worth of diamonds. 此題有特別提到幣值，故寫法為："1 million pounds' worth of"；倘若沒有提到幣值，則可寫為："1 million worth of"。
5. How much/What is this worth? 用 How much 開頭，回答時為該物價值多少錢；用 What 開頭，回答時為該物等同於什麼的價值（如：一台車的價值）。
6. Don't hurt such a worthy person. Worthy 做形容詞，表示可尊敬的。
7. It's not worth the trouble. Worth＋名詞。
8. We had a long wait, but it was worthwhile. Worthwhile 形容詞，表示值得做。
9. It is worthwhile to work hard because nothing comes easy. worthwhile 後加"to 原形動詞"。
10. His advice is worth taking. worth 後可接動名詞（Ving），但不可接 to＋原型動詞；此外，be worth＋Ving 時，總是用主動形式表達被動含義：

11 UNIT

Little vs. Small

(A) little 和 small 兩者意思相近，且均可做形容詞、副詞與名詞。

little

形容詞（*adj.*）
1. 小的 ◆ This is a cute **little** dog. 這是一條可愛的小狗。 2. 年幼的 ◆ Mark is my **little** brother. Mark 是我弟弟。 3. （距離、時間）短的 ◆ Shall we talk a **little** while? 我們可以談一會嗎？ ◆ After lunch, we walked a **little** way. 午餐後，我們走了一小段路。
副詞（*adv.*）
少 ◆ I slept **little** last night. 我昨晚睡得很少。 ◆ She is **little** known as a singer. 很少人知道她是個歌手。

名詞（*n.*）

少許

◆ He had **little** to tell us.
他沒什麼消息告訴我們。

small

形容詞（*adj.*）

1. （規模、數量、尺寸等）小的
   ◆ My father bought me a **small** car .
   我父親買了一台小車給我。
   ◆ The government should provide more help to **small** businesses.
   政府應該提供小企業更多幫助。
   ◆ Please fill out this form with **small** letters.
   請用小寫填寫這張表格。
2. 年幼的
   ◆ They have two **small** children.
   他們有兩個小孩。
3. 不重要的
   ◆ He just played a **small** part in my life.
   他只在我生命中扮演了一個小角色。
4. 不多的；少量的
   ◆ He has **small** hope of passing the exam.
   他沒什麼希望通過考試。

副詞（*adv.*）

1. 小塊地
   ◆ Jimmy cut the cake **small**.　Jimmy 將蛋糕切成小塊。

2. 細小地；輕微地

◆ She spoke as **small** as possible.
她盡量放低聲音說話。

名詞（*n.*）

smalls 小件物品 [僅做複數；舊式英語]

◆ She walked away with all her **smalls**.
她帶著她的小件物品離開了。

(B) small 和 little 做形容詞時，兩者都有“小的”意思，但兩者的分別請參考以下：

1. 當使用 little 時，通常沒有“比較”之意，僅僅只是敘述物體、生物的尺寸小；而 small 和 big, large 相對，通常指尺寸面積量、規模等比起一般標準小，一般使用 **small** 時，有**與其他物體、生物相比**之意。

◆ He has a **little** house in the countryside.

◆ He has a **small** house in the countryside.

兩者字面上均為“他在鄉間有間小房子”；但第一句“a little house”沒有比較之意，純粹指的是房子看起來很小，而第二句的“a small house”，房子之所以小（small），可能是因為這間房子比起鄉間其他的房子小。

2. 當表達物體是“較小的、最小的”時，現代英語中已少用 littler 或 littlest，而多用 smaller 及 smallest。

◆ smaller house/smallest house（*NOT* ~~littler house~~/ ~~littlest house~~）

要使用 little 的比較級與最高級時，多為 less 和 least，做為“較少的、最少的”修飾不可數名詞：

◆ **less** strength　較少的力氣

◆ **least** money　最少的錢

3. **Little** 常帶有**情感色彩**；而 small 則無。

◆ David is just a **little** boy. You can't blame him.

David 只是個小男孩。你不能責怪他。

◆ David may be a **small** child, but this is not the excuse for his bad behavior.

David 也許只是個小孩，但這並不能成為他行為不良的藉口。

第一句中的"a little boy"帶有憐惜 David 還是個小孩子的意味；但第二句中的"a small boy"則只是陳述了 David 還是小孩的事實。

4. little 前可加形容詞如：ugly, cute, nice, tiny 等；small 前可加副詞如：rather, quite, fairly, pretty 等。

◆ Amelia is a **sweet little** thing.

Amelia 是個甜美的小傢伙。

◆ This newborn baby is **quite small**.

這個新生兒很小。

5. little 和 small 在修飾某些名詞時，會有完全不同的意思：

◆ **little** money

沒有多少錢

◆ **small** money

面額小的錢

6. little 也用在地名之中：

◆ **Little Rock** is the capital city of the U.S. state of Arkansas.

小岩城是美國阿肯色州的首都。

(C) Little 做數量詞（quantifier）的用法和句例

little

1. **little＋不可數抽象名詞**不多（not much）：

◆ Adele has **little doubt** about getting married with Tuck.
Adele 對與 Tuck 結婚有些許疑慮。

◆ There is **little chance** to find a suitable person to do this job in such short time.
在這麼短的時間找到適合的人做這個工作的機會不大。

2. **a little＋不可數名詞** ⇨ 少量；一些（a small amount; some）：

◆ I would like to have **a little milk** in my tea.
我想要在我的茶裡加些牛奶。

◆ I have only read **a little of the book** so far.
我目前才讀了這本書幾頁。

small 做數量詞的方式為：

a small number of＋可數名詞：
a small number of students 少數學生
a small amount of＋不可數名詞：
a small amount of alcohol 少量烈酒

一點就靈

I. 填充題：請依題意在空格填上 little 或 small

1. Let's walk a ____________ while.
2. George is 2 years younger than me. He is my ____________ brother.
3. This pair of shoes are too ____________ . They really don't fit me at all.
4. I would like a ____________ wine, please.

5. Could you give Mr. Wilson a ___________ glass of champagne, please?

答案與解說

1. little 讓我們一起散步一**會兒**。 a little while 一會兒
2. little George 比我年輕 2 歲。他是我的**弟弟**。 Little 可做年輕的之意。
3. small 這雙鞋**太小**了。它們不合我的腳。 尺寸的小用”small”
4. little 請給我一**點**酒。 A little＋不可數名詞 表示“少量的…”
5. small 可以請麻煩你給 Wilson 先生一**小杯**香檳嗎？ 說明杯子尺寸的小用“small”

II. 選擇題：請圈出正確的選項

1. Grace's car is littler/smaller than mine.
2. Alice speaks a little/a small English.
3. Although Peter is 30 years old, he is still a little/small boy inside.
4. Nobody likes to make friend with such a small – minded/little-minded man.
5. You have to deposit a small amount of /a small number of money if you want to reserve the room.

答案與解說

1. smaller Grace 的車比我的車**小**。 “than 相比”之前需有比較級，由於 littler 在現代英語已較少使用，又車子為可數物體，所以這裡選擇 smaller。此外，mine 這裡為 my car 之意。

2. <u>a little</u>　Alice 會說一**點**英語。a little＋不可數名詞表示“一些；不多”。

3. <u>little</u>　雖然 Peter 已經 30 歲了，但他內心仍像個小孩。　這裡形容 Peter 仍像個小孩，有情感意味在其中，故使用 little 而不使用 small．

4. <u>small-minded</u>　沒有人喜歡跟這麼一個**心胸狹窄**的人做朋友。　形容人心胸狹窄要用”small”。

5. <u>a small amount of</u>　如果你要預訂那間房，你必須先付**少量的**訂金。　money 為不可數名詞，所以用 a small amount of。

III. 翻譯題：參考括弧中的提示，並將下方的中文翻譯為英文。

1. 我要喝小杯咖啡。

____

2. 我要喝一點咖啡。

____

3. 給我一個小小的擁抱。

____

4. 新藥的效果顯示不佳。（little）

____

5. 只有少許學生參加這個競賽。

____

6. 沒有技能的工人通常比有技能的工人賺得少。

____

7. 爭吵之後，他昨晚睡得很少。

____

8. 她喜歡和鄰居閒聊。

____

答案

1. I want to have a small coffee. 用 small 表達尺寸、規模的“小”。
2. I want to have a little/a small amount of coffee. a little 與 a small amount 均可表示喝的量不多。
3. Give me a little/a small hug. 這裡使用 little 或 small 都可以；但兩者含義稍有不同。前者表示這個擁抱不是很長，但充滿情感；而後者表示這個擁抱很短，並且不含任何情感。
4. The new drugs appear to have had little effect. “effect 效果”為抽象名詞，在其前面使用 little 做修飾，表達不多。
5. Only a small amount of students entered the competition. 學生為可數名詞，故使用 a small number。
6. Unskilled workers usually earn less money than skilled workers. 少為 little，較少的為 less。
7. After the quarrel, he slept little last night. Little 做副詞，表示“少”之意。
8. She likes to have some small talk with the neighbors. 閒聊為 small talk。

12 UNIT

Some vs. Any

(A) some 和 any 均可做形容詞、代名詞與名詞。

some

形容詞（*adj.*）／限定詞（*det.*）
1. （**修飾不可數名詞或複數可數名詞**）某些；一些 ◆ There is still **some** wine in the bottle. 瓶子仍然有一些酒。 ◆ **Some** dogs are sick. 某些狗生病了。 2. 部分的 ◆ **Some** students find learning a new language is difficult. 部分學生覺得學習一門新語言很難。 3. （**修飾單數可數名詞**）某一；某個 ◆ She is writing articles for **some** newspaper 她為某份報紙寫文章。 4. 大量的；少量的（依句意判別該字的意思是大量的還是少量的） ◆ We have known each other for **some** years now. 我們已經認識彼此了好幾年。 ◆ There is only **some** hope that things will improve. 事情會改善的希望只有一點。

代名詞（*pron.*）
1. 有些人；有些事
◆ **Some** disapprove of the idea. 有些人不贊同這個想法。
2. 一些；若干
◆ **Some** of the teachers are from America. 有些老師來自美國。
副詞（*adv.*）
（用於數字前）大約
◆ **Some** fifty people attend the wedding. 大概 50 人參加了婚禮。

any

形容詞（*adj.*）／限定詞（*det.*）
1. **（修飾不可數名詞或複數名詞；可用於在否定句、疑問句、if 和 whether 子句中）**絲毫；一點
◆ You can't go out with no **any** money. 你不能一點錢都不帶就出門。
◆ Are there **any** letters for you? 有我的信嗎？
◆ Our teacher asked if we had **any** questions. 我們的老師問我們是否有任何問題。
2. 任何的（放在單數可數名詞之前）
◆ You can buy this book at **any** bookshop. 你可以在任何一間書店買到這本書。

代名詞（*pron.*）
1. **（可用於在否定句、疑問句、if 和 whether 子句中）**一點；若干 ◆ Please buy me a box of eggs; there isn't any left at home. 請幫我買盒雞蛋；家裡沒有了。 2. 任何一個；任何人 ◆ Christina is smarter than any of us. Christina 比我們中的任何人都聰明 。
副詞（*adv.*）
（可用於在否定句、疑問句、if 和 whether 子句中）少許 ◆ I can't sing any louder. 我不能唱的更大聲了。

(B) some 和 any 的比較：

1. some 在句中多用於表達正面、肯定意義，而 any 多用在負面、否定及有否定意味的句型。

some 正面、肯定：

◆ We have got **some** coffee at home.

◆ There are **some** nice kindergartens in this area.

any → 負面、否定：

◆ We haven't got **any** milk.

◆ There are not **any** good schools in this area.

2. any 常用在 if 與 whether 句型中：

◆ If you need **anything**, just ask.

◆ I'm calling to ask whether there are **any** vacancies.

3. 當 any **出現於問句**時，**回答一般是開放式的**，**可能是** yes **也可能是** no；而 some **用於問句**時，問話者多為表達“提供、要求” ，並期

待對方給予肯定（yes）的回覆。

◆ Did you buy **any** books?　Yes, I did. / No, I didn't.
你有買任何的書嗎?　是的，我有／不，我沒有。

◆ Did you buy **some** books?
你有買一些書嗎？→問話者期望對方的回答是肯定的。

4. any 也可表達”無所謂、差不多”的意思。

◆ You can leave at **any** time.
你可以在任何時候離開。→無所謂什麼時間離開。

◆ **Any** student of this school will be able to tell you where the library is.
這所學校的任何一個學生都可以告訴你圖書館的位置。→只要是這所學校的學生，無所謂哪一個學生。

(C) someone/somebody/anyone/anybody，均視為**單數人稱**：

◆ **Someone wants** to see you.　有人想見你。

◆ **Has anybody** seen Larry lately?　有任何人最近見過 Larry 嗎?

一點就靈

I.　填充題：請閱讀以下對話，並填上 some 或 any。

Peter: Morning. Would you like to have 1. ____________ coffee?

Joyce: Yes, please. But may I have 2. ____________ milk in my coffee?

Peter: Sure. By the way, we haven't got 3. ____________ bread left.
Can you go to the supermarket and get 4. ____________ later?
Oh, and we need 5. ____________ apples, too.

Joyce: Hmm, bread and apples. Got it!

答案與解說

Peter: 早安。你想來些咖啡嗎？

Joyce: 好的，麻煩你。可以在我的咖啡裡加些牛奶嗎？

Peter: 當然。對了，我們一點麵包也沒有了。你可以待會到超市買一點嗎？哦，還有我們也需要一些蘋果。

Joyce: 嗯，麵包和蘋果。了解！

1. some　本句為肯定句，用 some＋不可數名詞：一些咖啡。
2. some　本句為肯定句，用 some＋不可數名詞：一些牛奶。
3. any　本句為否定句，一點也沒有，故用 any
4. some　這裡因為前面已經說了是麵包沒有，所以聽話者知道需要買的是麵包，故以 some 代指 some（bread）。
5. some　本句為肯定句，用 some＋可數名詞：一些蘋果。

II. 選擇題：請圈出正確的選項

1. Is there ____________ family members I should contact with?
2. The DJ has had ____________ letters asking for a song he played last night.
3. I never have ____________ luck while playing lottery ticket. .
4. Here are ____________ of my suggestions.

5 Alex likes ____________ online games.

答案與解說

1. any　有任何我需要通知的家庭成員嗎？問句通常用 any。
2. some　DJ 收到幾封信詢問昨天播放的歌曲是什麼。　Some＋可數名詞：一些信件。

3. any　我玩樂透的運氣不大好。 否定句使用 any。
4. some　這裡是我的一些建議。　Some＋可數名詞：一些建議
5. some　Alex 喜歡某些線上游戲。　Any 若沒有用在否定句或疑問句，後面需加單數名詞，所以這裡使用 some。本句表示 Alex 不是什麼線上遊戲都喜歡，而是只喜歡某些線上游戲。

III. 翻譯題：參考括弧中的提示，並將下方的中文翻譯為英文。

1. 你可以在某些銀行兌現這張支票。

____

2. 老師有給你任何的忠告嗎？

____

3. 你可以給我一些關於這個城市的訊息嗎？

____

4. Tom 沒有任何的朋友。

____

答案

1. You can cash your check at some banks.　Some＋可數名詞：一些銀行。
2. Did your teacher give you any advice?　Any 放在疑問句中做“任何的；絲毫的”。
3. Can you give me any information about this city?　Any 放在疑問句中做“任何的；絲毫的”。
4. Tom doesn't have any friends.　Any 放在否定句中做“任何的；絲毫的”。

13 UNIT

Other vs. Another

(A) other 和 another 兩個詞都有“另一個”的意思，但使用的場合與含義均不同。兩者的詞意與句例請看以下說明：

other

形容詞（*adj.*）
1. 別的；其他的；其餘的 ◆ There must be **other** ways to solve this problem. 一定還有其他的方法解決這個問題。 ◆ Some children learn quickly but **other** children need more time. 部份孩子學得快而其餘的孩子則需更多的時間學習。 2. （兩者中）另一個的〔the/my/your~+other〕 ◆ I can't find my **other** glove. 我找不到我的另一支手套。 ◆ Fay has two brothers. One lives in Taipei and the **other** lives in Kaohsiung. Fay 有兩個哥哥。一個住在台北，另一個住在高雄。
代名詞（*pron.*）
1. （一組中）其餘的 ◆ Some people came by bus while **others** came on foot. 有些人搭公車來，其他人走路來的。

◆ Some designs are better than **others**.
有些設計就是比其他設計好。

2. 兩個人或事物中的第二個

◆ It is difficult to tell the twins one from the **other**.
雙胞胎很難分辨。

another

形容詞（*adj.*）

1. 又一個的

◆ Would you like **another** cup of coffee?
你需要再喝一杯咖啡嗎？

2. 另一個的

◆ That's **another** thing I am going to tell you.
那是另外一件我要跟你說的事。

◆ Let's go to **another** restaurant for a change.
讓我們去別間餐廳試試。

代名詞（*pron.*）

1. 又一個；再一個

◆ The little girl finished her cookies and asked for **another**.
那個小女孩吃完了自己的餅乾後，要求再吃一塊。

2. 另一個

◆ I don't like this purse. May I see **another**?
我不喜歡這個錢包。可以看看另一個嗎？

(B) other 與 another 的句型

Other

1. **Other＋複數名詞＝others**

◆ Some boys are tall but <u>**other boys**</u> are short.

有些男孩很高但其他男孩很矮。

→other boys＝others

◆ I like these shirts. May I see some <u>**others**</u>?

我喜歡這些裙子。能不能看看其他的？→others＝other skirts

2. **Other＋不可數名詞**

◆ This book has **other information** which you might like to read.

這些書還有其他的資訊，也許你會想讀一讀。

◆ I may see you some other time.

我可能改天來看你。

使用“other＋名詞”時，“other”前面**不需要**再放置**冠詞**（“a/an/the”）

Another

Antoher＋單數可數名詞

◆ Would you like **another drink**? 你想要再喝一杯嗎？

◆ Let's meet **another day**. 改天見。

Another 不可與 one＋單數名詞合用：（*NOT* ~~another one drink~~）

Another 不可與複數名詞合用：（*NOT* ~~another people~~）

Other 與 another 後面所接的名詞皆為**未限定的名詞**，如：“May I see other skirts?”這裡說話者要看其他的裙子，什麼款式都可以，並沒有範圍限定。而 another 的句例中：“Let's meet another day.”也沒有限定是哪一天，只說是“改天”。

補充：**The/My/Your~ other**

1. **The/My/Your~ other＋複數名詞＝the others**（兩部分中的）另一部分

◆ We have three hotels around here. This one is **the cheapest and the other hotels** are more expensive.

我們這裡有 3 間旅館。這間是最便宜的，其他的都比較貴。→ the other hotels＝the others

2. **The/My/Your~ other＋單數（可數/不可數）名詞**（兩者中的）另一個

◆ Johnny has two sisters. One of them is a teacher. **The other sister** is a doctor.

Johnny 有兩個姐姐。一個是老師，另一個是醫生。

仔細比較 the other 的句型，就會發現 **the other 後面所加的名詞為有限定範圍的名詞**。例如例句 1 提到，3 間旅館中有便宜的和貴的；說話者說有一間是便宜的，其他的（the others）都比較貴，故聽話者便可以推斷，這個 the others 限定的是 3 間旅館中另外的兩間，而不是任何其他的旅館。又例句 2 中的 Johnny 有兩個姐姐，一個是老師，故 the other sister 就是限定為 Johnny 另一個當當醫師的姐姐。

(C) 常用用法圖解：

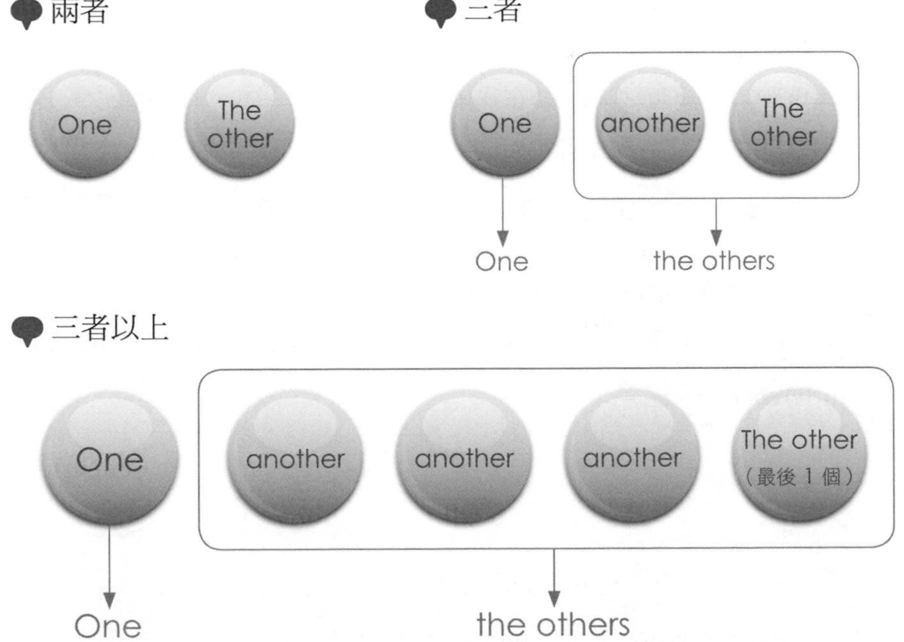

一點就靈

I. 填充題：請依題意在空格填上 another, other, others, the other 或 the others

1 I have two pencils. One is red, and ____________ is black.

2 This cake is delicious! May I have ____________ slice, please?

3. There were three magazines on my table. One is here. Where are ____________ ?

4. This is not the only answer to the question. There are ____________ .

5 Could I ask you ____________ question?

答案與解說

1. the other　我有兩枝筆，一枝是紅的，另一枝是黑的。　因為已經知道是兩枝筆，故用限定用法 the other。

2. another　這個蛋糕真好吃！我可以再吃另一片嗎？　從句意判斷需填"另一個"，用 another

3. the others　之前有 3 本雜誌在我桌上，現在只剩一本，其他的呢？　限定為 3 本雜誌中的 2 本，故用 the others（＝the other magazine）。

4. others　這不是這個問題的解答，還有其他的。　其他的為 other，但沒有限定什麼範圍內的答案，故 other 前面不加 the；又，從句意判斷空格答案應該不止一個，故填 others（＝other answers）。

5. another　我可以再請教你一個問題嗎?　Another＋名詞有"one more"，"different one"之意。

II. 選擇題：請選出正確的選項

1. ____________ The library is on（A. the other B. another C. the others）side of the street.
2. ____________ Some of the students went straight to the classrooms while（A. the other B. another C. the others）students still hanging around.
3. ____________ There are four girls in my apartment. Two are called Kelly and May.（A. the other B. another C. the others）are Leona and Jessie.
4. ____________ Where are（A. the other B. another C. the others）girls?
5. ____________ That's quite（A. the other B. another C. the others）matter.

答案與解說

1. A 圖書館在馬路的另一邊。 馬路只有兩邊，故如果不在這邊，就是在另一邊，為限定用法（有限制範圍），故選 the other。
2. A 部分學生直接進教室了，而其他學生還在外面走動。 Another 不可與複數名詞一起使用，故選 the other。倘若選項後沒有"student"的話，則選"the others"（＝the other students）。
3. C 我的公寓裡有四個女孩子。其中兩個的名字是 Kelly and May，另外兩個則是 Leona and Jessie。 第一句話已經提到共有 4 位女孩子，故為限定用法（限定是這四個人），故從 the other 和 the others 的選項擇一；又選項後沒有名詞"girls"，故使用"the others"（＝the other girls）。

4. A　其他的女孩子在哪呢?　雖然這句話一開始沒有提到一共有幾個女孩子，但因為普通這樣問問題時，說話者和聽話者都知道彼此提到的是哪一群女孩子，故使用限定用法。選項後已有名詞“girls”，故選 the other。
5. B　這完全是另外一回事。　Another 表示另外的。

III. 翻譯題：請依提示將下方的中文翻譯為英文。

1. 有些人喜歡在空閒時去旅遊而其他人喜歡待在家。

___

2. 請再給我一次機會。

___

3. Lindsey 有兩個妹妹。一個 5 歲，另一個 10 歲。

___

4. 我的背包裡有 3 本書，一本是英文書，一本是法文書，還有一本是化學書。

___

5. 我找不到我另一隻鞋子。

___

6. 90%的學生準時到達，而其他的總是遲到。

___

7. 還有兩塊餅乾。你一塊，我一塊。

___

8. 這個杯子有個缺口。請再給我一個杯子。

___

答案

1. Some people like to go traveling in their free time. Others like to stay at home.　有些人喜歡這樣，有些人喜歡那樣，這些人都沒有特別限定是什麼群體，所以用 other。
2. Please give me another chance.　“another”又一個的；使用時 another 後面需加單數名詞。
3. Lindsey has two younger sisters. One is 5 years old, and the other（sister）is 10 years old.　題目已經限定 Lindsey 有兩個妹妹，所以是 one 和 the other。
4. There are three books in my backpack. One is an English book, another is a French book and the other is a Chemistry book.　三者的順序：one, another, the other。
5. I can't find my other shoe.　“My other＋單數名詞”表示兩者中的一個，也是限定用法。這裡限定為兩只鞋中的其中一只。
6. 90% of the students arrive on time. The others/The other students are always late.　剩下的為限定的 10%學生，故用 the others/the other students。
7. There are two cookies left. You have one and I'll have the other.　限定為兩塊餅乾中，故一個是 one，一個是 the other。
8. This cup has a chip. Please give me another cup.　“another”又一個的；使用時 another 後面需加單數名詞。

14 UNIT

Above vs. On

(A) 首先，先了解 above 和 on 在詞性與詞意上有何不同。

above

介係詞（*prep.*）

1. 在…之上
   - ◆ There is a clock **above** the school gate.
     學校的大門上有個時鐘。
2. 超過…
   - ◆ Temperatures this month has been **above** 30 degrees.
     這個月的溫度已經超過了 30 度。
3. 高於；勝過
   - ◆ So far in this competition, Ruby ranks **above** Lisa.
     目前為止，在這個比賽中，Ruby 的排名比 Lisa 高。
4. 太正直以致於不屑做…
   - ◆ Ryan is **above** suspicion.
     Ryan 是無可懷疑的（Ryan 相當值得信賴）

副詞（*adv.*）

1. 在較高處；在上面
   - ◆ Please put the book on the shelf **above**.
     請將書放在書架上。

2. （數量、程度、年紀等）更多；更大

◆ You can only drive a car when your age is **above** 18.

你只有到 18 歲以上才能開車。

3. 上文

◆ See **above**, page 18.

看上文，第 18 頁。

形容詞（*adj.*）

上文的；前述的

◆ Please refer to the **above** paragraph.

請參考上文段落。

on

介係詞（prep.）

1. 在…之上

◆ I put my suitcase **on** the trolley.

我把我的行李箱放在推車上。

2. 以…支撐

◆ The dancer is standing **on** one foot.

舞者以單腳站立。

3. 表達時間、日期、方向或所屬單位

◆ He was born **on** the first of July.

他在七月一日出生的。

◆ Just go straight and then you will find the post office **on** the left.

一直往前走，然後你就會看到郵局在你的左手邊。

◆ Whose side are you **on**?

你是站在誰那一邊的？

4. 關於

◆ This is a movie **on** China.

這是一部跟中國有關的電影。

5. 由…支付

◆ This coffee is **on** me.

這杯咖啡我請客。

副詞（*adv.*）

1. 繼續

◆ I am going out. You carry **on** with your work.

我出去一下。你繼續你的工作。

2. 向前

◆ You should move **on**. Don't keep thinking about him.

你應該要往前看了。不要一直想著他。

3. 正在發生的

◆ What's **on** in Taipei?

台北有什麼新鮮事？

(B) 由 (A) 可發現，above 和 on 雖在詞義上不盡相同，但均有“在…之上”這個意思。那麼，同樣是做為表示位置的介係詞，到底該如何區分兩者呢?

在使用 **above** 說明位置關係時，**兩者往往有比較的關係**，如：A 所在的位置比 B 高。而使用 **on** 時，重點則是在**兩者之間有接觸**，如：A 放置／附著在 B 之上。請看以下例句說明：

above

◆ The moon is above the buildings. 月亮在建築物之上。→月亮的位置比建築物高	
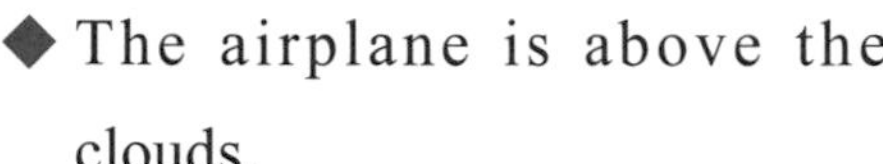 ◆ The airplane is above the clouds. 飛機飛在在白雲之上。→飛機的位置比雲高。	

on

◆ My mug is on the table. 我的馬克杯在桌上。→馬克杯接觸到了桌子。	
◆ There is an ink stain on the shirt. 襯衫上有塊墨漬。→襯衫和墨漬間沒有具體的高低關係，但墨漬接觸到了襯衫並覆蓋其上。	

(C) on 的固定用法

某些地點僅能使用 on 做介係詞：

◆ on the second floor 在二樓

◆ on the platform 在月台

◆ on the beach 在沙灘

◆ drive on the right/left 靠右/左開車

◆

(D) 以下更多句例幫助了解 above 和 on 在表示位置時的用法

1. The helicopter was flying a few feet above the sea.
   直升機在離海平面幾英尺處飛行。→直升機的位置比海平面高。
2. The police asked the thief lifted his hands above his head.
   警察要求小偷將手高舉過頭。→手舉起來的位置高過頭頂。
3. My father is sitting on the sofa.
   我爸爸正坐在沙發上。→爸爸的身體接觸到了沙發。
4. She put her books on the desk.
   她將書放在書桌上。→書接觸到了書桌。
5. He kissed her girlfriend lightly on her lips.
   他輕輕地吻在他女友的唇上。→嘴唇相接觸。

一點就靈

I. 填充題：請依題意在空格填上 above 或 on

1. People are walking ____________ the pavement.
2. There are some beautiful pictures ____________ the wall.
3. Nancy put her books ____________ the desk.
4. The police asked the criminal lifted his hands ____________ his head.
5. This mountain is 3,000 meters ____________ sea level.

答案與解說

1. on　人們走在人行道上。 人們接觸著地面走路，而不是懸浮在路之上，所以需填 on。
2. on　有幾幅美麗的圖畫掛在牆上。　圖畫是直接接觸牆面掛著，故填 on。
3. on　Nancy 將她的書放在桌上。　書接觸到桌面，故填 on。
4. above　警察要求那名罪犯將雙手舉過頭。　雙手必須舉的比頭高，有高低關係，故需填 above。
5. above　這座山海拔 3000 公尺。　山的位置比海平面還高，兩者沒有接觸，故填 above。

II. 選擇題：請圈出正確的選項

1. Ken is the person who lives in the apartment above/on mine.
2. You may check the above/on pages for more details.
3. We are going to meet above/on Sunday.
4. Tammy's intern was promoted above/on her.
5. The dinner is above/on me.
6. My dog is lying above/on the floor.

答案與解說

1. above　Ken 就是住在我公寓樓上的那個人。　住在樓上用 above
2. above　你也許可以查看一下前面的幾頁以獲得更多的資訊。 Above 可做形容詞表示“上文的”。
3. on　我們星期天將見面。　On＋星期幾／日期
4. above　Tammy 的實習生被晉升到比她還高的職位。　比…職務高用“above”

5. on　晚餐我請客。　由…支付用 on
6. on　我的狗躺在地板上。“on + the floor”＝在地板上；為固定用法。

III. 翻譯題：請將以下句子翻譯為英文。

1. 太陽已經從地平線升起。

____

2. 當你突然有名之後，腳踏實地會變得很困難。

____

3. 我們不能接受 12 歲以上的孩子。

____

4. 有些人在聖誕節當天會到酒吧去。

____

5. 他站在桌子上以便換燈泡。

____

請看圖片並使用 above 及 on 各寫下 2 個句子：

例：The dog is sitting on the floor.

5. ______________________________

6. ______________________________

7. ______________________________

8. ______________________________

9. ______________________________

答案

1. The sun has risen above the horizon.　太陽在地平線以上，沒有直接接觸地平線，故用 above。
2. It is hard to keep your feet on the ground when you suddenly become famous.　腳踏實地的片語為：keep feet on the ground
3. We can't accept children whose age is above 12.　…歲以上用 above
4. Some people go to bars on Christmas Day.　On＋Christmas Day 在聖誕節當天；at＋Christmas 在聖誕節假期裡（不只 12/25 一天）
5. There are five pictures on the wall.　有五幅畫在牆上。（兩者有接觸）
6. There is a cat sleeping on the table.　貓睡在書桌上。（兩者有接觸）
7. The book shelves are above the dog.　書架在狗的上方。（兩者未接觸）
8. The window is above the fireplace.　窗戶在壁爐上方。（兩者未接觸）
9. The window is above the fireplace.　窗戶在壁爐上方。（兩者未接觸）

15 UNIT

Below vs. Under

(A) Below 可視為前一單元中單詞 above **的反義詞**（但 under **的反義詞為** over）。在討論 below 和 under 的異同前，同樣先來了解 below 和 under 在詞性與詞意上有何不同。

below

介係詞（*prep.*）
1. 在…下面 ◆ Vincent's scar is just **below** his right eye. Vincent 的傷疤就在他的右眼下方。 2. 在（數量、程度、標準、地位等）之下 ◆ The temperature was **below** zero last night. 昨晚的溫度低於零度。 ◆ Rainfall has been **below** average. 降雨量低於平均值。
副詞（*adv.*）
1. 在下面 ◆ The information below is for your reference. 以下的資訊是讓你做參考的。 2. （溫度、標準、地位等）低於 ◆ All personnel, captain and below, were ordered to report for duty.　艦長及艦長以下職等的所有人員都被命令去報到。

under

介係詞（*prep.*）
1. 在…下方；在…裡面 ◆ They sat side by side **under** the tree. 他們肩併肩坐在樹下。 2. 少於；未滿；年少於 ◆ Nobody **under** 18 is allowed to buy cigarettes. 18 歲以下的人不可買香煙。 3. 在…的管理/統治之下 ◆ This restaurant is now **under** new management. 這間餐廳現在換新的管理層。 4. 在…特殊的時段裡 ◆ The building is still **under** construction. 這棟建築物仍在建造中。 5. 根據；按照 ◆ This topic could be discussed **under** three headings. 這個主題可以依三個標題來討論。 6. 受…影響 ◆ I am **under** a lot of stress right now. 我現在有很大的壓力。 7. 使用…名字；在…名目之下 ◆ May I book a hotel **under** my husband's name? 我可以用我先生的名字訂房嗎？

副詞（*adv.*）
1. 在下面 ◆ The Titanic went **under** on its maiden voyage. 鐵達尼號在首航時沉沒了。 2. 更少；更年輕 ◆ This kindergarten only accepts children aged 5 and **under**. 這間幼稚園只收 5 歲以下的孩子。
形容詞（*adj.*）
下方的 ◆ Can you see the **under** parts of the machine? 你看得到機器下面的部分嗎？

由上可知，在表達**"可見或可測量的標準"時，需用 below**，如："below sea level（在海平面下）"，"an IQ below 100（智商低於）100"等；而 **under 通常用於表達"少於；比…年輕"**，如："under three times（少於 3 次）"，"under the age of five（5 歲以下）"。

(B) 此外，below 和 under 在做介係詞時，均有"在…下方"之意。那麼，到底兩者該如何區分？又該如何使用呢？

1. 一般而言，在指 A 比 B 的位置低時，below 與 under 兩者皆可通用。如：
   ◆ Maggie's office is one floor **below/under** mine.
   Maggie 的辦公室比我的辦公室低 1 個樓層。→不論是用 below 或 under，均表示 Maggie 的辦公室在我辦公室的下面。
2. 具體來說，**under** 指的是**兩物間的位置有垂直關係**；而使用時 **below** 時，一物的位置比另一物低，但**兩者的位置不一定是垂直的**。試著由 (B) -1. 的句例做比較：

◆ Maggie's office is one floor under mine. ①

Maggie's office is one floor below mine. ②

→Maggie 的辦公室在我辦公室的正下方。→Maggie 辦公室在我辦公室下方，但不一定是在正下方。

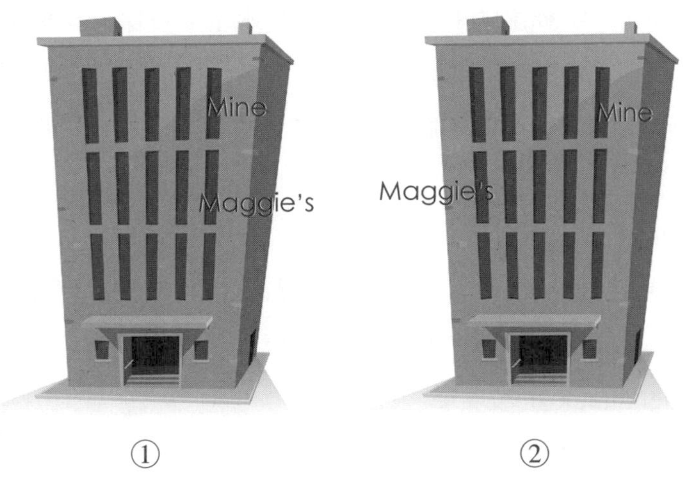

①　　②

(C) 此外，在某些情況下使用 **under**，會表達出**兩物帶有"接觸、覆蓋"的意思**。如：

◆ My little brother always hides **under** the covers when he gets scared.

當我弟弟受驚嚇時，他總是躲到被子裡。→表達弟弟被棉被覆蓋著。

◆ We made camp under the shade of trees.

我們在樹蔭下紮營。→表達營地是被樹蔭覆蓋着。而使用 below 時，兩物大多沒有接觸，或是要**表達的重點並非是兩物接觸**。如：

◆ This skirt is just **below** my knee.

這條裙子的長度剛好在我的膝蓋。→說話者想表達的並不是裙子和膝蓋接觸，而是裙子的長度。

請比較下方兩個句子：

◆ Tim dived **below** the surface of the water.
他潛到了水面下。

◆ The roads were all **under** water because of the super typhoon.
因為超級颱風的關係，路面都淹水了。→第一句要表達的是 Tim 潛到了水面下，重點不在於 Tim 被水包圍，而是在於 Tim 在水面下的這個地點活動；而第二句的重點則是在於路面都被水給覆蓋了。

(D) under 的固定用法

under 可用來表示“某種情況正在進行”或“在某種情況下”：

◆ under construction 工程進行中
◆ under attack 正被攻擊
◆ under pressure 在有壓力的情況下
◆ under instruction 在指導下

一點就靈

I. 填充題：請依題意在空格填上 below 或 under

1 Indiana Jones stopped 300m ____________ the top of the mountain.

2. It is said that 60% of rice products in Taiwan is now ____________ quality standards.

3 He was pinned ____________ the car in the accident.

4 Karen ranks far ____________ her superior.

5 I put my key ____________ a flowerpot.

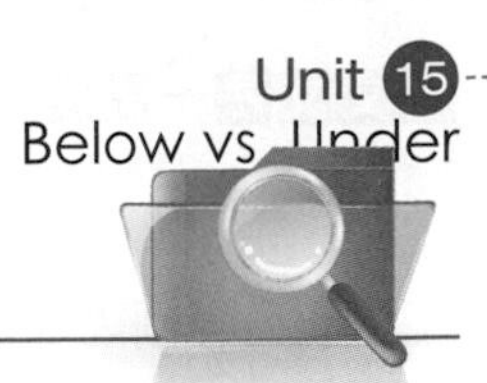

答案與解說

1. below　Indiana Jones 在距離山頂 300 公尺的地方停下了。　Indiana Jones 的位置比山頂低，但不一定有垂直關係，也不可能相接觸，故使用 below。
2. below　據說台灣的米有 60%以下未達標準。　“比…標準低”使用 below。
3. under　他在意外中被車壓在下面。　他的身體與車接觸，故使用 under。
4. below　Karen 的職位遠比她的上級低。　“比…職位低”使用 below
5. under　我把鑰匙藏在花盆下。這座山海拔 3000 公尺。　鑰匙在花盆正下方那個，且接觸到花盆，故填 under。

II. 選擇題：請圈出正確的選項

1. Many people can’t perform well below/under pressure.
2. According to the weather forecast, the temperature tonight will be below/under zero.
3. The sun sank below/under the horizon.
4. The criminal is below/under arrest.
5. Jimmy is used to wearing a T-shirt below/under his sweater.
6. Don’t go to that country. It is below/underattack now.

答案與解說

1. under　很多人在壓力下無法好好表現。　“受…影響”用 under。
2. below　根據氣象報導，今晚的溫度將降到 0 度以下。　“溫度低於…”使用 below。
3. below　太陽沉到地平線下。　在地平線之下，沒有和地平線接觸，故使用 below。
4. under　罪犯被捕了。　“Under arrest”為“被捕了”的意思。
5. under　Jimmy 習慣在毛衣下穿一件襯衫。　毛衣和襯衫兩者接觸，故使用 under。

5. under 別去那個國家。它現在正受到攻擊。 “Under attack”＝受到攻擊，為固定片語。

III. 翻譯題：請將以下句子翻譯為英文。

1. 如果你是 18 歲以下，你就不可以投票。

____

2. 在地球表面曾經被記錄到的最低溫為零下 90 度。

____

3. 醫生說，這個孩子的智商可能會比平均值低。

____

4. 這部手機仍在保固期內。

____

5. 在這個情況下，他只能放棄他的孩子們。

____

6. 據說海盜們將他們的寶藏埋在這棵樹下。

____

7. 政黨在現任總統的統治下進行改革。

____

8. 這個地方正在進行工程。（under）

____

9. 請看圖片並說明火車和橋的位置關係：

The train ______________________________

____

____

答案

1. If you are under 18, you can't vote. "年紀低於…" 使用 under。
2. The lowest temperature ever recorded at the surface of the Earth was 90 degrees below zero. "溫度低於…" 使用 below。
3. The doctor said this child is below average in intelligence/this child's IQ is below average. "比標準低於…" 使用 below。
4. This mobile phone is still under warranty. "在…狀況下" 使用 under； "under warranty" 指在保固期內。
5. Under the circumstance, he can only give up his children. "在…狀況下" 使用 under。
6. It is said that the pirates buried their treasure under this tree. 寶藏直接埋藏在這棵樹下，故用 under。
7. The party was reformed under the current president. "在…統治/管理下" 使用 under。
8. This place is under construction. "Under construction" ＝工程進行中，為固定片語。
9. The train is under the bridge. 火車的位置就在橋的正下方，故使用 under。

16 UNIT

In, inward, inside

(A) 首先，先來比較 in, inward 和 inside 三字的詞性和詞意。

in

介係詞（*prep.*）
1. 在…裡面；在…之內 ◆ He lives **in** a small house. 他住在一間小房子裡面。 ◆ She got **in** her car without saying anything. 她坐進車裡一句話也沒有說。 ◆ England is a country **in** Europe. 英國是屬於歐洲的一個國家。 2. 在…期間；在…時間點 ◆ Ruby studied in Paris **in** 2010. Ruby2010 年在巴黎唸書。 ◆ I like to have a cup of coffee **in** the morning. 我喜歡在早上喝一杯咖啡。 3. 穿戴… ◆ The man **in** uniform is Summer's father. 那個穿著制服的男人就是 Summer 的父親。 4. 處於…情況下 ◆ They are **in** love.　他們戀愛了。

5. 使用

◆ I will pay **in** cash.

我會付現。

◆ Please fill **in** this form in English.

請用英文填寫這張表格。

6. 按...（比例、數量、程度等）

◆ According to the BBC news, almost one **in** five children have experienced bullying messages.

根據 BBC 新聞報導，幾乎五個孩子中就有一個經歷過霸凌簡訊的困擾。

副詞（*adv.*）

1. 在…裡

◆ Please come **in**.

請進。

◆ She wasn't **in** when I went to her house.

當我去她家時，她並不在家。

◆ I can't drink tea with milk **in**.

我不喝有加牛奶的茶。

形容詞（*adj.*）

1. 潮流、人氣等）正在高點　【口語】

◆ The shopkeeper told me jumpsuits are **in** again

店員告訴我，連身褲又回到熱潮了。

2. 當選；在位

◆ The Labor Party is **in**.

勞工黨執政了。

inward

形容詞（*adj.*）
1. 內心的 ◆ Nobody can understand her **inward** thoughts. 沒有人可以了解她內心的想法。 2. 向內的；向中心的 ◆ They found a **inward** passage in the cave. 他們在山洞裡發現了一條內部通道。
副詞（*adv.*）
1. 朝著內部或中心 ◆ The window opens inward. 這個窗戶是向內打開的。 2. 朝著自己的內心或興趣 ◆ His anger turned inward. 他的怒氣轉向了自己。

inward 做為副詞時，英式英文亦寫為 **inwards**。

inside

介係詞（*prep.*）
1. 在…裡面 ◆ Go **inside** the house. 進屋裡去。 2. （時間）少於… ◆ I am unable to finish this job **inside** one hour. 我無法在一個小時內完成這個工作。

副詞（*adv.*）
在裡面 ◆ She knocked again to make sure there was no one **inside**. 她又敲了一次門確認沒有人在裡面。
名詞（*n.*）
1. 內部 ◆ The **inside** of the box was painted red. 箱子的內部被漆成了紅色。 2. （道路的）內側 ◆ That car tried to overtake on the **inside**. 那輛車試著從內側超車。 3. 胃腸　【口語，通常做複數】 ◆ I have a pain in my **insides**. 我覺得腸胃不舒服。
形容詞（*adj.*）
1. 裡面的 ◆ He took out a a packet of cigarettes from his **inside** pocket. 他從內袋拿出了一包香煙。 2. 內幕的 ◆ The reporter tried to get the **inside** story on this singer's marriage. 記者試著獲得跟這個歌星婚姻的內幕消息。

(B) 以做為方向、位置的介係詞而言，由上可知，**in 和 inside** 的語意較為相近，都含有“在…裡面”之意，主要為**表達位置**；而 **inward** 則是指“朝向裡面”，只要為**表達方向**。倘若以圖型表示，則為：

那麼，in 和 inside 是否有分別呢?又該如何使用呢？

在某些情況下，in 和 inside 被視為可互換的同義詞，但其實 **inside 更強調該物/人的位置完完全全是在一個限定的範圍或空間裡：**

◆ All my skirts are in the closet.

◆ All my skirts are inside the closet.

◆ 上面兩個句子文法都正確，均表達“我所有的裙子都在衣櫥裡”；但第 2 句更強調裙子是在衣櫥的這個空間裡。接下來，再多比較幾個句例：

◆ We were **in** America.（*NOT* ~~inside~~）　我們在美國。
→這裡用 in 而不用 inside，因為說話者只是說明自己在美國這塊土地上，但並不是要強調美國這個空間。

◆ Even now we still have not much knowledge of what life was like **inside** North Korea.
（*NOT* ~~in~~）直到現在，我們仍然對北韓的生活知之甚少。→這裡是強調限定在北韓這個空間裡，故用 inside。

一點就靈

I.　填充題：請依題意在空格填上 in, inward 或 inside

1 Who is the girl ____________ a black coat over there?

2 Tammy's father is ____________ poor health these days.

3. The door was locked from the ____________ .

4 He tried to hide his ____________ panic.

5 He always goes traveling ____________ summer.

答案與解說

1. in　那邊那個穿著黑外套的女孩是誰？　用 in＋衣物表示“穿戴…”。
2. in　Tammy 的父親這幾天身體狀況都不好。　用 in 表示某人或某事的狀況。
3. inside　門從裡面鎖住了。 這裡需選擇意思為“裡面；內側”，且詞性為名詞的詞；由於 inward 詞意不合，而 in 不可當名詞，故需填 inside。
4. inward　他試著掩飾內心的驚慌。 用 inward 表示“內心的”。
5. in　他總是在夏天去旅行。 用 in＋季節／年代／月份。

II. 選擇題：請選出正確的選項

1 ____________ My little sister has got her sweater（A. in　B. inside　C. inward）out.

2 ____________ Please answer my questions（A. in　B. inside　C. inward）English?

3 ____________ Do you still live（A. in　B. inside　C. inward）Taipei?

4 ____________ I am Mira Lee from Live TV. Today I am going to show you what's going on（A. in　B. inside　C. inward）London.

5 ____________ This is an（A. in　B. inside　C. inward）curve.

答案與解說

1. B　我妹妹把毛衣穿反了。　“Inside out”為衣服裡外穿反了；如果要說前後穿反，則是“back to front”。
2. A　請用英語回答我的問題。　用…語言為“in＋語言”
3. A　你現在還住在台北嗎？　這裡只是要詢問是否還在台北這個地點，而不是要強調在台北的這個空間，故使用 in。
4. B　我是 Live 電視台的 Mira Lee。今天我要帶你看看倫敦有什麼新鮮事。和上題不同，這裡把倫敦劃了界限，強調的只是在倫敦這個空間裡所發生的新鮮事。
5. C　這是一條向內彎曲的曲線。　表達方向用“inward 朝內的”

III. 翻譯題：請將以下句子翻譯為英文。

1. 似乎沒有人知道那間房子裡發生了什麼事。

____

2. 我在報紙上知道這個訊息。

____

3. 告示上寫著：內部照常營業。

____

4. 警察在她的袋子裡找到一些毒品。

____

5. 她選擇了會計這個職業。（in）

____

6. 這本書是用他一貫的風格寫的。

____

7. 入境旅客應注意這個新規定。

____

8. 他在童年時就開始展現他的智慧。

____

答案

1. It seems no one knows what happened inside the house. 強調是在房子這個空間裡面，故用 inside。
2. I learned this news in the newspaper. 報紙上為 in the newspaper。
3. The notice says "Business as usual inside." 有時因為告示是直接貼在店家門口，故店家會把 inside 省略，因為顧客也知道店家指的是"內部"照常營業。
4. This police found out some drugs inside her bag. 強調在她的包包裡。
5. She chose a career in accounting. "Choose a career in＋職業名稱" 選擇…職業
6. This book was written in his usual style. In 可做為"使用"的意思。
7. The inward passengers should notice the new regulations. 入境旅客指"朝內"的旅客，故使用 inward。
8. He started to show his intelligence in his childhood. In＋期間。

17 UNIT

Out, outward, outside

(A) 在第 20 單元比較了 in, inward 和 inside 三字的詞意和用法，本單元的 out, outward 和 outside 三字其實在用法上與上一個單元的用法相似，只是在詞意上前者為“在裡面；朝裡面”之意，而後者為“在外面；朝外面”之意。

out

介係詞（*prep.*）
1. 從…離開；朝著…之外 ◆ I am **out** the town right now. 我現在在外地（從城裡離開了）。 ◆ He rushed **out** the door. 他向門外奔出。 ◆ She looked **out** the window. 她從窗戶向外望出。 2. 從…拿出 ◆ She took her mobile phone **out** of her bag. 她將她的手機從包裡拿出。 3. 避開；擺脫 ◆ People may prevent skin cancer by keeping **out** of the sun. 人們可以經由避免曝露在陽光下而預防皮膚癌

◆ Ian is always in trouble and requires his friend to get him **out** of trouble.

Ian 總是惹麻煩，並需要他的朋友們來幫他擺脫困境。

副詞（*adv.*）

1. 向外；在外

◆ Let's go **out** for a walk.

我們去走走吧。

◆ He was **out** all day yesterday.

他昨天整天不在家。

2. 出現；顯露

◆ Don't worry. I won't let your secret get **out**.

別擔心，我不會顯露你的秘密。

3. 大聲地

◆ Please read it **out** loud.

請大聲讀出來。

4. 去掉

◆ Can you wash **out** this dirty mark?

你可以洗掉這個污漬嗎？

5. 不可能；不允許

◆ Swimming is out until the weather gets warmer.

現在不能游泳，除非天氣變暖。

6. （燈光、燭火）熄滅

◆ Suddenly all the lights went **out**.

突然間，所有的燈光都熄滅了。

7. 出界

◆ The umpire said the ball was **out**.

裁判員判定球出界了。

8. 面世；發行；被大家熟知

◆ His new book is **out** now.

他的新書現在面市了。

動詞（*v.*）

公開某人是同性戀的身份（但對方並不想公開）

◆ This American Congressman was recently **outed** by gay activists.

一位美國的國會議員最近被同志行動主義者揭露了同性戀的身份。

outward

形容詞（*adj.*）

1. 外表的；表面的

◆ Hugh showed no **outward** signs of distress.

Hugh 沒有表現出內心的苦惱。

2. 向外的；遠離中心的

◆ He is planning an **outward** journey.

他正在計劃往海外的旅行。

副詞（*adv.*）*

朝著外部；遠離中心

◆ The door opens **outward**.

這扇門是向外打開的。

outward 做為副詞時，英式英文亦寫為 **out wards**。

outside

介係詞（*prep.*）

1. 在…外；向…外

◆ We live in a small village just **outside** London.
我們住在倫敦外的一個小村莊。

◆ You can park your car **outside** my house.
你可以把車停到我家外面。

2. 在…範圍之外

◆ The matter is **outside** my area of responsibility.
這件事不是我的責任。

副詞（*adv.*）

在外面

◆ Mr. Bloom is busy right now. Please wait outside.
Bloom 先生現在在忙。請在外稍候。

◆ It is too cold to eat outside.
天氣太冷了，不適合在外面吃東西。

名詞（*n.*）

1. 外部【通常做 The outside】

◆ The **outside** of the house needs painting.
箱子的內部被漆成了紅色。

◆ I only saw the Taipei 101 Building from the **outside**.
我只看過台北 101 的外觀。

2. （道路的）外側

◆ Be careful when you walk on the **outside**.
當你走在道路外側時需要小心。

形容詞（*adj.*）
1. 外面的；外部的 ◆ The **outside** walls need to be cleaned. 外面的牆需要清潔。 ◆ I need to make a **outside** call. 我需要打一通外線電話。 2. （機會、可能性）極小的 ◆ There is only an **outside** chance Jean will attend the meeting today. Jean 今天不大可能會出席會議。

(B) 以“位置、方位”做討論時，由下圖可知，**out** 通常指**位置離建築物有段距離**，**outside** 則指建築物的外面，**通常離建築物不遠**；**outward** 則是指“朝向外面”，主要為**表達方向**，而 out of 則可指（從裡面）外出的動作。

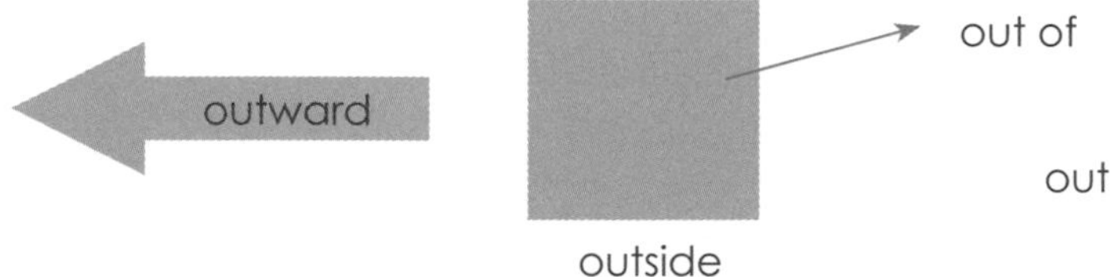

請看下方句例說明：

◆ Mr. Pine husband is **out**, and he won’t be back before 10 o’clock.

Pine 先生外出了，10 點前都不會回來。→Pine 先生離原本所在的建築物有些距離。

◆ Mr. Pine is just **outside** the building. He will come back soon.

Pine 先生就在這棟建築物的外面，他很快就會回來。→Pine 先生就在建築物的外面，或是離建築物不遠的地方。

◆ Mr. Pine is on the **outward** journey. He will return next month.

Pine 先生在外旅行。他下個月才會回來。→這句話和 Pine 先生所在的位置無關，但說明 Pine 先生的移動方向是往外的。

◆ Mr. Pine is **out of** town this week.

Pine 先生這週在外地。→說明 Pine 先生從城裡（town）往外移動。

(C) Out of… 的慣用語

用光；用完

1. out of 物品

◆ I can't make cake tonight. I am **out of sugar**.

我今晚不能做蛋糕了。我的糖用完了。

2. out of luck

◆ Perhaps she is just **out of luck**.

也許她只是運氣用完了。

3. out of work

◆ Barbara has been **out of work** for six month.

Barbara 已經半年沒有工作了。

4. out of breath

◆ I was **out of breath** after running a marathon.

跑完馬拉松後，我喘不過氣。

某事／物已不在原本的狀態

1. out of order

◆ My refrigerator is **out of order**.　我的冰箱壞了。

2. out of trouble

◆ Brandon's teacher tries to keep him stay **out of trouble**.

Brandon 的老師試著讓他遠離麻煩。

3. out of sight

◆ I watched the car until it was **out of sight**.

我看著那台車直到它消失在眼前。

4. out of control

◆ The whole thing is **out of control**.

整件事已經無法控制了。

一點就靈

I. 填充題：請依題意在空格填上 out, outward 或 outside

1. The driver stopped the bus just ____________ the school gate.
2. Let's go ____________ for some fresh air.
3. Let's step ____________ and settle this.
4. The ship is ____________ bound, sailing away from its home port.
5. My father reminded me to lock up the house when I go ____________ .

答案與解說

1. outside　司機將巴士停在校門外。　表達在離建築物不遠的地方用 "outside"
2. out/outside　讓我們到外面呼吸點新鮮空氣。　一般說要外出，大多使用 "go out"，但此處也可考慮使用 "outside"；倘若表達要走到較遠的地方，使用 "out"；倘若只是要在建築物附近走走（可能辦公室裡大家都在抽煙，你只是想走出辦公室），則使用 "outside"

3. outside　讓我們到外面去解決這件事情。　通常說這句話的當下，是要就近在所處的建築物外將事情解決（可能是說清楚或打一架），而不會跑到太遠的地方去，故使用“outside”
4. outward　船向外行駛，駛離它所在的港口。　“out of”及“outward”均有朝外的意思，但這裡只有一個空格，且依文法判斷應使用形容詞，故填“outward”
5. out　我父親提醒我需在出門時鎖門。　一般要外出用“out”

II. 選擇題：請選出正確的選項

1 ____________ With all the（A. out　B. outside　C. outward）severity she is actually kind at heart.

2 ____________ The television was（A. out　B. outside　C. outward）of order, but my father have it fixed.

3 ____________ He is looking at the bird（A. out　B. outside　C. outward）the classroom.

4 ____________ Jack was pushed（A. out　B. outside　C. outward）of the room by his companions.

5 ____________ You should not judge a thing by the（A. out　B. outside　C. outward）.

答案與解說

1. C　她雖然外表嚴厲，但事實上心地和善。　“Outward”＝表面的；外表的
2. A　這台電視之前壞了，但我父親將它修好了。　“Out of order”＝故障
3. B　他正在看教室外的那隻鳥。　鳥就在教室外面看得到的地方，故使用“outside”

4. A Jack 被他的同伴從教室推出去。 “out of”和“outward”都有朝外的意思，但“out of”強調的是從內向外的動作，符合本句“從教室往外推”的動作。

5. C 你不應該從外表來判斷一件事物。 這裡在選項前有“the”，故判斷應使用名詞，而三者中僅“outside”可做名詞，故選 C。倘若要使用同樣有“外表的”之意的“outward”，則需改為“…by the outward appearance”。

III. 翻譯題：請將以下句子翻譯為英文。

1. 你可以在外面玩, 但不得離開院子。

____

2. 外面真的很冷。

____

3. 我的牛奶沒了。

____

4. 人們常說：「看不見就不會放在心上」。

____

5. 在外面等著，並且不要跟陌生人說話。

____

6. 大樓外的噪音幾乎使我發瘋。

____

7. 在海外航行途中，這船將在高雄港停泊。

____

8. 這扇窗戶向外打開。

____

答案

1. You can play outside, but you must not leave the yard.　強調是在房子的外面，不會離房子很遠，故用 outside。
2. It is really cold outside.　指說話當下所處的位置之外很冷，而不是離開很遠的地方很冷，故使用“outside”。
3. I am out of milk.　“out of＋物品”＝物品用完了。
4. People often say, “Out of sight, out of mind.”　此處使用“out of…”表示某種狀態已不在之意。
5. Wait outside and do not talk to strangers.　在外面等待，通常指說話當下所在位置的外面，即近距離之處，故使用“outside”。
6. The noise outside the building nearly/almost drove/made me mad/crazy.　使用“outside”而不用“out”表示噪音就在大樓的外面。
7. On the outward voyage, the ship will berth at the Kaohsiung Harbor.　朝著外部的＝outward
8. This window opens outward.　向外＝outward

18 UNIT

No... but...

(A) “No…but…”有**雙重否定**之意，使用此種文法時，語氣通常較一般的肯定句強，有強調的效果。常見的句型有：

1. **There＋be 動詞＋no＋名詞（人/物）＋but＋動詞…＝沒有…不…**

   此句型通常需要一個否定字，如：no, not, hardly, scarcely 等，此處”**but**”**有關係代名詞性質**，同時具有**否定**的意味（but＝who/that/whom/which…not）：

   ◆ **There is no country but is** concerned about the problem of global warming.

   沒有國家不擔心全球暖化的問題。

   ＝There is no country which is not concerned about the problem of global warming.

   → but＝which…not，改為肯定句型為：“Every country is concerned about the problem of global warming.”

   ◆ **There is no rule but has** exceptions.

   每個規則都有例外。

   ＝There is no rule which/that does not have exceptions.

   → but＝which/that…not，改為肯定句型為：“Every rule has exceptions.”

   ◆ **There is no mother but loves** her own children.

   沒有母親不愛自己的孩子。

＝There is no mother who does not love her own children.

→ but＝who…not，改為肯定句型為：“Every mother loves her own children.”

當“no”後面的名詞（通常為“物”）所產生的動作為另一人所做，則句型可改為：**There＋be 動詞＋no＋名詞（物）＋but＋人＋動詞…**：

◆ **There is no book but she likes** to read.

沒有什麼書是她不喜歡讀的。

＝There is no book which/that she does not like to read.

→ but＝ which/that…not，改為肯定句為：“She likes to read every book.”

◆ **There is no car but he knows** how to fix.

沒有什麼車是他不會修的。

＝There is no car which/that he does not know how to fix.

→but＝which/that…not，改為肯定句為：“He knows how to fix every car.”

◆ **There was no one but Kylie hated**.

沒有什麼人是他不厭惡的。

＝There was no one whom Kylie did not hate.

→but＝whom,…not，改為肯定句為：“Kylie hated everyone.”

然而，此類文法多出現於研究所或公職考題中，一般英語人士很少使用此文法（某些人甚至從未見過或使用過），故平時在口語或寫作上，需判斷是否有必要使用此文法句型。（並非複雜的句型就是好，寫作仍以清楚明瞭為首要準則）

2. **No one/Nobody＋but＋人＋動詞…＝只有某人…**

＝No one/Nobody＋動詞…＋but＋人

使用此類文法時，“but”為介係詞，“**No one/Nobody**”**為主詞，動詞需跟著主詞**使用單數動詞，並同時根據時態做變化：

◆ **No one/Nobody** but the shareholders **knows** about the plan.

只有股東們知道這個計劃。

＝**No one/Nobody knows** about the plan **but the shareholders**.

→ 動詞“知道”跟著主詞“ No one/Nobody”使用第三人稱單數動詞” knows”。

◆ **No one/Nobody but me saw** what happened yesterday.

昨天只有我看到發生什麼事。

＝**No one/Nobody saw** what happened yesterday **but me**.

→ 動詞“看到”原本應跟著主詞“No one/Nobody”做第三人稱單數“sees”，但因為句末有“yesterday（昨天）”，故需將動詞改為過去式“saw”。又此處“No one/Nobody but me”或“No one/Nobody but I”均合乎文法，但前者會較後者更常被使用。

3. 慣用語：…**has/have/had no choice/option but to Vr.**…＝**除…外別無選擇；不得不…**

◆ The tennis player **has no choice but to obey** the rules.

網球選擇除了遵守規則別無選擇。

◆ They **had no option but to leave** their kids at home with their grandparents.

他們不得不將他們的孩子留在家讓祖父母照顧。

(B) **Not only…but（also）…**

“not only…but（also）”的形態看起來和“no..but…”相似，但它並不具有雙重否定的含意，其意與“and”類似，可翻譯為「**不僅…而且…**」：

◆ Carol is **not only** smart **but（also）** beautiful.

Carol 不僅聰明而且還很漂亮。

→ "not only A but（also）B" A 與 B 必須要是對等的詞或子句；這裡 "smart" 和 "beautiful" 均為形容詞。

◆ My sister plays **not only** piano **but also** guitar.

我姐姐不止只彈鋼琴還彈吉他。

◆ She **not only** cleaned the room **but also** washed the dishes.

她不僅清潔房間還洗了碗。

"not only A but（also）B"，當 A 和 B 均為動詞時，兩者需使用同一時態；但當兩者均為主詞時，動詞時態需視第二個主詞而定：

◆ He **not only** had steaks **but also** drank a lot of wine at the party.

他在派對上不止吃了牛排，還喝了很多酒。

→ "had steaks" 和" drank a lot of wine" 對等，兩者均使用過去式動詞。

◆ **Not only** Frank **but also** I am your friend.

不止是 Frank，我也是你的朋友。

→ 動詞跟著第二個主詞 "I"，故需使用 "am"，又此句型的重點在第二個主詞，而不是 Frank 和 I 兩個人，故句末的 "friend" 不需加 "s" 做複數。

(C) 補充：Thanks, but no thanks.

這個和標題看來類似的句子，通常出現在口語中，用來表達對對方的提議不感興趣，可譯為 "謝謝，但我不需要。"：

A: I heard Jeff was really into you. Do you want me to set up a date for you? 我聽說 Jeff 對你很有好感。你要我幫你們安排見面嗎？

B: Thanks, but no thanks. 謝了，但我不需要。

A: I am going to buy a new mobile phone. Would you like to buy my old one? 我打算買一支新手機。你想買我的舊手機嗎？

B: Thanks, but no thanks. 謝了，但我沒興趣。

嚴格來說，“Thanks, but no thanks.” 不算是一個禮貌的拒絕方式；一般想要禮貌性地拒絕對方的提議或邀約，可使用“Thanks，（I really like to，）but⋯”或“I really appreciate, but⋯”在 but 之後加上委婉可信的理由。例如上方兩個回覆可改為：

“Thanks, I really like to. But I am seeing someone at the moment.” 謝謝，我很有興趣。但是我現在已經和別人約會了。

“I really appreciate, but my mother may buy me one as my birthday present.” 我真的很謝謝你。但我母親可能會買一隻手機當我的生日禮物。

一點就靈

I. 填充題：請依括弧中的提示，將動詞改為正確的形式填在空格裡（一格可能有兩個字）

1. There is no one but ___________ interested in what he is going to say.（be 動詞）
2. There is no game but he ___________ to play.（like）
3. We have no choice but ___________ away.（run）
4. He not only bought a present but also ___________ a song for her.（write）
5. Not only Mr. and Mrs. Wesley but also my mother ___________ a teacher.（be 動詞）

答案與解說

1. is 沒有人不對他將說的話感興趣。 此類句子可將“but”替換成“關係代名詞⋯not”的形式，就會清楚很多；＝“There is no one **who is not** interested in what he is going to say.”

2. likes　沒有他不喜歡的遊戲。＝ "There is no game **that he does not like** to play."
3. to run　我們沒有選擇只能跑走。　"have no choice but＋**to Vr**."
4. wrote　他不止買禮物還寫了首歌給她。　因為前面買禮物（bought a present）使用動詞過去式，故後面需要使用對等的時態 "wrote"
5. is　不止 Wesley 夫婦，我母親也是一名教師。　"Not only A but also B" 當 A 與 B 均為主詞時，動詞形態需視第二個主詞而定。

II. 選擇題：請圈選出正確的選項

1. There is no single person but Jack know/knows in this town.
2. She drinks not only tea but also coffee/drinks coffee.
3. Not only you but also I are/am a student.
4. No one but them speak/speaks French.
5. At the time, she had no option but to put/put her child up for adoption.
6. He not only took drug but also drinks/drank every day. He died in his early thirties eventually.

答案與解說

1. knows　這裡鎮上沒有 Jack 不認識的人。　＝ "There is no single person whom Jack doesn't know in this town." Jack 為第三人稱，故需使用第三人稱單數動詞 knows。
2. coffee　她不僅喝茶也喝咖啡。　"Not only…but also…" 需使用對等的詞或子句，這裡 "not only" 後面是 tea，故也要選擇對等的名詞 coffee。
3. am　不止是你，我也是學生。　此類句型動詞需跟著第二個主詞，故選擇 am。

4. speaks　只有他們說法文。　= **"No one speaks** French but them." 主詞為 "no one"，故使用第三人稱單數動詞 "speaks"。
5. to put　當時她沒有選擇，不得不把孩子給別人收養。　"had no option but to Vr."
6. drank　他不僅吸毒還每天喝酒。他最後在三十歲初期就過世了。當僅有一個主詞（He）時，not only…but also 的前後動詞時態需一致。本句 not only 之後的動詞為過去式，且主詞已過世，表示吸毒及喝酒的動作都發生在過去，故時態需選擇過去式。

III. 翻譯題：

(A) 請將以下句子改寫為 no…but 句型

1. There are no flowers which don't bloom in the garden.（but…）

____

2. He passed every exam.

____

3. There is no job that he is not able to do.

____

4. Everyone longs go to university.

____

5. There is not a student that doesn't like her.

____

(B) 請將以下中文翻譯為英文

6. 沒有什麼車是她買不起的。（no…but）

____

7. 沒有人不喜歡看電視。（no…but）

____

8. 他不僅給他弟弟一枝筆還有一本書。（not only…but also）

____

9. 他沒有選擇，只能從軍。

____

10. 他不僅在非洲工作，還在那裡有一個家庭。（not only…but also）

____

11. 不僅 Yvonne 還有我也是老師。（Not only…but also）

____

答案

1. There are no flowers but bloom in the garden. 花園裡的花都開了。
2. There is no exam but he passed. 他通過所有的考試。
3. There is no job but he is able to do. 沒有他做不了的工作。
4. There is no one but longs go to university. 沒有人不渴望上大學。
5.. There is no student but likes her. 沒有學生不喜歡她。
6. There is no car but she can afford to buy. = "There is no car that she can't afford to buy."
7. There is no one but likes to watch TV. = "There is no one who doesn't like to watch TV."
8. He gave his brother not only a pen but also a book. "Not only…but also…" 需使用對等的詞或子句："a pen"，"a book"。
9. He had no choice/option but to join the army. "had no option but **to Vr.**"。"沒有選擇只好…" 為慣用語。
10. He not only works in Africa but also has a family there. 當僅有一個主詞（He）時，not only…but also 的前後動詞時態需一致。
11. Not only Yvonne but also I am a teacher. 當 not only A but also B 的 A 和 B 均為主詞(Yvonne/I)時，動詞時態需視第二個主詞(I)而定。

19 UNIT

Whoever, whichever, whatever, whomever 的用法

(A) Whoever, whichever, whatever 和 whomever 在文法上稱為“複合關係代名詞”：

“whoever”可代替人，並等同於“anybody who”；

“whichever”可代替人或物，兩者以上等同於“either which/who”，三者以上則等同於“any one which/who”；

“whatever”可代替物，等同於“anything which”；

“whomever”則可代替人，等同於“anybody whom”。

(B) 用法與句例

Whoever＝“anybody who”

“Anybody”通常可在句子中做主詞或受詞；而“who”做為關係代名詞則通常引導一個形容詞子句修飾 anybody，如：

◆ **Anybody** **who** comes to this party should prepare a present.
任何參加這個派對的人，都需要準備一份禮物。
→此處“anybody”為主詞，“who comes to this party”修飾“anybody”，說明該帶禮物的是什麼樣的人（是參加這個派對的人）。
此句中“Anybody who”可用“whoever”取代，句子可改為：
“**Whoever** comes to this party should prepare a present.”

◆ She hates **anybody** **who** is rude.　她討厭任何無禮的人。
→此處“anybody”為受詞，“who is rude”修飾“anybody”，

說明她討厭的是什麼樣的人（是沒有禮貌的人）。

此句中“anybody who”可用“whoever”取代，故句子可改為：“She hates whoever is rude.”

Whichever＝“either which/who”或“any one which/who”

“Whichever”可指同一類的人或物，如兩本書中的任何一本或三枝以上的筆中的任何一枝。

◆ I can rest and relax here **either which** was the main objective of the trip.

我可以在這休息或放鬆，而這是這趟旅程的主要目的。

→休息及放鬆是這趟旅程的兩個目的，而在這休息可以達到兩個目的中的任何一個。

此句中“either which”可用“whichever”取代，故句子可改為：“I can rest and relax here either which was the main objective of the trip.”

◆ There are many shirts here. You can take **any shirt/one which** you like.

這裡有很多件襯衫。你可以挑選任何一件你喜歡的（襯衫）。

→這裡三件以上的襯衫，你可以挑選其中的任何一件。

此句中“any shirt/one which”可用“whichever”取代，故句子可改為：“There are many shirts here. You can take whichever you like.”

Whatever＝“anything which”

相較於“whichever”，“whatever”僅可代指“物”，但可指不同類的任何東西（“whichever”用於代指同一類中的任一）。

◆ His father left a house, a car and many famous paintings. **Anything which** he inherited costs a great fortune.

他的父親留下了一棟房子，一輛車和許多名畫。他繼承的任何一項都值許多錢。

→房子、車子和名畫都不是同一類的東西，而這些東西的任何一項都可用"whatever"代指："His father left a house, a car and many famous paintings. **Whatever** he inherited costs a great fortune."

使用"whichever"的句子通常會有**"背景句"**（"**There are many different bottles of wine.** Just pick**whichever** you like."），而"whatever"的句子則無，"whatever"代指"所包含的所有東西"：

◆ Is there **anything which** needs to be improved in your room?

你的房間有任何需要改進的地方嗎？

→這裡指房間裡"所需要改進的任何地方"；

"whatever"等同於"anything which"："Is there **anythingwhich** needs to be improved in your room?"

◆ Your walls need to be repainted, and tiles of the floor need to be changed. Please let me know **whichever** you like to start first.

你的牆需要重漆，地板的瓷磚需要換掉。讓我知道你要先進行哪個工作。

→前面有背景句提到牆壁需要重漆、地磚需要換，故需用"whichever"表達需從這些需要改進的地方中選擇一個先進行。

Whomever＝"anybody whom"

"whom"在形容詞子句中只能做受詞，而此處的"anybody"在主要子句中也只能做受詞，故"whomever（＝anybody whom）"僅能為受詞，不可做主詞。

◆ He doesn't know **anybody whom** he can borrow money from.

他不知道可以向誰借錢。

→"anybody"在此句為受詞，"whom he can borrow money from"修飾"anybody"。

此句中"anybody whom"可用"whomever"取代，句子可改為：" He doesn't know **whomever** he can borrow money from."

◆ I think you should live with **anybody** **whom** you feel comfortable with.

我想你應該跟任何能讓你覺得安心的人一起住。

→"anybody"在此句為受詞，"whom you feel comfortable with"修飾"anybody"。

此句中"anybody whom"可用"whomever"取代，句子可改為："I think you should live with **whomever** you feel comfortable with."

(C) "whoever"和"whatever"做副詞連接詞

除了做複合關係代名詞外，**"whoever"和"whatever"還可做副詞連接詞**，此時"whoever"等同於"no matter who"（不管是誰），而"whatever"等同於"no matter what"（不論什麼）。

Whoever＝"no matter who"

◆ **Whoever** was assigned to do this job, he should be here by now.

＝**No matter who** was assigned to do this job, he should be here by now.

不管是誰被指派做這個工作，他現在都該出現了。

Whatever＝"no matter what"

◆ **Whatever** he does, it will never change how I think about him.

＝**No matter what** he does, it will never change how I think about him. 不管他做什麼，都不會改變我對他的想法。

⊙ 當 whoever 與 whatever 做副詞連接詞使用時，副詞子句之後會有逗號和主要子句做區隔；而兩者做複合關代時，則無需使用逗號：

◆ **Whoever** comes late **should carry** everyone's bag as a punishment.

→ "whoever" 做複合關代使用

◆ **Whoever** comes late, **he should carry** everyone's bag as a punishment.

◆ → "whoever" 做副詞連接詞使用

◆ **Whatever** he says **is** a lie.

→ "whatever" 做複合關代使用

◆ **Whatever** he says, it **is a** lie.

◆ → "whatever" 做副詞連接詞使用

(D) Whatever 在口語中使用

"Whatever" 在口語上有 "隨便、無所謂" 或 "我不在乎" 的意思，如：

◆ A: "Would you like some coffee or tea?"

你要點咖啡或茶嗎？

B: "**Whatever**." 隨便都好。

◆ A: "I like you." 我喜歡你。

B: "**Whatever**." 我不在乎。

然而，"whatever" 曾高居美國「最讓人反感的口頭禪」的排行榜第一，故建議少用於口語，或者謹慎使用。偶爾 "whatever" 也用於句未，此時都帶有無奈、不知如何是好的意味：

◆ A: "Do you finish your packing? The moving van will come to collect your boxes this afternoon." 你打包好了嗎？搬家公司

今天下午會來收你的箱子。

B: "I still have no idea how to deal with my old clothes, **whatever.**" 我還是不知道要怎麼處理我的舊衣服，唉，隨便啦。

(E) 補充：However

However 雖然字末亦以 ever 結束，但 however 不可做為代名詞使用，其詞性、用法和句例如下：

1. 做副詞時，可譯為"無論如何…(no matter how)"，其後可接形容詞或副詞

◆ You should report any incident, **however** minor it is.
你應該報告任何的事件，無論它多不重要。

◆ **However** casually she dresses herself, she looks like a million dollars.
無論她穿的多隨意，她看起來都非常迷人。

2. 做連接詞時，可譯為"無論用什麼方法（in whatever way）"，其後可接主詞

◆ **However** she likes him, he will not marry her.
無論她多喜歡他，他都不會和她結婚。

◆ You can do it **however** you like.
你可以用你喜歡的任何方式做這件事。

一點就靈

I. 填充題：請依題意在空格填上 whoever, whichever, whatever 或 whomever

1. The nuns give food to ____________ needs it.
2. I am not interested in ____________ you are going to say.

3. There are plenty of books here. You can pick ____________ you like to read.
4. You should eat ____________ your mother prepares for you.
5. ____________ left this house at 10 o' clock last night is our number one suspect.

答案與解說

1. whoever　修女把食物給需要的人。　此處不可填 whomever，因為 whomever 只可做受詞，不可做主詞，故 whomever 後不可接動詞 needs。
2. whatever　我對你將說的話沒有興趣。　用“whatever”代表“所說的任何話”。
3. whichever　這裡有許多的書。你可以挑任何一本你喜歡的來閱讀。　前一句提到了有很多書，而要從相同類的事物挑任何一樣，則使用“whichever（＝any book which）”。
4. whatever　你應該吃你母親所準備的任何東西。用“whatever”代表“所準備的任何東西”。
5. Whoever　任何在昨晚 10 點離開這間房子的人就是我們的頭號嫌疑犯。　從“number one suspect（頭號嫌疑犯）”可以知道空格中需填“人”，能代指人的複合關代為“whoever”,“whomever”和“whichever”；但此處需要一個主詞，而三者中僅“whoever”可做主詞，故填 whoever。

II.　選擇題：請選出正確的選項

1. ____________（A. Whoever　B. Whichever　C. Whatever　D. Whomever）did this will sooner or later be caught.

2. ____________ We will gladly exchange your goods, or refund your money,（A. whoever B. whichever C. whatever D. whomever） you prefer.

3. ____________ I will take（A. whoever B. whichever C. whatever D. whomever）wants to go.

4. ____________ He's good at（A. whoever B. whichever C. whatever D. whomever）he does.

5. ____________ You can dance with（A. whoever B. whichever C. whatever D. whomever）you like at the party.

6. ____________ Take （A. whoever B. whichever C. whatever D. whomever) action is needed.

7. ____________ （A. Whoever B. Whichever C. Whatever D. Whomever) told you this was a liar.

答案與解說

1. A 任何一個做這件事的人，遲早都會被抓。 從句意判斷空格中需填“人”，能代指人的複合關代為“whoever”，“whomever”和“whichever”；但此處需要一個主詞，而三者中僅“whoever”可做主詞，故填 whoever。

2. B 我們將很高興地替換您的商品，或是退還您費用，選擇任何一個您偏好的方法進行。句子有提供“exchange goods”和“refund money”兩種選擇，在有選擇的情況下，使用“whichever”而非“whatever”。

3. A 我會帶想走的人走。 此處不可選 whomever，因為 whomever 只可做受詞，不可做主詞，故 whomever 後不可接動詞 wants。

4. C 他對他所做的事很擅長。 他對“所做的任何事”都很擅長，而不是有選擇性的擅長，故用“whatever”。

5. D 你可以跟任何你喜歡的人在派對上跳舞。 使用“whomever”＝“anybody whom”
6. C 採取任何需要的行動。 在沒有選擇的情況下採取“任何行動”，故使用“whatever”而非“whichever”。
7. A 不管誰告訴你這個，他都是騙子。原句為“Anyone who told you this was a liar.” “Anybody who”可用“whoever”取代。

III. 翻譯題：

(A) 請依提示將粗體字改為 whoever, whichever, whatever 或 whomever：

1. I have three cars, and you may have **any car which** you like.

____

2. **No matter what** you think, I have nothing to do with that.

____

3. **Anybody who** ignores traffic lights is foolish.

____

4. You are free to marry **anybody whom** you chose.

____

5. **Anything which** is worth doing is worth doing well.

____

(B) 請將下列中文翻譯成英文：

6. 不論是誰住在這裡，他都需要保持房子的清潔。

____

7. 我們會遵從你所做的任何決定。

____

8. 你幫助他們當中的哪一個?

____

9. 他沒有說他跟誰借錢。

____

答案

1. I have three cars, and you may have **whichever** you like. 我有三輛車，你可以拿走你喜歡的任何一輛。“Any car which” =whichever
2. **Whatever** you think, I have nothing to do with that. 不管你怎麼想，我跟那件事沒有關係。“No matter what” =whatever
3. **Whoever** ignores traffic lights is foolish. 任何一個忽視交通號誌的人都是傻子。 “Anybody who” =whoever
4. You are free to marry **whomever** you chose. 你可以跟你選擇的任何一個人結婚。 “Anybody whom” =whomever
5. **Whatever** is worth doing is worth doing well. 任何值得做的事便值得將它做好。 **“Anything which”** =whatever
6. Whoever/No matter who lives here, he should keep the house clean. “不管是誰” =whoever
7. We will follow whatever decision you make. “所做的任何決定”，沒有特指幾個選項，故用 whatever。
8. Whichever of them are you going to help? 兩人或三人以上中的任意一個用 “whichever” 。
9. He didn’t say whomever he borrow money from. 向某人借錢，此處“某人”為受詞，故需用 whomever 而非 whoever。

20 UNIT

By＋交通工具＝in, on＋冠詞＋交通工具

(A) **“By＋交通工具”**用來說明移動的方式。如：

by bus	搭公車	by coach	搭客運	by train	搭火車
by taxi/cab	搭計程車	by boat/ship	搭船	by ferry	搭渡輪
by bike/bicycle	騎腳踏車	by car	搭車	by plane	搭飛機

另外，也可說：

by road 乘車（由公路、陸路途徑）

by rail 搭火車（由鐵路途經）

by air 搭飛機（透過航空途徑）

by sea 乘船（透過海路途徑）

使用以上表達法時，**by 與交通工具間不可加上“a/an/the/my/your/his~”等限定詞**。

◆ We decided to go to Taipei **by train**.（*NOT* …~~by the train~~.）
我們決定搭火車去台北。

◆ He has travelled **by sea** for a year.（*NOT* …~~by the sea~~.）
他已經搭船旅行了一年。

倘若要在交通工具前加上限定詞（含冠詞），如：**his car/the train/a boat** 等，則為 **“in his** car”（*NOT* ~~by his car~~）, **on the** train（NOT ~~by the train~~）, **in a** taxi（*NOT* ~~by the taxi~~）：

In＋限定詞＋交通工具

In＋a/an/the/one's＋car/taxi/cab
in my car **in the** car **in a** taxi **in Phoebe's** cab

get in（to）上車（進入車裡）
get out of 下車（離開車子）
＋**a/ the＋car/taxi：**

◆ Cindy **got in/into** the car and drove off as soon as possible.
Cindy 坐進車裡，並且很快地開車走了。

◆ He paid the fare and **got out of** the taxi.
他付完計程車車資後下車了。

On＋限定詞＋交通工具

On＋a/an/the/one's＋bicycle/bike/公眾交通工具
on my bicycle **on a** big ship **on the** bus **on an** airplane **on the** 8:00 train

get on 上車（進入車裡）
get of 下車（離開車子）
＋**a/the＋bicycle/bus/train**:

◆ Quick! **Get on** the bus. You are going to be late for school.
快點！快上巴士。你上學快遲到了。

◆ You should only **get off** the train when it stops completely.
你應該在火車完全停止時才下車。

"走路"為 **"on foot"**（*NOT* ~~by foot~~）：

◆ Did you come here **by** bus or **on** foot?
你是坐車還是走路來的？

(B) 句例與解說

1. Berry goes to work **by car**.

   Berry 開車上班。

   →by＋交通工具

2. Helen will arrive here **on the 10:00 train**.

   Helen 將搭 10:00 的火車抵達這裡。

   →on＋the＋公眾交通工具: 火車（train）為公眾交通工具

3. It will be easier if you come **on the bus**.

   如果你搭公車來應該會簡單一點。

   →on＋the＋公眾交通工具: 公車（bus）為公眾交通工具

4. He decided to make a journey to Edinburgh **by air**.

   他決定搭飛機到愛丁堡。

   →by air＝by plane

5. I saw her **in a taxi** this morning.

   我今早看到她在計程車上。

   → in＋a＋taxi/car

一點就靈

I. 填充題:：依題意在空格填上 by/in/on

1. It is said that Mrs. Thatcher never travelled ____________ train.
2. The cheapest way to get there is ____________ rail.
3. Do you want to go ____________ your car or mine?
4. Julie gets seasick easily so she never travels ____________ ship.
5 Is it a good idea to go to New York ____________ foot?

答案與解說

1. by　據說柴契爾夫人從不**搭火車**旅行。　By＋交通工具。
2. by　到那裡最便宜的方法是**搭火車**。　By rail＝by train
3. in　你想**坐你的車**還是我的去那裡？　In＋限定詞＋car；mine＝my car
4. by　Julie 很容易暈船，所以他從不**搭船**旅行。　By＋交通工具。Seasick＝暈船
5. on　**走路**去紐約是個好主意嗎？　On foot 走路。

II. 選擇題：

1. ____________ They arrived at the hotel（A. by　B. in　C. on）a taxi.
2. ____________ It's cheaper to ship goods（A. by　B. in　C. on）road.
3. ____________ He invited me to get（A. by　B. in　C. on）the car and go for a ride with him.
4. ____________ She got（A. by　B. in　C. on）the bus and picked a seat up front.
5. ____________ My brother went to school（A. by　B. in　C. on）my bike today.

答案與解說

1. B　他們搭計程車到旅館。　In＋a＋taxi＝by taxi
2. A　較便宜的運送貨物方法為經由陸路運輸。　By road 經由公路；ship 在這裡為動詞“用船運送；裝運”之意。

3. B 他邀請我上車並和他一起兜風。 Get in（to）the car 上車。Go for a ride 為“兜風”之意。
4. C 她上了公車，找了個最前面的座位。 Get on the bus 上車。 “up front”表示“最前面的位置”。
5. C 我弟弟今天騎我的腳踏車上學。 On＋one’s bike＝by bike

III. 翻譯題：請將下方的中文翻譯為英文。

1. 我通常搭公車上班。（by）

____

2. 雖然這是一段很短的旅程，但我們還是決定搭計程車去。（in）

____

3. 走路去那間商店只需要十分鐘。（on）

____

4. 他們搭十點的火車去台北。（on）

____

5. 我到站了。我要下公車了。

____

6. 這封信你最好寄航空。（by）

____

7. 他們喜歡搭客運旅行。（by）

____

8. 你千萬不能在汽車行駛時下車。

____

答案

1. I usually go to work by bus. By＋交通工具。 上班為“go to work”，work 前面不可加 the。
2. Although it is a very short journey, we decided to go in a taxi. In＋a＋taxi ＝by taxi
3. It only takes ten minutes to go to the shop on foot. On foot＝走路
4. They went to Taipei on the 10:00 train. On＋the＋公眾交通工具。
5. This is my stop. I am going to get off the bus. Get off＋the＋bus＝下車
6. You had better send this letter by air. By air 除了有搭飛機的意思外，也有經由空路之意。
7. They like to travel by coach. By coach 搭乘客運
8. You must not get out of the car when it is in motion. Get out of＋the＋car ＝下車。“in motion”＝（物體）移動；（交通工具）開動

21 UNIT

動詞和副詞怎麼放在一起，位置才對？

副詞在句子中的位置通常為以下三種：

- **句首 – 在主詞之前**

  Actually, I don't like him.

- **句中 – 在主詞與動詞之間**

  Bob **nearly** died in a car accident years ago.

- **句末 – 在句子或子句的最後**

  He was born in **1990**.

副詞的作用主要為修飾動詞、形容詞或其他副詞，並在一定程度上增添了文章的色彩。例如：

- Grace walked along.

  Grace 往前走

- Grace walked **briskly** along.

  Grace **輕快地**往前走

第二句使用了狀態副詞“briskly”讓讀者知道 Grace 走路的狀態，同時增強了句子的表達。然而當句子中放置副詞時，必須注意其放置的正確性，才不會影響文章的表達。本篇將討論當動詞與副詞在同一個句子中一同出現時，兩者的位置將如何安排。

首先，下方兩個句子中各有一個副詞（adv.）：carefully 和 probably，請判斷哪一個副詞放置的位子是正確的。

1. Please drive carefully. 2. Louis probably knows the answer.

以上兩個副詞在句中放置的位子雖有**放在動詞之後**與**放在動詞之前**的不同，但兩者均是正確的。

◉ 一般而言，不同的副詞類型決定了其在句中與動詞的位置排列：

副詞類型	舉例	位置
頻率副詞 （Adverb of frequency）	often, always, never, usually	動詞之前
程度副詞 （Adverb of degree）	probably, quite, definitely, clearly	動詞之前
焦點副詞 （Focusing adverb）	even, just only, also, simply	動詞之前
狀態副詞 （Adverb of manner）	well, carefully, quickly, patiently	動詞之後
地方副詞 （Adverb of place）	here, there, at the corner	動詞之後

由於**時間副詞（Adverb of time）**：now, last Sunday, next year, in 1998，多出現於句首或句末，

◆ I had a great time **last Sunday**.

◆ **Last Sunday** I had a great time.

並**不直接放置於動詞前後**，故本篇不另做討論。其他副詞與動詞放置方式的詳細句例與使用方法，請看下頁說明。

1. **頻率副詞（Adverb of frequency）：放置於動詞之前**

頻率副詞被用來表示某一動作發生的頻率。如：always（總是）, often（時常）, never（從未）等。

◆ Charles **often** travels to America for business.
Charles **時常**到美國出差。

◆ My father **always** *stays* at home.
我父親**總是**待在家。

◆ **Never** judge a book by its cover.
絕對不要以書的封面判斷其內容好壞（不可以貌取人）。

2. **程度副詞（Adverb of degree）：放置於動詞之前**

程度副詞通常放置於動詞之前，用以表達該動作的程度強弱。如：almost（幾乎），quite（相當），probably（大概），completely（完全）等。

◆ I **almost** finish decorating my house.
我**幾乎**快完成裝飾家裡的工作。

◆ Jane **completely** trusts her husband.
Jane **完全**信任她丈夫。

3. **焦點副詞（Focusing adverb）：放置於動詞之前**

焦點副詞通常放置於動詞之前，對該動作進行強調，使其成為關注焦點。如：even（甚至），just（只是），only（僅僅），also（也）等。

◆ Mary has 4 brothers but she **just** likes her little brother.
Mary 有 4 個兄弟，但她只喜歡她的弟弟。

◆ When I pointed out his mistakes, he **even** laughed at me.
當我指出他的錯誤時，他**甚至**嘲笑我。

4. **狀態副詞（Adverb of manner）：放置於動詞之後**

狀態副詞通常放置於受詞之後，倘若沒有受詞，則可直接放置於動詞之後，表達該動作進行的狀態。這類副詞大多由**“形容詞＋ly”**組成。如：hard（努力地），well（良好地），carefully（小心地），slowly（緩慢地）等。

◆ Alex drove（his father's car）carefully.
Alex 很小心地開他父親的車。

◆ Dr. Wu talked（to the patient）softly.
吳醫師溫和地和病人交談。

5. **地方副詞（Adverb of place）：放置於動詞之後**

地方副詞用來表示場所或方向。和狀態副詞一樣，地方副詞通常放置於受詞之後，倘若沒有受詞，則可直接放置於動詞之後。如：here（這裡），there（那裡），at the corner（在轉角）等。

◆ Don't go **there**.
不要去**那裡**

◆ He stayed **behind**.
他待在**後面**

◆ My brother had his breakfast **in bed** this morning.
我弟弟今早在**床上**吃早餐。（由於此句有受詞“his breakfast”，故副詞“in bed”放置於受詞之後，而非直接置於動詞“had”之後）

當一個句子中出現不只一個副詞時，順序通常為：**狀態副詞→地方副詞→時間副詞**

◆ My girlfriend and I played **happily** in the Disneyland the whole afternoon.
我女朋友和我在**迪士尼樂園開心地**玩了一**下午**。

一點就靈

I. 填充題：請閱讀以下句子，並將括號裡的副詞放置在底線中適合的位置

例：Alex drove his father's car carefully.（carefully）

1. They go to London.（often） ____________________
2. I like this jacket.（quite） ____________________
3. Lisa touched her baby.（gently） ____________________
4. You can't smoke.（in the office） ____________________
5. Tony blamed his mother.（even） ____________________

答案與解說

1. often go to　他們**時常去**倫敦。（頻率副詞放置於動詞之前，表示"去倫敦"這個動作發生的頻率）
2. quite like　我**相當喜歡**這件夾克。（程度副詞放置於動詞之前，這裡表達對"喜歡"這個動作的強弱程度。）
3. touched her baby gently　Lisa **輕輕地觸摸**她的孩子。（狀態副詞放置於動詞之後，在這裡表達"觸摸"這個動作進行的狀態是輕輕地。）
4. smoke in the office　你不可以**在辦公室抽煙**。（地方副詞通常放置於受詞之後，倘若沒有受詞，則可直接放置於動詞之後）
5. even blamed　Tom **甚至埋怨**他的媽媽。（焦點副詞通常放置於動詞之前，這裡對"埋怨"這個動作進行強調，使其成為關注焦點。）

II. 選擇題：

1 ____________（A. Mark nearly gave up his job.　B. Nearly Mark gave up his job.　C. Mark gave up nearly his job.）

2 ____________（A. These children behave well.　B. These children well behave.　C. These well children behave.）

3 ____________（A. They probably escaped from the prison.　B. Probably they escaped from the prison.　C.They escaped from the prison probably.）

4 ____________（A. Dee takes taxi always to the office.　B.Dee takes taxi to the office always.　C.Dee always takes taxi to the office.）

5 ____________（A. At her window she was standing.　B.She was standing at her window.　C.She at her window was standing.）

答案與解說

1. A　Mark **幾乎放棄**他的工作。（程度副詞放置於動詞之前，這裡表達“放棄”這個動作的強弱程度。）
2. A　這些孩子**表現良好**。（狀態副詞放置於動詞之後，在這裡表達“表現”這個動作進行的狀態是良好地。另外，well 可連接 behaved 變成形容詞“well-behaved 表現良好的”，但不可直接放置於動詞“behave”之前，如選項 B。）
3. A　他們**可能逃獄**了。（程度副詞通常放置於動詞之前，這裡用以表達“逃獄”這個動作發生的強弱程度。）
4. C　Dee **總是搭計程車**上班。（頻率副詞“alwasys”放置於動詞之前，表示“搭計程車”這個動作發生的頻率）
5. B　她當時正**站在她的窗前**。（地方副詞通常放置於受詞之後，倘若沒有受詞，則可直接放置於動詞之後。此句沒有受詞，故地方副詞“at her window”直接放置於動詞“was standing” 之後。）

III. 翻譯題：請參考括弧內的副詞，將下方的中文翻譯為英文。

1. 她緩慢地閱讀信件。（slowly）

____

2. 我相信 Shane 一定認識那個男人。（definitely）

____

3. Kelly 早上只喝黑咖啡。（only）

____

4. 那艘船差點撞到岩石。（almost）

____

5. 大雨下了一整晚。（heavily）

____

6. 他甚至借了我一些錢。（even）

____

7. Cici 從未在背後說老闆的壞話。（never）

____

8. 他昨晚在他的辦公室認真地工作。（last night, in his office, hard）

____

答案

1. She read the letter slowly. （此句有受詞 **"信件 the letter"**，故狀態副詞 "slowly" 不直接放置於動詞之後，而改放置於受詞之後；在這裡表達 "閱讀信件" 這個動作進行的狀態是緩慢地。）
2. I believe Shane definitely knows the man. （此處有兩個動詞 "相信" 與 "認識"；但題目顯示的是" **"Shane 一定認識"**，故程度副詞 "definitely" 需放置於動詞 **"認識 knows"** 之前，用以表達該動作的程度強弱。）
3. Kelly only drinks black coffee in the morning. （焦點副詞 **"只 only"** 放置

於動詞“drinks”之前，強調“只喝黑咖啡”這個動作。）

4. The ship almost hit a rock. （程度副詞**“幾乎 almost”**放置於動詞之前，用以表達該動作發生的程度強弱。此處請注意“撞擊”的動詞三態為“hit, hit, hit”）
5. It rained heavily during the night. （狀態副詞**“大 heavily”**放置於動詞**“下雨 raine**d”之後。）
6. He even lent me some money. （焦點副詞**“甚至 even”**放置於動詞**“借 lent”**之前，對該動作進行強調。這裡需注意“借錢給別人”為“lent money”，倘若是“跟人借錢”則是“borrowed money”。
“借出”的三態為“lend, lent, lent”。）
7. Cici never talks behind his boss’s back. （頻率副詞“從未 never”放置於動詞“talks”之前，表示“說老闆壞話”這個動作發生的頻率。**“talk behind someone’s back”**為**“在某人背後講壞話”**的意思。）
8. He worked hard in his office last night. （當一個句子中同時有時間副詞**“昨晚 last night”**、地方副詞**“他的辦公室 in his office”**及**狀態副詞“hard”**一同出現時，三者的順序為：狀態副詞→地方副詞→時間副詞。）

22 UNIT

We stayed in or at＋地名- 有何不同？

⑷ In 和 at 均可加在建築物前以表示位置，例如：“in hospital”或“at university”。In 和 at 也可使用在相同的建築物前，如：“We stayed in/at a hotel.”或“They eat in/at a restaurant.” 那麼，“in＋地點”和“at＋地點”有何區別?在使用上又有什麼不同呢?

1. **當所處地點為一個四面封閉的環境時，需使用 in：**

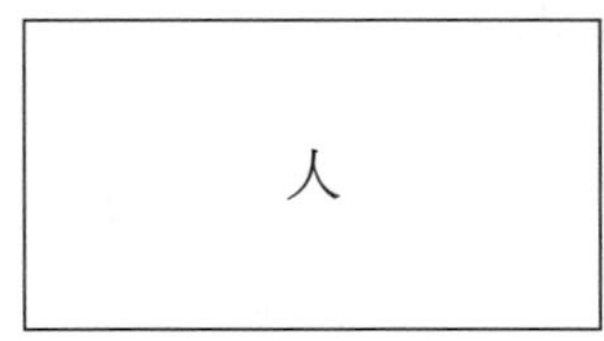

“**in** a room 在房間裡”

“**in** the phone box 在電話亭裡”

“**in** the car 在車裡”

“**in** the kitchen 在廚房裡”

當要表達所處地點為一個”點”時，需使用 at：

人

“**at** the bus stop 在巴士站”

“**at** the window 在窗戶旁”

“**at** the end of the street 在街尾”

2. **“At＋建築物”時，可表示位於這個建築裡面或外面：**

A: Let’s meet **at** the museum.　我們博物館見。

B: Sure. Shall we meet **in** the museum or outside the museum?

好啊。我們要約在博物館裡面還是外面呢？

→對話中的 A 提議在博物館這個”點”見面，而 B 想要更確定見面的地點是在博物館裡（in the museum →四面封閉的環境裡），還是在博物館的外面。

“In＋建築物”時，多為強調建築物本身：

◆ The rooms **in** Naomi's house are very small.

Naomi 家的房間都非常小。→強調的是 Naomi 家這個建築物

◆ I was **at** Naomi's house last night.

我昨晚在 Naomi 家。

→強調的是在這個地點（在某人家用 at: at someone's house）

3. **“At＋建築物”說明有某個事件在建築物裡發生（where an event takes place）：**

◆ The meeting took place **at** the company's headquarters.

會議在總公司舉行。→總公司裡有會議

◆ We are going to the concert **at** the National Concert Hall tonight.

我們今晚將到國家音樂廳聽演奏會。→音樂廳裡有演奏

“In＋建築物”用來強調“在建築物裡”（inside a building）：

◆ There are 10 meeting rooms **in** the company's headquarters.

總公司裡有 10 間會議室。

→強調在總公司這個建築物裡（inside the company's headquarters）

◆ We enjoyed the concert but it was very cold **in** the Concert Hall.

我們很享受那個音樂會，但音樂廳裡太冷了。

→強調在音樂廳這個建築物裡（inside the Concert Hall）

(B) In vs. at

In＋city/town/country

◆ I was born **in** Taipei.

我在台北出生。

◆ My aunt lives **in** England.

我的阿姨住在英格蘭。

◎ 但如果要表達該城市、鄉鎮為**旅途中的一個點，則使用 at：**

◆ Does this train stop **at** Taipei?
這輛火車會停台北嗎？

◆ We stopped **at** a small town on the way to London.
在去倫敦的路上，我們停在一個小鎮。

In＋street/Road【英式】

◆ “Where are you?” “I am **in** Haling Park Road.” “你在哪?” “我在 Haling Park 路上。”

◎ 美式說法為“on＋street/Road”：on Fifth Avenue 在第五大道

At＋house/address

◆ See you **at** Ella’s（house）. Ella 家見。

◆ I will stay **at** 117 Haling Park Road today.
我今天會住在 Haling Park Road117 號。

(C) 固定用法

以下是固定詞組用法：

1. 常用詞組：

In	At
◆ **in** prison 在監獄 ◆ **in** hospital 在醫院 ◆ **in** the playpen 在嬰兒圍欄裡 ◆ 0 the sky 在天上 ◆（swim）**in** the pool/in the sea/**in** the river ◆ 在游泳池／在海裡／在河裡（游泳）	◆ **at** the station/airport 在車站／機場 ◆ **at** home/work/school 在家／工作/學校 ◆ **at** the seaside 在海邊 ◆ **at** reception 在接待處 ◆（turn left）**at** the traffic light 在紅綠燈（左轉）

2. 幾個固定用法的分別：

In the corner vs. at the corner　在轉角

"in the corner"指在密閉空間裡的轉角，如："in the corner of the room"；**"at the corner"（或"on the corner"）指在開闊空間的轉角**，如："at/on the corner of the street"。

◆ The chair is in the corner of the classroom.
椅子在教室的轉角。

◆ There is a phone box at/on the corner of the park.
公園的轉角有個電話亭。

Arrive in vs. arrive at　到達

"arrive in＋國家／城鎮"，如："arrive in Taiwan/Taipei"；**"arrive at＋地點（建築物等）／有目的性的地點"**，如："arrive at the hotel"或"arrive at school/work/at the party"（→為了上學／工作／參加派對），

◆ When did you arrive in Japan?
你什麼時候到日本的？

◆ I will arrive at the hotel on Tuesday.
我會在週二到達旅館。

一點就靈

I.　填充題：依句意在空格填上 in 或 at

1. I will meet you ____________ the airport.
2. I won't be home today. I will be ____________ Julie's.
3. It is always too cold ____________ Julie's house.
4. Bridget grew up ____________ Thailand.
5. The race started ____________ the City Hall.

答案與解說

1. at　我會跟你在機場見。　“at the airport”為固定用法。
2. at　我今天不在家。我會在 Julie 的家。　“在某人的家”用 at
3. in　Julie 家總是很冷。　這裡要強調的不是“在某人的家”而是強調“建築物本身及建築物裡面”很冷，故用 in。
4. in　Bridget 在泰國長大。　In＋國家
5. at　路跑賽從市政府開始。　路跑賽是從市政府這個“點”開始，而不是市政府的裡面，此外，City Hall 這裡有其目的性（路跑），故用 at。

II. 選擇題：請圈選出正確的答案

1. There are many people in/at the bus stop.
2. Luke is studying Chinese Literature in/at university.
3. The bookshop is located in/at 28 Gower Street.
4. He put his bag in/at the corner of his bedroom.
5. There is no one in/at the shop.

答案與解說

1. at　有很多人在巴士站。　巴士站是一個“點”，故用 at。
2. at　Luke 在大學念中國文學。　Luke 在大學裡有其目的性（唸書），而不是只是單純在這個建築物裡，故用 at。
3. at　書店在 Gower 街 28 號。　At＋住址（in＋街道名：in Gower Street）
4. in　他把他的書包放在臥室的角落。　臥室是個密閉空間，故用 in the corner。
5. in　商店裡沒有人。　強調在商店這個建築物裡面沒有人，故用 in。

III. 翻譯題：

1. 當我們在中國時，我們花了幾天時間在上海。

____

2. 在海裡游泳太危險了。

____

3. 我會在公園的轉角等你。

____

4. 在紅綠燈的地方右轉。

____

5. 他已經在監獄裡 5 年了。

____

6. Rita 的父母將在明早抵達香港。

____

答案

1. When we were in China, we spent a few days in Shanghai.　In＋國家／城鎮。
2. It is too dangerous to swim in the sea.　在海裡、河裡、泳池裡都是用 in。
3. I will wait for you at the corner of the park.　開放空間（如：公園、街道等）的轉角用 at the corner。
4. Turn right at the traffic light.　紅綠燈（traffic light）用 at。
5. He has been in prison for 5 years.　在監獄（prison）裡用 in。
6. Rita's partners will arrive in Hong Kong tomorrow morning.　抵達國家用 arrive in

23 UNIT

動名詞 V-ing 到底當動詞還是名詞？

(A) 動名詞的形態為 Ving，其具有名詞性質，故可做為主詞、受詞或補語使用。

1. **動名詞做主詞**

◆ **Seeing** is believing.

眼見為憑。→ "Seeing" 為本句的主詞

◆ **Breaking up** with his girlfriend made him mad.

跟他女友分手讓他要瘋了。

→ "Breaking up with his girlfriend" 動名詞片語為本句的主詞。

◆ **Reading books** helps me learn many things.

讀書幫助我學到很多東西。

→雖然 books 為複數，但此處的主詞並非書籍，而是 "讀書（reading books）" 這件事，故需使用單數動詞 "helps" 而非 "help"。

2. **動名詞做 be 動詞之後的主詞補語**

Be 動詞之後可用動名詞（Ving）或不定詞（to Vr.）做補語，用動名詞做補語時，通常表示**經驗或是已知的事**。

◆ Seeing is **believing**.

眼見為憑。→believing 是本句的主詞補語。

◆ The problem with her is **being too moody**.

她的問題就是太情緒化。

→她的問題是“已知的事”，故用動名詞片語“being too moody”做補語。

使用不定詞做補語時，通常表示計劃、目的或未完成的事：

◆ Her desire is **to marry a millionaire**.（*NOT* ~~Her desire is marring~~…）

她的期望是嫁給百萬富翁。

◆ His ambition is **to win the competition**.（*NOT* ~~His ambition is winning~~…）

他的野心是贏得比賽。

◆ My plan is **to receive the master degree** in this summer.（*NOT* ~~My plan is receiving~~…）

我的計劃是在這個夏天獲得碩士學位。

→期望（desire）、野心（ambition）和計劃（plan）都是計劃或未完成的事，故用不定詞片語做補語。

3. **動名詞做動詞的受詞**

◆ Not many people can **quit smoking** right away.

很少人能馬上戒菸。

→“Quit”是本句的動詞，“smoking”做為 quit 的受詞

◆ I will **consider lending** him some money if he asks me.

如果他開口要求，我會考慮借他一些錢。

→“consider”是本句的動詞，“lending”做為 consider 的受詞

◆ I **suggest going** to the park on Sunday.

我建議星期日去公園。

→“suggest”是本句的動詞，“going”做為 suggest 的受詞

其他如“enjoy（享受）”，“imagine（想像）”，“avoid（避免）”，“recommend（建議）”，“deny（否認）”，“admit（承

認）”，“mind（介意）”，“practice（練習）”及”finish（結束）”等，均使用動名詞做受詞。

⊕ 更多需以動名詞做為受詞的動詞列舉，請參考第 2 單元。

⊕ 此部分列舉的是必須以動名詞做受詞的動詞；然而，大多數的動詞之後既可以接“to V”亦可接“Ving”，其意不變：

◆ My sister **likesto eat/eating**cookies.

我妹妹喜歡吃餅乾。

◆ Leostarted **to unpack/unpacking** his suitcase.

Leo 開始整理她的行李箱。

◆ Ihate to be **bothered/being bothered**while I am watching TV.

當我看電視時，我討厭被打擾。

部分動詞之後既可以接“to V”亦可接“Ving”，但兩者所表示的意義略有不同：

◆ A girl walking along the street **stopped to talk** to us.

一個正在街上走路的女孩停下來和我們說話。

◆ Can you all **stop talking**? I am preparing my exam.

你們可以停止交談嗎？我正在準備我的考試。

→“stop＋to V”表示停止（正在進行的動作）才能進行另一個動作；以第一句為例，即停止走路以進行說話的動作（stop to talk）。“stop＋Ving”則表示停止正在進行的動作；以第二句為例，即停止說話（stop talking）。

類似的動詞使用尚有 remember，forget，try，mean 等，請參考第 27 單元。

4. **動名詞做介係詞的受詞**

◆ The court prevent him **from seeing** his children.

法院阻止他去看望他的小孩。

→ "seeing" 做為介係詞 "from" 的受詞。

◆ The book is worthy **of reading**.
這本書值得一看。→ "reading" 做為介係詞 "of" 的受詞。

◆ Ken is talking**about working** abroad.
Ken 正在說出國工作的事。→ "working" 做為介係詞 "about" 的受詞。

其他尚有 **"approve of+Ving"**，**"believe in+Ving"**，**"insist on+Ving"**，**"ask about+Ving"**，**"think of+Ving"**，**"complain about+Ving"**，**"succeed in+Ving"** 等。

部分以動詞需在動名詞之前加入受詞（動詞＋受詞＋介係詞＋Ving）：

◆ No one **blames you for breaking** the cup.
沒有人怪你打破杯子。

◆ The coach has**punished his players for fighting** during the match.
教練懲罰在比賽中打架的球員。

◆ **Thank you for helping** me packing.　謝謝你幫我打包。

(B) 動名詞 vs. 現在分詞

動名詞與現在分詞形態相同，均為 Ving，有時在 be 動詞之後的 Ving 可能為動名詞，亦可能

為現在分詞：

◆ Her hobby is **reading**.
她的嗜好是閱讀。→ "reading" 為動名詞。

◆ She is **crying**.
她正在哭泣。→ "crying" 為現在分詞。

由於**動名詞做 be 動詞的補語時，通常和句子的主詞是相等的關係**，故可

以將句子中的 Ving 和主詞對調，以句意是否仍然通順來判斷該 Ving 是動名詞還是現在分詞：

◆ Her hobby is **reading**. ⇨ **Reading** is her hobby.（O）

→ "hobby＝reading"，對調後句意仍通順，故"reading"為動名詞。

◆ She is **crying**. ⇨ **Crying** is she.（X）

→ "crying≠she"，對調後句意不通，故"crying"為現在分詞。

(C) 常用的動名詞慣用語

1. It is no use＋Ving⋯ 做⋯是沒有用的

◆ **It is no use crying** about the past.

為過去的事而哭是沒有用的。

◆ **It is no use trying** to escape.

想逃走是白費力氣。

2. ⋯can't help＋Ving⋯ 忍不住做⋯

◆ The thief told the police that he just **can't help stealing** money.

那個小偷告訴警察他就是忍不住會偷錢。

◆ I **can't help falling** in love with you.

我忍不住愛上你。

一點就靈

I.　填充題：請依括弧中的提示，在空格填上 Ving 或 to Vr.的動詞形式

1. It is his intention ___________ you.（fool）
2. Celia's wish is ___________ a doctor.（become）
3. One of his shortcomings is ___________ a quick temper.（have）
4. The only working experience he has was ___________ English in Japan.（teach）
5. This film is ___________ entertainment with science.（combine）

答案與解說

1. to fool　他意圖騙你。　“意圖（intention）”為未完成的事，故用 to Vr.。
2. to become　Celia 希望可以成為一名醫生。　“希望（wish）”為未完成的事，故用 to Vr.。
3. having　他的其中一個缺點是很容易生氣。　“缺點（shortcoming）”是已知的事，故用 Ving。
4. teaching　他唯一的工作經驗是在日本教英語。　表達經驗或已知的事，均用 Ving。
5. combining　這部電影結合了娛樂和科學。　電影的播出內容是已知的事，故用 Ving。

II. 選擇題：請圈出正確的選項

1. ____________ I enjoy（A. stay B. staying C. to stay）with my sister.
2. ____________ Aston's father doesn't allow him（A. smoke B. to smoke C. smoking）.
3. ____________ I remember（A. see B. to see C. seeing）her before.
4. ____________ She always regrets（A. leave B. to leave C. leaving）New York.
5. ____________ Cold weather makes me（A. feel B. to feel C. feeling）uncomfortable.
6. ____________ I can't help（A. finish B. to finish C. finishing）all the food.
7. ____________ Jesse is considering（A. move B. to move C. moving）out.
8. ____________ My plan is（A. study B. to study C. studying）abroad.

答案與解說

1. C 我喜歡和我姐姐待在一起。 "Enjoy" 後面加動名詞做受詞。
2. B Aston 的爸爸不允許他抽煙。 "allow" 後面如有受詞，則需加不定詞片語做受詞補語；倘若要使用 Ving，則句型為："Aston's father doesn't allow smoking"。
3. C 我記得以前看過她。 以前看過她是"記得過去曾發生的事"，而非"記得要做的事"，故用"remember＋Ving"。 "Remember" 的詳細用法可參考第 36 單元。
4. C 她一直後悔離開紐約。 "regret" 後面加動名詞做受詞。。

5. A 冷天氣讓我感到不舒服。 “make”為使役動詞，後面需加原形動詞。使役動詞的詳細用法可參考第 2 單元
6. C 我忍不住吃完所有的食物。 can’t help＋Ving
7. C Jesse 正考慮搬出去。 consider＋Ving
8. B 我的計劃是出國唸書。計劃（plan）是未完成的事，故用不定詞片語做補語。

III. 翻譯題：

(A) 請依提示將句型改為動名詞做主詞的句型：

1. It was fun to travel with my brother.

____

2. It calms Sophia down to go shopping.

____

3. It may help our economic development to accept foreign investments.

____

4. It was a shame to him not to know how to do it.

____

(B) 請將下列中文翻譯成英文：

5. 我們做夢也沒想到能和 Madonna 面對面。

____

6. 這個地方值得造訪。

____

7. 現在跟她說實話是沒有用的。

____

8. 我們忍不住敬佩他的勇氣。

____

9. 他的野心是成為公司的總裁。

____

10. 她每天練習彈琴。

____

11. 雖然他已經和女朋友分手了，但還是忍不住打電話給她。

____

答案

1. Travelling with my brother was fun. 跟我弟弟一起旅行很有趣。 不定詞片語"to travel with my brother"挪到句首，改為動名詞做主詞"Travelling with my brother"並去掉虛主詞"It"。
2. Going shopping calms Sophia down. 買東西能讓 Sophia 平靜。 不定詞片語"to go shopping"挪到句首，改為動名詞做主詞"Going shopping"並去掉虛主詞"It"。
3. Accepting foreign investments may help our economic development. 接受外資也許可以幫助我們的經濟發展。 不定詞片語"to accept foreign investments"挪到句首，改為動名詞做主詞"Accepting foreign investments"並去掉虛主詞"It"。
4. Not knowing how to do it was a shame to him. 不知道這件事如何做對他來說是個恥辱。 不定詞片語"not to know how to do it"挪到句首，改為動名詞做主詞"Not knowing how to do it"並去掉原置於句首的虛主詞"It"（而非"how to do it"的代名詞"it"）。
5. We would have never dreamed of meeting Madonna face to face. 動名詞 meeting 做介係詞 of 的受詞。面對面＝face to face

6. This place is worth visiting/worthy of visiting.　值得…＝worth＋Ving/worthy of＋Ving。
7. It is no use telling her the truth now.　…是無用的＝it is no use Ving
8. We can't help admiring his courage.　忍不住…＝can't help＋Ving。
9. His ambition is to become the CEO of the company.　野心（ambition）是未完成的事，故用不定詞片語做補語。
10. She practices playing piano every day.　練習（practice）用動名詞做受詞。
11. Although he has broken up with his girlfriend, he couldn't help calling her.　"忍不住"＝can't help＋Ving

24 UNIT

Little vs. Few 一樣不一樣？

(A) Little 的詞性和詞意可參考第 14 單元；而 few 的詞性和詞意請參考以下:

few

形容詞（*adj.*）
1. 不多的；少數的 ◆ Very **few** people learn Latin now. 現在只有少數的人在學拉丁語。 ◆ There were **few** students in the classroom this morning. 今早教室裡只有少數學生。 2.（與 a 連用）一些；幾個 ◆ I would like to introduce you **a few** friends of mine. 我想要介紹我的幾個朋友給你。
代名詞（*pron.*）
1. 不多；幾乎沒有 ◆ Very **few** of his books are written in English. 他的書只有幾本是用英文寫的。 2.（與 a 連用）一些；幾個 ◆ Could you give me **a few** more details? 可以請你多給我一些細節嗎？

(B) 請閱讀下方兩個句子，看看哪一個是正確的。

1. I only have **little** money.
2. I only have **few** money.

little 與 few 均有“少量”的意思，但兩者的區別在於：little 修飾不可數名詞；few 修飾可數名詞。由於 money 為不可數名詞，需以 little 修飾，故第 1 句才是正確的。試比較：

Many（許多的）和 few（不多的）＋可數名詞	**Much（許多的）和 little（不多的）＋不可數名詞**
◆ Melisa has been to **many** countries. Melisa 去過很多國家。 ◆ I bought you **a few** things today. 我今天買了一點東西給你。	◆ I don't have **much** money. 我沒有太多錢。 ◆ Show me **a little** respect. ◆ 給我點尊重。

⊙ “a lot of/lots of”（許多）可同時用於**複數可數名詞和不可數名詞**。

◆ She doesn't carry **a lot of** luggage when she travels.
她旅行時不會帶太多的行李。

◆ There are **a lot of** books on his shelf.
他的書架上有許多書。

◆ There is **lots of** information in this brochure.
這本宣傳冊裡有許多訊息。

◆ **Lots of** students go home for the weekend.
許多學生回家度週末。

(C) Little, a little 與 few, a few 的差別、用法和句例

Little vs. few ⇨ 不多（not much/many）：

Little 和 few 用在句中，通常帶有**負面**的含義。如：

◆ Although she always burns the midnight oil, Vivian made **little** progress in her study.
雖然 Vivian 總是開夜車，但她課業進步不大。（**⇨ not much, not enough progress**）

◆ She is not popular. **Few** friends came to her wedding.
她不受歡迎。沒有太多朋友參加她的婚禮。（**⇨ not many, not many friends**）

A little vs. a few 少量；一些（a small number/amount; some）：

A little 和 a few 用在句中，通常帶有**正面**的含義。如：

◆ Since she always burns the midnight oil, Vivian made **a little** progress in her study.
因為 Vivian 總是開夜車，她課業進步了一些。（**⇨ some progress**）

◆ She is not popular but **a few** friends came to her wedding.
她不受歡迎，但仍有一些朋友來參加她的婚禮。（**⇨ some friends**）

一點就靈

I. 填充題：請依題意在空格填上 little/a little/few/a few

1 Hurry! We only got ____________ time left. .

2 His father died ____________ years ago.

3 This situation has happened ____________ times before.

4. The shop was almost empty. There were very ____________ customers there.

5 Frank only has ____________ luggage with him.

答案與解說

1. little　快點！我們沒多少時間了。　“時間”（time）不可數；“little” ＝不多（not much）。
2. a few　他的父親幾年前過世了。　“a few” ＝少量（a small amount/some）
3. a few　這個情形發生幾次了。　這裡的“times”指次數，為可數名詞；“a few” ＝少量（asmall amount/some）
4. few　那間店幾乎是空的。沒有什麼顧客在那裡。　“顧客”（customer）為可數名詞；“few” ＝不多（not many）
5. a little　Frank 只帶了幾件行李。　“Luggage”為不可數名詞；“a little” ＝少量（a small amount/some）。

II. 選擇題：請選出錯誤的句子並改正。

1. I bought a few apples today.
2. We need a little carrots for this meal.
3. Could you give me a few water, please?
4. There has been very few rain recently.
5. I don't have many money.

錯誤句為：______________________________

____

____

____

答案與解說

錯誤句為：2、3、4、5

2. “carrots”為可數名詞；“a few”＝少量（a small amount/some）→ We need **a few** carrots for this meal.
3. “water”為不可數名詞；“a little”＝少量（a small amount/some）→ Could you give me **a few** water, please?
4. “rain”為不可數名詞；“little”＝不多（not much）→ There has been very **little** rain recently.
5. “money”為不可數名詞，需用“much”做修飾 → I don’t have **much** money.

1. 我今天買了一些蘋果。
2. 我們這個餐點需要一些胡蘿蔔。
3. 可以請你給我一些水嗎？
4. 最近只下了一點雨。
5. 我沒有很多錢。

III. 翻譯題：

(A) 請將以下句中的“some”以“a few”或“a little”代替

1. Would you like **some** tea?

____

2. Shall I make you **some** sandwiches?

____

3. Would you like **some** Cheese in your pasta?

____

4. Can I buy you **some** flowers?

____

5. 你需要許多的運氣贏得這場比賽。

____

6. 他只能說一些英文字。

____

7. Jill 對學生沒什麼耐心。

____

答案

1. Would you like **a little** tea? 你想要一些茶嗎？ “tea”為不可數名詞，故用“a little”。
2. Shall I make you **a few** sandwiches? 要我給你做點三明治嗎？ “sandwich”為可數名詞，故用“a few”。
3. Would you like **a little** Cheese in your pasta? 你的麵裡要加點起士嗎？ “cheese”為不可數名詞，故用“a little”。
4. Can I buy you **a few** flowers? 我可以買點花給你嗎？ “flower”為可數名詞，故用“a few”。
5. You need a lot of luck to win this competition. “運氣”（luck）為不可數名詞，故用“a lot of”。
6. He can only speak a few English words. “英文字（English words）為可數名詞，用“a few”表示一些（some）。
7. Jill has little patience with students. “耐心”（patience）為不可數名詞，用“little”表示不多的（not much）。

25 UNIT

I'm coming , I come, I will come 差別在哪裡？

(A) "I'm coming"，"I come"和"I will come"在時態上各有不同；**"I'm coming"為現在進行式（present continuous）**，**"I come"為現在簡單式（present simple）**和**"I will come"為未來式（future tense）**。以下是各種時態的區別與使用：

現在進行式 present continuous：

現在進行式的文法型式為："be 動詞＋Ving"，使用的方式與例句如下：

1. **說話的當下動作正在進行或發生：**

◆ The bus **is coming**.

巴士來了。

◆ It's **raining** outside.

外面正在下雨。

◆ "Where is Daniel?" "He **is studying** in the library now."

"Daniel 在哪？" "他正在圖書館唸書。"

2. **動作持續，但並不一定是在說話的當下發生：**

◆ Michelle **is learning** Chinese at the moment.

Michelle 目前正在學中文。

→Michelle 這陣子在學中文，但說話的當下 Michelle 可能在做其他的事，而不一定是在學習中文。

◆ "What is Roger doing these days?" "He is **building** his own house."

“Roger 這幾天在做什麼？” “他正在建造他自己的房子。”

→ Roger 這陣子在造房子，但說話的當下 Roger 可能在做其他的事，而不一定是在搬磚頭造房子。

表達意見時不可使用現在進行式：

◆ I **like** pop music.（*NOT* ~~I am liking pop music~~.）

我喜歡流行樂。

◆ She **believes** he is right.（*NOT* ~~She is believing he is right~~.）

她相信他是對的。

現在簡單式 present simple：

現在進行式的文法型式為：

主詞	動詞型式	示例
I, you, we, they	原形動詞	I/you/we/they **come**
He, she, it, Mary, his friend 等	第三人稱單數動詞	He/she/it/Mary/his friend **comes**

第三人稱單數動詞需視動詞在其後加 s 或 es，如：“comes”，“goes”，“plays”或“washes”等。

現在簡單式使用的方式與例句如下：

1. **說明習慣或規律的行為：**

◆ Katherine **plays** piano every day.

Katherine 每天彈琴。

◆ I **clean** my room twice a week.

我每個禮拜打掃房間兩次。

◆ Dennis **visits** his uncle every three month.

Dennis 每三個月探望他的叔叔一次。

2. **說明事實：**

◆ Ayako **is** a Japanese.

Ayako 是個日本人。

◆ The sun **rises** in the east.

太陽從東邊升起。

◆ In Taiwan most of the convenient stores **open**s 24 hours.

在台灣，大部分的便利商店 24 小時營業。

未來式 future tense：

未來式“will”的文法型式為：“will＋動詞原形”，使用的方式與例句如下：

1. **說明未來將或可能發生的事：**

◆ This time next year I **will** be in Korea.

明年的這個時候我會在韓國。

→“在韓國”這件事會在未來發生。

◆ Don’t worry. You **will** pass the examination.

別煩惱。你會通過考試的

→“通過考試”這件事在未來有可能只是會發生；當預測未來可能發生的情況，需用 will。

2. **在說話的當下決定做某事：**

◆ It’s cold. I **will** shut the window.（*NOT* ~~I shut the window~~.）

好冷。我要去關窗。

◆ “What would you like to have?” “I **will** have steak, please.”

“你想吃什麼？” “我想要牛排，謝謝。”

3. **提供協助或承諾：**

◆ I **will** post the letter for you.（*NOT* ~~I post the letter for you~~.）

我會幫你寄信。

◆ I **will** return these books on Friday.（*NOT* ~~I return these books on Friday~~.）

我會在週五還書。

當談論未來的安排或計劃時，一般不用 will 而用“be 動詞＋going to＋原形動詞”或“be 動詞＋Ving”的型式。如：

◆ I **am going to watch** the news later.（*NOT* ~~I will watch the news later~~.）

我等會要看新聞節目。

◆ Stanley **is getting** married next month.（*NOT* ~~Stanley will get married next month~~.）

Stanley 下個月要結婚。

(B) 現在進行式和現在簡單式做未來式使用：

現在進行式做未來式使用

當談論未來的計劃時，可用現在進行式“be 動詞＋Ving”。

◆ Hannah **is meeting** her clients at 10 o'clock.

Hannah 10 點將和她的客戶見面。

◆ “What **are** you **doing** tomorrow night?” “I **am going** to the theater”

“你明晚要做什麼？” “我要去戲院。”

◆ Ricky **is having** dinner with his girlfriend on Christmas Day.

Ricky 和他的女朋友將在聖誕節一起晚餐。

現在簡單式做未來式使用

當談論時刻表、節目表等有時間安排的行程時，可用現在簡單式。

◆ What time **does** the movie **start**?

電影幾點開始？

◆ The train **leaves** at 14:30 tomorrow.

火車明天 14:30 開。

◆ The flight **arrives** in Tokyo at 9:00.

飛機 9:00 會抵達東京。

(C) I am coming/I am going to come vs. I will come

上述文法均可表達未來式，而其相異觸及使用方式如下：

1. 當談論未來的安排或計劃時，一般不用 will 而用**"be 動詞＋going to＋原形動詞"**或**"be 動詞＋Ving"**的型式。如：

◆ **Iam going to watch** the news later.（*NOT* ~~I will watch the news later.~~）

我等會要看新聞節目。

◆ Stanley is getting married next month.（*NOT* ~~Stanley will get married next month.~~）

Stanley 下個月要結婚。

2. 談論"預測的情況"時，使用"be 動詞＋going to＋原形動詞"表示根據現況做預測；使用"will＋原形動詞"則是對未來做預測。如：

◆ Look at the time. We are going to be late.

看看時間。我們要遲到了。

◆ I will be free at six o'clock.

我會在六點時有空。

(D) 動詞使用現在進行式和現在簡單式的意義區別

部分動詞使用現在進行式和現在簡單式，會表示不同的意思：

◆ I am having lunch.(＝eating)　我正在吃午餐。

◆ I havetwo cars. (＝own)　我有 2 輛車。

◆ Dee is coming from Dublin.（＝travelling from）
Dee 從都柏林過來。
◆ Dee comes from Dublin.（＝lives in） Dee 是都柏林人。

◆ I am thinking whether to trust him.（＝considering）
我在想要不要相信他。
◆ I think he is a good man.（＝believe） 我想他是一個好人。

一點就靈

I. 填充題：依括弧中的提示，在空格填上正確的時 t

1. She ____________ the gym every three times a week.（go）
2. I ____________ the dishes tonight. I promise.（do）
3. Please keep your voice down. I ____________ now.（study）
4. I ____________ home this evening. Let's have dinner together.（be）
5. The earth ____________ round the sun.（go）

答案與解說

1. goes　她一個禮拜去健身房三次。　去健身房是一個固定的習慣，故用現在簡單式。
2. will do　今晚我洗碗。我保證。　洗碗這件事是個承諾，故用 will＋原形動詞。
3. am studying　請降低音量。我正在讀書。　說話的當下正在進行讀書這個動作，故用現在進行式。
4. will be　我今天傍晚會到家。讓我們一起晚餐。　“到家”這件事會在未來發生，故用 will＋原形動詞。
5. goes　地球繞著太陽轉。 這件事是個事實，故用現在簡單式。

II. 選擇題：請圈選出正確的答案

1. ____________ My sister（A. stays　B. is staying　C. will stay）with me this week.
2. ____________ Vicky（A. likes　B. is liking　C. will like）music.
3. ____________ After all these years, he still（A. loves　B. is loving　C. will love）me.
4. ____________ Marie always（A. works　B. is working　C. will work）overtime.
5. ____________ I（A. meet　B. am meeting　C. will meet）you at the station.
6. ____________ I（A. visit B. am visiting C. will visit）my grandparents once a month.
7. ____________ One direction（A. is B. is being C. will be）a boy's band from England.
8. ____________ She（A. goes B. is going C. will go）abroad next week.

答案與解說

1. B 我姐姐這週跟我住一起。 雖然說話的當下姐姐可能不在我家裡，但她目前是住在我家。
2. A Vicky 喜歡音樂。 陳述意見時使用現在簡單式。
3. A 在這麼多年之後，他仍然愛著我。 “仍然愛著我”是一個持續的行為，也是一個意見的表述，故用現在簡單式。
4. A Marie 總是超時工作。 “超時工作”這件事是個常態的行為，故用現在簡單式。
5. C 我會跟你在車站碰面。 在說話的當下決定在車站碰面，同時也是一個承諾，故用“will＋原形動詞”。
6. A 我一個月拜訪我祖父母一次。 說明習慣或規律的行為用現在簡單式。
7. A One direction 是來自於英國的男子團體。 陳述事實用現在簡單式。
8. C 她下週會出國。說明未來的事用未來式。

III. 翻譯題：

1. 我通常在七點起床。

___

2. Drew 會借你一些錢。

___

3. 我太累了不能走路回家。我想我會搭計程車。

___

4. 足球比賽將在八點開始。

___

5. 他每個禮拜彈一次吉他。

___

6. 我明天將和 Anita 打網球。

___

7. 水在攝氏 100 度沸騰。

____

8. 我保證我到達後會盡快打電話給你。

____

9. 電視節目幾點開始?

____

10. 你今晚要做什麼?

____

11. 我會永遠愛你。

____

答案

1. I usually get up at seven o' clock.　七點起床是個規律的習慣，故用現在簡單式。
2. Drew will lend you some money.　提供協助（借錢）用“will＋原形動詞”。借錢給人用“lend”；跟人借錢用“borrow”。
3. I am too tired to walk home. I think I will take a taxi.　在說話的當下做決定（搭計程車），用“will＋原形動詞”。
4. The football match starts at 8 o'clock.　說明節目、比賽時間或交通工具時刻表時，用現在簡單式做未來式使用。
5. He plays guitar once a week.　一星期彈一次吉他是個規律的行為，故用現在簡單式。此外，彈奏樂器用“play＋樂器”，樂器前不需加冠詞“a/an/the”。
6. I am going to play tennis with Anita tomorrow.　說明已安排的活動時，用現在進行式做未來式使用。玩球類運動用“play＋球名（tennis, basketball, baseball etc.）”，球名前不需加“the”。
7. Water boils at 100 degrees Celsius.　這件事是個事實，故用現在簡單式。

8. I promise I will call/phone you as soon as I arrive.　說明承諾時用“will＋原形動詞”。

9. What time does the TV program start?　當談論時刻表、節目表等有時間安排的行程時，可用現在簡單式。

10. What are you going to do tonight?　當談論未來的計劃時，可用現在進行式“be 動詞＋Ving”。

11. I will always love you.　說明承諾時用“will＋原形動詞”。

26 UNIT

Be made＋with or by 差別在哪裡？

⑷ 被動式“be made with”和“be made by”的差別和句例如下：

Be made with　含…（成分、原料）組成；由…（成分、原料）製成

◆ This cheese **is made with** goat milk.

這塊起士是由羊奶製成。

◆ The cocktail “Vodkatini” **is made with** vodka rather than gin.

伏特加馬丁尼是用伏特加製成而非琴酒。

Be made by　由…（某人）製成；由…（某人）做…

◆ This cake **was made** by my grandmother.

這個蛋糕是我奶奶做的。

◆ We should refuse to wear clothes which **are made by** child labors.

我們應該拒絕穿由童工所製作的衣服。

⑻ 補充：“Be made of”，“be made from”，“be made into”和“be made in”

Be made of　由…（原料）製成

◆ This scarf **is made of** wool.

這條圍巾是羊毛製成的。

◆ This ring **is made of** gold.

這個戒指是用金子做的。

Be made from　由…（原料）製成

◆ Paper **is made from** trees.
紙的原料是樹。

◆ Wine **is made from** grapes.
酒是由葡萄製成的。

Be made into　（原料）被製成（成品）

◆ The grapes **are made into** wine.
葡萄被製成了酒。

◆ Glass can **be made into** different kinds of things.
玻璃可以製成各種東西。

"be made into" 也可表示**改編**的意思，如：

◆ Most of his novels have **been made int**o a movie.
他大部分的小說都已經被改編成電影。

◆ It is said that this singer's love life is going to **be made into** a movie.
據說這個歌星的愛情故事即將被搬上大銀幕。

Be made in　在…（地點）製成

◆ This computer is made in Japan.　這台電腦是日本製的。

◆ Nowadays many products in the world are made in China.　現在世界上很多產品都是中國製造的。

(C) **"Be made of" vs. "be made from" vs. "be made with"**

從上方字義與句例，可以發現 "Be made of"，"be made from" 和 "be made with" 三者都有 "由…製造" 之意，那麼究竟三者什麼差別呢?

以下 A 代表成品，B 代表原料：

"A is made of B" 表示 A 是由 B 製成，而 A 仍保有 B 的材質和原貌。

"A is made from B" 表示 A 是由 B 製成，但 B 變成 A 後，已不具有 B 原本的材質和形貌。

"A is made with B" 表示 A 是由 B 製成，但 B 只是製成 A 的其中一項原料而已。

請比較下方句例：

◆ This scarf **is made of** wool.

這條圍巾是羊毛製成的。

→羊毛製成圍巾後，還看得出羊毛的原貌，形態並未改變。

◆ Wine **is made from** grapes.

酒是由葡萄製成的。

→葡萄釀成酒之後，已看不出葡萄的原貌，葡萄的形態已經變成液體的酒。

◆ This cheese **is made with** goat milk.

這塊起士是由羊奶製成。

→羊奶是製成這塊起士的其中一項原料，還有其他原料但這裡沒有提及。

請閱讀下方兩個句子，看看哪一個是正確的。

1. These tables are made of wood.
2. These tables are made from wood.

木頭（wood）在製成桌子的過程中，形態並不會改變，不會從木頭變成其他原料形態（如：變成水），製成桌子後，也仍看得出是木頭，故使用 "be made of"；意即第 1 句才是正確的。

一點就靈

I.　填充題：請依題意在空格填上 with, by, of, from 或 into

1. This sweater is made ____________ my girlfriend.
2. The house is made ____________ bricks.
3. Sugar is made ____________ sugar cane.
4. This cake is made ____________ flour and other ingredients.
5. Rice is made ____________ this kind of wine.

答案與解說

1. by　這件毛衣是我女朋友做的。　My girlfriend 是個“人”，不是原料，所以這裡表達的是“毛衣是被我女朋友織出來的”，所以用“by”。
2. of　這棟房子是用磚頭建成的。　磚頭的形態在建造中或建造後都不變，所以用“of”。
3. from　糖是用甘蔗製成的。　甘蔗變成糖後，形態已不再是甘蔗，故用“from”。
4. with　這個蛋糕是用麵粉還有其他原料做的。　麵粉只是蛋糕的其中一種原料，故用“with”。
5. into　米是製成這種酒的原料。　酒是成品，而米是製成酒的原料，故用“into”。倘若要表達的是“這種酒是米製成的”，則為“This kind of wine is made from rice.”（米在製成酒後形態改變了。）

II.　選擇題：

1. ____________ My favorite bag is made（A. from　B. of　C. with）leather.
2. ____________ Corn flour is made（A. from　B. of　C. with）corns.

3. ____________ Do you want to buy the computer which is made（A. of B. in C. by）Taiwan?
4. ____________ The decision will be made（A. into B. in C. by）the mayor tomorrow.
5. ____________ Peanuts can be made（A. with B. in C. into）oil.

答案與解說

1. B 我最喜歡的包包是皮製的。 皮革製成包包後，形態不變，看上去與摸上去都是皮革，故用“of”。
2. A 玉米粉是玉米做的。 玉米製成玉米粉後，形態改變，已看不出玉米的原貌，故用“from”。
3. B 你想買那台台灣製的電腦嗎？ “Taiwan”不是“人”，也不是“原料”，是個地名，故用“in”；倘若要用“by”，需將 Taiwan 改為“Taiwanese.”（那台由台灣人製造的電腦）。
4. C 明天市長將會做決定。 市長是個人，“由…（人）做…”用“by”。
5. C 花生可用來製油。 花生是油的原料，故用“into”。

III. 翻譯題：請將下方的中文翻譯為英文。

1. 那個新娘正穿著一件蕾絲做的婚紗。

____

2. 他家的酒杯是水晶做的，但湯匙是塑膠製的。

____

3. 這些橘子皮可以做為藥材的原料。

____

4. 在中國北方，人們較喜歡吃以麵粉製作的食物。

____

5. 狄更斯（Dickens）的小說常被改編為劇本。

____

6. 這盤菜主要原料是豬肉的。（made）

____

7. 很多的威士忌都是在蘇格蘭釀造的。

____

8. 那把椅子是 Josh 自己做的。

____

答案

1. The bride is wearing a wedding dress made of lace. 蕾絲製成婚紗後，形態不變，看上去與摸上去都是蕾絲，故用“made of”。
2. The wine glasses at his house are made of crystal but the spoons are made of plastic. 無論是水晶製成製成酒杯，或塑膠製成湯匙，在製作過程中，水晶和塑膠的形態和材質都不會改變，故用“made of”
3. These orange peels can be made into medicine. 橘子皮是藥材的原料，故用“into”。
4. In North China, people prefer eating food made from flour. 麵粉製成食物後，形態改變，（可能變成麵條或饅頭，看不出麵粉原狀），故用“made from”。
5. Dickens's novels are often made into plays. 改編＝“made into”。
6. This dish is made with pork. 這道菜的主要原料是豬肉，表示材料不止一種，故用“made with”。
7. A great deal of whiskey is made in Scotland. 在“某地”製作，用“made in”加地名。
8. That chair was made by Josh himself. “被某人製作”，用“made by”加人

27 UNIT

Remember, forget, stop＋V-ing or to V 各有何不同？

(A) 同一個句子中若出現兩個動詞時，需視第一個動詞為何而將其後的動詞做改變；或做不定詞（to Vr.），如：“agree **to go**”，“decide **to move** ”，或做動名詞（Ving），如：“enjoy **playing**”，“finish **working**”（參考第 2 單元）；而部分動詞後面既可加不定詞（to Vr.）也可加動名詞（Ving），並不會影響其句意，例如：

◆ My brother **likes to play** basketball.

◆ My brother **likes playing** basketball.

以上“likes to play basketball”和“likes playing basketball”均表示“喜歡玩籃球”；“like”後面加“to Vr.”或“Ving”意思不變，都是“喜歡…”之意。然而，有些動詞後面雖然可接不定詞（to Vr.），也可接動名詞（Ving），但兩者會使句子產生不同的意思。下面以本單元標題的“remember”,“forget”和“stop”列表逐一說明：

Remember

＋動名詞（*Ving*）：記得做過某事（事情已經做了）
◆ I **remember paying** my bills.　我記得付了帳單。 →帳單已經付過了，而且我記得我做過這件事。 ◆ Willy **remember seeing** that woman before Willy 記得以前見過那個女人。 →Willy 見過那個女人，而他也記得這件事。

＋不定詞（*to Vr.*）：記得去做某事（事情還未做）

◆ Please **remember to pay** your bills.　請記得去付你的帳單。

→帳單還沒付，要記得去做這件事。

◆ I must **remember to buy** Ariel's birthday present.

我必須記得去買 Ariel 的生日禮物。

→禮物還沒買，必須記得去做這件事。

Forget

＋動名詞（*Ving*）：忘記做過某事（事情已經做了）

◆ She **forgot turning off** the light.　她忘記她已經把燈關了。

→燈已經關了，只是她忘記有做過這件事。

◆ I **forgot calling** my parents.　我忘記我已經打過電話給我父母了。

→我已經打過電話了，只是我忘記有做過這件事了。

＋不定詞（*to Vr.*）：忘記去做某事（事情還未做）

◆ She **forgot to turn off** the light.　她忘記要關燈了。

→她忘記要關燈，也就是燈還沒關。

◆ I **forgot to call** my parents.　我忘記要打電話給我父母了。

→我忘記要打電話這件事，也就是電話還沒有打。

Stop

＋動名詞（*Ving*）：停止原來的動作

◆ I **stopped drinking** coffee years ago.

我幾年前就停止喝咖啡了。

→喝咖啡這個動作已經沒有停止了。

◆ She **stopped smoking**.　她戒菸了。

→抽煙這個動作已經停止不做了。

＋不定詞（to Vr.）：停止原來的動作，去做另外一個動作
◆ I **stopped to drink** coffee. 我停下來喝咖啡。 →原本在做其他動作，現在停止那個動作，而改做喝咖啡這個動作。 ◆ She **stopped to smoke**. 她停下來抽菸。 →原本在做其他動作，現在停止那個動作，而改做抽煙這個動作。

⑻ 補充：regret，try，mean，go on

除了標題的 remember，forget 和 stop 外，還有其他字詞也是加了“Ving”和“to Vr.”之後，會表示不同的意思的：

Regret

＋動名詞（*Ving*）：對已經發生的某事感到遺憾、後悔（事情已經發生了）
◆ Megan **regrets buying** so much stuff. 我後悔買了這麼多東西。 →東西已經買了，而我感到後悔。 ◆ I believe he will **regret leaving** you. 我相信他會後悔離開你。 →他已經離開你了，但他將會對這件已發生的事感到後悔。
＋不定詞（*to Vr.*）：對正要做的某事感到遺憾、抱歉（<多為通知壞消息時>）
◆ We **regret to inform** you that your credit card application was denied. 我們很遺憾地通知您，您的信用卡申請被拒絕了。 →我對通知你的這個動作感到很遺憾。

◆ I **regret to say** that you had made a wrong choice.
我很抱歉的告訴你，你做了錯誤的選擇。
→對於告知你這件事，我感到很抱歉。

Try

＋動名詞（*Ving*）：試著做某事看看能否解決問題，或有什麼進展（目的不在於成功或失敗）

◆ The door was stuck shout, so I **tried shaking** the doorknob.
門卡住了，所以我試著搖晃門把看看。
→目的在於看看搖晃門把的動作會有什麼結果。

◆ The teacher **tried speaking** to her personally, but he still couldn't persuade her.
老師試著私下跟她談話，但仍然無法說服她。
→目的在於私下跟她談話後，看看會有什麼結果。

＋不定詞（*to Vr.*）：盡自己所能企圖做某事（會有成功或失敗）

◆ I **tried to lift** the heavy box.　我試著抬起這個沉重的箱子。
→目的是把箱子抬起來，會抬的起來或抬不起來。

◆ He **tried to** find his glasses.　他試著找他的眼鏡。
→目的是找到眼鏡，結果會是找到或是找不到。

Mean

＋動名詞（*Ving*）：意味著

◆ These new orders will **mean working** overtime.
這些新訂單意味著要加班。

◆ To own a great fortune doesn't **mean having** a happy life.
我相信他會後悔離開你。

+不定詞（*to Vr.*）：企圖做…
◆ I didn't **mean to scare** you.　我並不是企圖嚇你。 ◆ He didn't really **mean to hurt** you.　並沒有打算傷害你。

Go on

+動名詞（*Ving*）：繼續做某事
◆ Don't give up. Just go on trying　別放棄。繼續嘗試 →"嘗試"的這個動作之前就做了，現在繼續做這個動作。 ◆ It's no good that you **go on smoking** so heavily. 你持續抽這麼多煙對你是不好的。 →她以前就有"抽煙"，現在這個動作還是繼續在做。
+不定詞（*to Vr.*）：去做另一件事
◆ After reading the book, she **went on to write** her report. 在讀完那本書後，她就去寫她的報告。 →之前沒有寫報告，寫報告是讀書之外的另一件事。 ◆ The teacher introduced herself and **went on to explain** about the course.　老師在自我介紹後開始解釋課程。 →之前沒有"解釋課程"這個動作，是一件另外做的事情。

一點就靈

I.　填充題：參考括弧中的提示，依句意在空格填上 Ving 型式或 to Vr 型式

April: Did you remember 1. ____________（pick）up Ben from the airport today?

Dave: Ben? Is he back today? I thought he will arrive tomorrow. I remember 2. ____________（write）down the date on my note.

April: Oh, no. I forgot 3. ____________（mention）that he changed his flight. See how terrible Memory I got! Ben must wait at the airport for a long time.

Dave: Stop 4. ____________（blame）yourself. Let's call Ben now and don't forget 5. ____________（apology）to him.

答案與解說

April: 你今天有記得去機場接 Ben 嗎?

Dave: Ben？他今天回來嗎? 我以為他是明天才到。我記得我有把日期寫在我的記事本上。

April: 哦，不。我忘了說他改變航班了。看看我糟糕的記憶力！Ben 一定在機場等很久。

Dave: 別抱怨你自己了。讓我們打電話給 Ben，並且別忘了跟他道歉。

1. to pick　問話者不知道聽話者是否已經做了此事，所以先當聽話者還未做這件事，故用"remember＋to Vr."。
2. writing　寫在記事本這件事已經做了，所以是"remember＋Ving"。
3. to mention　忘了做某事，當此事還未做時，用"forget＋to Vr."。
4. blaming　停止做某事，用"stop＋Ving"。
5. to apology　別忘了做某事，表示此事還未做，故用"forget＋to Vr."。

II. 選擇題：請圈選正確的選項

1. Remember to call/calling your mother when you arrive.
2. The baby just can't stop to cry/crying.
3. I regret to yell/yelling at you last night.
4. Emma and Laura have been roommates for 3 years. Now they decided not to go on to live/ living together.

5. The government is trying to improve/ improving the medical environment.

答案與解說

1. to call　你到達後記得打電話給你媽媽。　電話還沒有打，要記得做這個動作，所以用“remember + to Vr.”
2. crying　那個嬰兒不能停止哭泣。　嬰兒一直在哭泣，無法停止；而不是原先在做什麼，停止後開始哭泣。
3. yelling　我很後悔昨晚對你大吼。　對你大吼這件事已經發生了，而不是正要發生，故用“regret + Ving”
4. living　Emma 和 Laura 已經做了 3 年的室友。現在他們決定不再一起住了。　Emma 和 Laura 已經一起住了 3 年，所以現在是不繼續做“一起住”的這個動作，而不是將“一起住”做為下一件要做的事（“go on to live together”）。
5. to improve　政府正試著改善醫療環境。　政府正努力試圖做改善，可能成功也可能失敗，故用”try + to Vr.”。

III. 翻譯題：請參考括弧中的提示，將下方的中文翻譯為英文。

1. 我記得我早上吃過藥了。（remember）

____

2. Stan 忘記他以前看過這部電影。（forget）

____

3. Amy 三年前停止讀書並去當模特兒。（stop, go on）

____

4. 我昨晚忘記關電視了。（forget）

____

5. 在喝過幾杯酒後，Travis 停下來吃晚餐。（stop）

____

6. 那張佈告寫著：我們很遺憾的通知我們的顧客，我們將從下週起結束營業。（regret）

____

7. 我並不想讓你失望。（mean）

____

8. 吃均衡的飲食意味著選擇廣泛多樣化的食物。（mean）

____

答案

1. I remember taking the medicine this morning. 吃藥這件事已經做了，故用“remember＋Ving”。吃藥的動詞是“take”而非“eat”。
2. Stan forgets watching this movie/film before. 看電影這件事已經做過了，只是忘記了，故用“forget＋Ving”。
3. Amy stopped studying and went on being a model three years ago. 停止做某事用“stop＋Ving”；接著做另外一件事用“go on＋to Vr.”。
4. I forgot to turn off the television last night. 忘記做某事（事情還未做），用“forget＋to Vr.”。
5. After drinking a few glasses of wine, Travis stopped to eat dinner. 停下原本的動作去做另外一件事用“stop＋to Vr.”。
6. The announcement says “We regret to inform our customers that we are going to close down our business from next week”. 遺憾地通知壞消息用“regret＋to inform…”；結束營業為“close down the business/company”或“fold（up）the business”。
7. I don’t mean to disappoint you. 企圖做…為“mean＋to Vr.”。
8. Eating/To eat a balanced diet means choosing a wide variety of foods. 意味著＝“mean＋Ving”

28 UNIT

Until (till) 的用法

(A) **Until 與 till 均有"直到…為止"的意思**，但相較於 until，**till 較為口語化及不正式**。此外，till 又可做為名詞（N.）**"收銀機"**及動詞（V.）**"耕作"**的用法。

◆ There was no money in the till.　收銀機裡沒有錢。

◆ The farmer is tilling his land.　那個農夫正在耕田。

(B) Until（till）的使用

1. Until＝"直到…為止"，表示**主要子句的動作狀態持續到某個時間點為止**

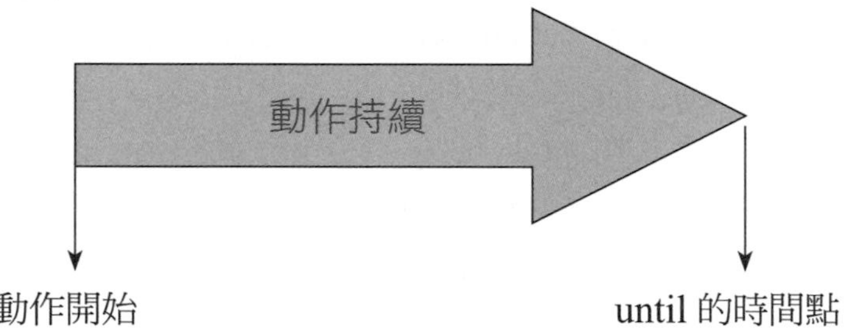

◆ Zoe will be away **until** Saturday.
到週六為止，Zoe 都不會在。
→ Zoe 不在的狀態（箭頭灰色處）會一直持續到週六為止。

◆ We will sit outside **until** it gets dark.
我們會坐在外面直到天黑。
→從說話的當下我們會開始坐在外面，這個坐在外面的狀態（箭頭灰色處）會一直到天黑這個時間點為止。

開始 away　　　　　　Saturday：結束 away

開始 sit outside　　　　it gets dark：結束 sit outside

2. Until 子句的時態：

Until 後可直接加**時間點**，如：“until **Saturday**”，“until **last summer**”或是加**子句**，如：“until **it gets dark**”，“until **we found the car**”。Until 後為子句時，需注意子句時態的使用：

描述過去事件時，until 子句可用過去簡單式

◆ He kept changing the channels **until** he **found** the program he liked.

他不停轉台，直到找到他喜歡的節目才停止。

◆ My brother stayed at home **until** he **finished** his homework.

我弟弟一直待在家直到寫完作業。

描述現在的事件時，until 子句可用現在簡單式

◆ Let's wait here **until** the rain **stops**.

讓我們在這裡等到雨停吧！

◆ Amber is playing the piece over and over **until** she **does** it right.

Amber 一遍遍的演奏那首曲子，直到演奏好為止。

描述過去或現在的事件時，倘若要強調“直到 until 子句中的動作已完成”，可用現在完成式或過去完成式

◆ My brother stayed at home **until** he **had finished** his homework.

→強調 finish；強調完成作業。

◆ Amber is playing the piece over and over **until** she **has done** it right.

→強調 do it right；強調把曲子演奏好。

描述未來的事件時，until 子句必須使用現在簡單式

◆ Billy will stay in this job **until he finds** a better one.

Billy 會繼續這個工作直到他找到更好的。

◆ Cara will wait **until** her boyfriend **arrives**.

Cara 會一直等到她男朋友來。

(C) Not until… 直到…才…

當"Not until"置於句首時，主要子句需用倒裝句型。

◆ Nancy **didn't** know she failed the exam **until** yesterday.

Nancy 直到昨天才知道她考試當掉了。

→**Not until** yesterday **did** Nancy know she failed the exam.

◆ I **didn't** realize how much time I had wasted until I went back school to continue my education.

直到重回學校唸書，我才知道我以前浪費了很多時間。

→**Not until** I went back school to continue my education **did** I realize how much time I had wasted.

以上句子亦可用**"It is/was not until…that…"句型，此類句型可強調時間：**

◆ **It was not until** yesterday **that** Nancy knew she failed the exam.

→強調"yesterday"

◆ **It was not until** I went back school to continue my education **that** I realized how much time I had wasted.

→強調“I went back school to continue my education”

(D) Until vs. by

迹Until＋時間點＝直到…為止；主要子句描述的是一個**“持續的動作”**。	迹By＋時間點＝不晚於…；主要子句描述的是一個**“動作點”**。
◆ You can keep my books **until Friday.** 你可以留著我的書直到週五。 →“until Friday”表示“直到週五”；你可以**一直拿著我的書（動作持續）**，但週五時必須還我。	◆ You should give my books back **by Friday**. 你最遲不要晚於週五把書還我。 →“by Friday”表示“不晚於週五”；**還書的這個動作**，可以是在週五之前或週五當天，但不能比週五晚。”

⊙ **“by”的後面不可直接加子句：**

◆ You should give my books back ~~by I come back on Friday~~.

→需改為：“**by Friday**”或“**by the time** I come back on Friday”

(E) 補充：表示時間的連接詞

除了 until 外，其他表示時間的連接詞或片語尚有 when，while，before，after，as soon as 等。和 until 相同，當使用這些詞或片語表達未來式時，其子句必須使用現在簡單式。

◆ Shelly smiled **when** she saw her son.

當 Shelly 看到她兒子，她笑了。

◆ I will visit my uncle **while** I go to Japan.

當我到日本後，我會去拜訪我的叔叔。

◆ I must go to the bank **before** it closes.
我必須在銀行關門前過去。

◆ **After** the news had been confirmed, no one knew what to do.
在消息被證實後，沒有人知道該怎麼做。

◆ I will buy you this bag **as soon as** I have money.
一旦我有錢，我會買這個包給你，

before 用法參考第 44 單元；as soon as 用法參考第 35 單元

(F) 句例

1. I don't want to suit him **until** I have some proof.
直到我有證據我才會起訴他。→表示主要子句的動作狀態（不會起訴他）持續到有證據的這個時間點為止。
2. We will wait **until** she arrives.
我會一直等到她到達。→表示主要子句的動作狀態（等待）持續到她到達的這個時間點為止。
3. She will continue to work **until** she is 65.
她會持續工作到 65 歲。→表示主要子句的動作狀態（工作）持續到她 65 歲的這個時間點為止。
4. He lived in America **until** his father found him a job in Taiwan.
直到他父親在台灣幫他找到一個工作前，他一直住在美國。→表示主要子句的動作狀態（住在美國）持續到他父親幫他找到工作的這個時間點為止。
5. She didn't stop crying **until** she knows her husband was safe.
在她知道她先生安全之前，她都無法停止哭泣。→表示主要子句的動作狀態（哭泣）持續到知道他先生平安的這個時間點為止。

一點就靈

I. 填充題：請依題意在空格填上 until 或 by

1 You should submit your homework ___________ the end of this week. .

2 The celebration will continue ___________ next Friday.

3. She will be away ___________ summer.

4. He should be home ___________ now.

5. The former president of South Africa, Nelson Mandela, stood for anti-apartheid ___________ he dies.

答案與解說

1. by　你繳交作業的時間**不能晚於**這週結束前。　繳交作業是個"動作點"，不是持續的狀態（不會一直繳交作業），所以用 by。

2. until　慶典將會持續**至**下週五**為止**。　題目已出現持續（continue），所以知道慶典是個持續的狀態，故用 until。

3. until　**直到**夏天**為止**她都不會在。　離開（away）是個持續的狀態，故用 until。

4. by　他**現在**應該到家了。　到家（be home）是個"動作點"，不會一直持續做"到家"的動作，故使用 by。

5. until　南非前總統 Nelson Mandela **直到**死前都支持反南非種族隔離政策。　支持一個政策是持續的動作，故用 until；此外，by 後面也不可直接加子句"he dies"。"stand for"有"支持、主張"之意。

II. 選擇題：請圈選出正確的選項

1. Please make sure that you are here by/until 2 o'clock.
2. I am going to move into a new apartment next week. I am staying with my girlfriend by/until then.
3. There was no wine left by/by the time he arrived.
4. Mrs. Stone will keep posting up the pictures of her son until she will find him/finds him.
5. Paul should show up by/until now.
6. You have to wait by/until the light changes to green.
7. The clock ran slower and slower until it stops/stopped completely.

答案與解說

1. by　請確認你兩點鐘以前會在這裡。　“在這裡”（be here）是個“動作點”，不是一個持續 狀態，故用 by。
2. until　我下週將搬進新的公寓。在那之前我都會待在我女朋友那邊。　與女朋友一起住的 狀態從說話的當下會一直持續到下週搬進新公寓前，故使用 until。
3. by the time　等到他到的時候，已經沒有酒了。　“by”後面不可以直接加子句，故用“by the time”。
4. finds him　Stone 太太會一直張貼他兒子的照片，直到她找到他。　主要子句為未來式時，Until 的子句的動詞需使用**現在簡單式**。
5. by　Paul 現在應該出現了。　“出現”（show up）是個“動作點”，不是一個持續狀態，故用 by。“by now”說明 Paul 出現的時間點不會晚於“現在”。
6. until 你必須等到號誌變綠。“等待”（wait）是個“持續動作”，故用 until。
7. stopped 時鐘越走越慢，直到完全停了下來。當主要子據為過去簡單式時，until 子句的時態亦需為過去簡單式。

III. 翻譯題：請依提示將下方的中文翻譯為英文。

1. Taylor 先生會一直等到他太太回心轉意為止。

2. 直到他跟我告白，我才知道他愛我。

3. 請坐在位子上並繫緊安全帶，直到安全帶的指示熄滅為止。

4. 直到他女朋友對他大吼，Alex 才停止玩線上遊戲。（Not until…）

5. 我一直到 10:00 才起床。（It was…）

6. 我必須走了。我不能晚於 11:00 回家。

7. 他在這週結束之前才能完成這個工作。

8. 她現在應該在這裡了。

9. 展覽會持續到九月一日。

10. 我希望不晚於下週一結束這份計劃。

答案

1. Mr. Taylor will wait **until** his wife changes her mind.　在 Taylor 太太改變心意之前，Taylor 先生都是等待的狀態。主要子句為未來式時，until 子句使用現在簡單式。“回心轉意” =change one's mind。

2. I didn’t know he loves me until he told me. 在他跟我告白前，我都是“didn’t know”的狀態。
3. Please remain seated with seat belt fasten until the seat belt sign is switch off. 在安全帶的指示燈滅前，都必須是“remain seated with you seat belt fasten”的狀態。熄滅＝Switch off。
4. Not until his girlfriend yelled at him did Alex stop playing online games. Not until 放句首時，主要子句需做倒裝句型。“yell at”＝對…大叫；停止做…＝stop＋Ving。
5. It was not until 10：00 that I got up. 使用“It was not until…that”句型時，重點在於強調時間點（11：00）。
6. I have to go now. I must be home by 11：00. “回到家”是個動作，而不是個持續狀態（當下不會一直回家），故使用 by。此外，“by 11：00”表示“回家”的這個動作必須在 11：00 整或 11：00 之前完成，不能晚於 11:00。
7. He can only finish this job by the end of this week. “完成工作”是個動作，而不是個持續狀態（完成即完成，不會一直完成），故使用 by。此外，“by he end of this week”表示“完成工作”的這個動作，會發生在結束之前，最晚不會晚於這週結束的時候。
8. She should be here by now. 本句的“在這裡”是指“出現在這裡”，是個動作，而不是個持續狀態，故使用 by。此外，“by now”表示她在此之前就應該出現在這裡，或是最晚現在就該在這裡。
9. The exhibition continues until September first. “持續”（continue）是個“持續動作”，故用 until。
10. I hope to finish the project by next Monday.“不晚於”＝“by”。

29 UNIT

介係詞 by 的用法

“By” 做為介係詞有許多不同的用法：

1. **By＋交通工具 ⇨ 搭乘…**

by bus	搭公車	**by coach**	搭客運	**by train**	搭火車
by taxi/ cab	搭計程車	**by boat/ship**	搭船	**by ferry**	搭渡輪
by bike/ bicycle	騎腳踏車	**by car**	搭車	**by plane**	搭飛機

此部分的詳細說明，可參考第 24 單元。

2. **By＋時間點 ⇨ 不晚於…（no later than）**

◆ David's mother ask him to be home **by eleven**.

David 的媽媽要求他不要晚於 11:00 到家。

→ 11:00 整或 11:00 前到家；最晚 11:00，不可晚於 11:00。

◆ If you post the letter today, it will get there **by Friday.**

如果你今天寄出這封信，它寄達的時間將不會晚於星期五。

→ 在星期五當天或星期五前寄達；最晚星期五，不會晚於星期五。

“by” 與 “until” 的比較，請參考第 37 單元。

另外，**“by the time＋某事” 表示” 到…的時候”**：

◆ It's too late to go fishing now. **By the time** you get there, it will be dark.

現在去釣魚太晚了。等你到那裡，天都黑了。

◆ **By the time** we got to the airport, the airplane had already left.

當我們到達機場時，飛機已經離站了。

3. **By＋post/fax/phone/credit card… ⇨ 透過信件/傳真/電話/信用卡…等**

◆ I will send the information you need **by post/fax/email****.

我會將你需要的資訊郵寄／傳真／電子郵件給你。

◆ May I renew my books **by phone**?

我可以打電話續借我的書嗎？

◆ Would you like to pay **by credit** card or **by check**?

你要用信用卡還是支票付款呢？

** 亦可用 **via** email

使用現金為"pay in cash"或"pay cash"：

◆ I paid for my camera **in cash**.

我買我的相機是用現金付款的。

◆ You get a 10% discount if you **pay cash**.

如果你付現，你可以獲得 10% 的折扣。

4. **By＋Ving ⇨ 經由…方法**

◆ The thief got into the house **by breaking** a window.

小偷打破窗戶以進入房子。

◆ You can do me a favor **by taking** the garbage out.

你可以幫我把垃圾拿出去。

"for＋Ving"表示"為了…目的"：

◆ The thief broke the window **for getting into** the room.

小偷打破那扇窗的目的是為了進入房子。

5. **By＋人/物 ⇨ 表示位置靠近人/物（beside or near someone/**

something）

◆ Maya is standing **by the window**.

Maya 站在窗邊。

◆ Patrick is the one who sat **by Janice**.

Patrick 是那個坐在 Janice 旁邊的人。

"stand by" ＝ "袖手旁觀"；"準備行動"：

◆ How can you **stand by** and see him beat his wife?

你怎麼可以看他打他的妻子卻袖手旁觀呢?

◆ The police are **standing by**.

警察正準備行動。

"stand by＋人" ＝ "支持…"：

◆ Amanda is my best friend. She always **stands by me**.

Amanda 是我最好的朋友。她總是支持我。

"stand by＋事" ＝ "信守…"：

◆ You should **stand by your word**.

你應該要信守承諾。

6. **By 使用於被動式 ⇨ 被…**

◆ The book *Harry Potter* is written **by** J.K. Rowling.

哈利波特這本書是 J.K. Rowling 寫的。

◆ My computer was broken **by** my little sister.

我的電腦被我的妹妹弄壞了。

7. **By accident/by chance/by mistake ⇨ 偶然；意外地／偶然；意外地/錯誤地**

◆ Gabor made this mistake **by accident**.

Gabor 犯錯純屬偶然。

◆ I heard their conversation **by chance**.

我偶然聽到他們的對話。

◆ I took your bag **by mistake**.

我誤拿了你的包包。

一點就靈

I. 填充題：

(A) 請依題意在空格填上 by, in 或 on

1. Mr. Wilson goes to work ___________ bus.
2. He should be ___________ the plane by now.
3. Would you like to go ___________ my car or Yvonne's?

(B) 請依題意在空格填上 by 或 for

4. I lent Jacob money ___________ helping him pay the tuition fee.
5. He tried to earn Sasha's heart ___________ sending her a bunch of roses.

答案與解說

1. by　Wilson 先生**搭公車**上班。　By＋交通工具。
2. on　他現在應該在**搭飛機**了。　On＋the＋公眾交通工具
3. in　你要想**坐我的車去**還是 Yvonne 的？　In＋限定詞＋car
4. for　我借 Jacob 錢是**為了**幫他付學費。　"helping him pay the tuition fee" 是借錢給 Jacob 的**目的**，所以用 for＋Ving 表示"為了…"。如果是"by"則句子應該為："He helped Jacob paid the tuition fee **by** lending him money."

5. <u>by</u>　他試著**用**一束玫瑰花獲得 Sasha 的芳心。　“earn someone’s heart”贏得…的心。　“sending her a bunch of roses”是贏得芳心的方法（不是目的），所以用 by＋Ving 表示“用…途徑”。如果是“for”則句子應該為：“He sent Sasha a bunch of roses for trying to earn her heart.”

II. 選擇題：

1. ____________ Randy will be back（A. by　B. until　C. for）Sunday.
2. ____________ I think I will wait（A. by　B. until　C. for）Monday before making decision.
3. ____________ The table is（A. by　B. in　C. for）the bed.
4. ____________ There was a traffic jam. It’s a good idea you came（A. by　B. on　C. in）bicycle.
5. ____________ Would you like to pay（A. by　B. on　C. in）cash or by credit card?

答案與解說

1. <u>A</u>　Randy **不會晚於**週日回來。　“by＋時間點”表示“不晚於…”。Randy 會在星期日當天或星期日前回來；最晚星期日，不會晚於星期日。
2. <u>B</u>　我想我會等**到**週一才做決定。　“until＋時間點”表示“到…為止”。我會在週一當天才做決定；週一之前我都是在等待的狀態，不會做決定。
3. <u>A</u>　桌子在床**旁邊**。　“by”和“in”都可做為表示位置的介係詞；但桌子不會在床裡面（in the bed），所以這裡選“by 在…旁邊”。
4. <u>A</u>　交通堵塞。你**騎腳踏車**來真是個好主意。　By＋交通工具。
5. <u>C</u>　你想**用現金**還是信用卡支付？　“pay in cash”用現金付款。

III. 翻譯題：請依括號裡的提示，將下方的中文翻譯為英文。

1. 這間房子是我祖父建的。（by）

____

2. 我哥哥今早誤用了我的牙刷。（by）

____

3. 我到車站的時間不能晚於 10:30。（by）

____

4. Derek 直到下週一都不在。

____

5. 那個記者訪問了市長以獲得更詳細的資訊。（for）

____

答案

1. This house was built by my grandfather. 原句為：“My grandfather built this house.” “建造”的動詞三態為 build built built。
2. My older brother used my toothbrush by mistake. “By mistake” =誤用。
3. I have to be at the station by 10:30. “by+時間點”表示“不晚於⋯”。我必須在 10:30 或 10:30 前到車站；最晚 10:30，不會晚於 10:30。
4. Derek will be away until next Monday. Derek 直到下週一才會回來，不會早於或晚於下週一；下週一之前 Derek 都是 away 的狀態。
5. The reporter interviewed the mayor for having more detailed information. for+Ving 表示“為了⋯目的”；這裡的“目的”是“為了獲得更詳盡的資訊”。

30 UNIT

Or so, etc., and so on, and so force 的用法

(A) 除了**“Or so”表達的是“大約”的意思外，“etc.”, “and so on”, 和“and so force”均可解釋為”…等等”**

（即前面已舉了一些例子，之後不再贅述）之意。各詞語用法及句例請參考下：

Or so

“or so”一般放於**句末或句中**，表示“大概；左右”之意：

◆ It will cost 1000 dollars **or so**.
那大概值 1000 元。

◆ We stayed two hours **or so**.　我們待了 2 小時左右。

◆ After an hour **or so**, my mother came back.
大約一小時後，我母親回來了。

注意“or so”為較口語的用法，在正式寫作中，可以“about”, “around”, “approximately”, “roughly”等字詞代替：

◆ It will cost **roughly** 1000 dollars.　那大概值 1000 元。

◆ We stayed **approximately** two hours.　我們待了 2 小時左右。

◆ After **around** an hour, my mother came back.
大約一小時後，我母親回來了。

etc.

“etc.”是拉丁語“Et Cetera”的簡化，意指“和其他（and the rest）”。請先閱讀下方例句：

◆ Bring sandwiches, your toothbrush, a pen, **etc.** 帶上三明治、你的牙刷、筆等等。

本句為一個錯誤的例句，其問題在於，使用"etc."（及"and so on"和"and so forth"）時，所列出的**必須是相同種類的事物**，如"We saw lots of lions, tigers, monkeys, **etc**."（"我們看到很多獅子、老虎、猴子等等"→lions, tigers, monkeys 均為動物），而本句的 sandwiches, your toothbrush 及 pen 均非同種類物品，故不可使用 etc.（可改為："Bring sandwiches, your toothbrush, and a pen."）

由於"etc."是縮寫字，故**其後一定要有一點**，而在書寫上也需特別注意與標點符號的搭配使用：

1. 在句中時

◆ Robin tries not to eat hamburgers, French fries, **etc.,** even though he loves junk food.
Robin 試著不吃漢堡、薯條等等，即使他很愛吃垃圾食物。

◆ We say "the" with "of" before the names of places, buildings **etc.:** "the Great Wall of China" and "the Tower of London".
我們用"the…of…"說明某些地方和建築物等，如："長城"和"倫敦塔"。

2. 在句末時

◆ We need dessert. Could you bring cookies, cake, **etc.?**
我們需要甜點。可以請你帶些餅乾、蛋糕等等嗎？

◆ At the party, they ate, danced, played games, **etc.**
在派對上，他們吃東西、跳舞、玩遊戲等。→ 此時可把句號的點（period）省略，只留"etc."的縮寫點。

◆ Travelers must not carry sharp objects in their carry-on luggage （scissors, pocket knives, nail clippers, **etc.**）. 旅行者不可將尖銳的物品放在他們的隨身行李中（如：剪刀、小刀、指甲刀等）。→ 此處由於“etc.”的縮寫點在括弧內，故需在寫上句號的點（period）。

⊙ 今日偶可見以“etc.”指“…等人”，然而，嚴格來說，“etc.”僅可用來指“…等物”，要說明“…等人”時，需使用“et al.”：

◆ This book was written by John, Nora, **et al.**

這本書由 John. Nora 等人合著。

and so on

“and so on”意思等同於“etc.”，但“and so on”可用來指“…等人”；在書寫上，由於常放置於句末，且之前會有一些並列的人或物，故“and so on”在“and”之前應有一個逗號(,)；然而，今日為書寫的便利，此逗號往往被省略。

◆ Last Sunday we went fishing, scuba-diving**(,) and so on.**

上週日我們去釣魚、潛水等等。

◆ I went to a Christmas party with Kelly, Grace Vivian**(,)and so on**. 我和 Kelly, Grace, Vivian 等人參加一個聖誕派對。

and so forth

“and so force”用法同於“and so on”，而意思也等同於“etc.”和“and so on”。有時“and so force”也和“and so on”一起使用（and so on and so forth），用以表達語意的加強。

◆ They spent their time playing computer games, watching television**(,)and so forth**.

他們把時間花在玩線上遊戲、看電視等等方面。

◆ He is interested in art, music, literature**(,)and so forth**. 他對藝

術、音樂及文學等等方面較感興趣。

◆ Economic growth makes us all richer, provides jobs**(,)and so on and so forth.** 經濟成長讓我們更富裕、提供工作等等方面

⊙ 對於"etc."，"and so on"，"and so force"和"and so on and so forth"是否可用在正式寫作，說法不一。為保險起見，可在**正式寫作時以"including"或"such as"代替**以上詞彙或詞組：

◆ Many of America's finest authors, **Hemingway, Fitzgerald, and so on,**wrote about their personal experiences. 很多美國的優秀作家如海明威、費茲傑羅均書寫自己的個人經驗。→ 可使用"including"代換："Many of America's finest authors, **including Hemingway and Fitzgerald** wrote about their personal experiences."

◆ The objective of this course is learning some key points of academic writing:**grammar, punctuation, etc**. 這堂課的目的是學會學術寫作的一些重點，如文法和標點符號等等。→ 可使用"such as"代換：The objective of this course is learning some key points of academic writing **such as grammar and punctuation."**

(B) Blah blah blah

"Blah blah blah"常使用於口語中，其意思與"etc."，"and so on"相同，均是"等等"的意思，然而，通常在使用"Blah blah blah"時，會代表說話的人覺得**"這個話題很無趣，沒什麼好說的"**之意。

◆ A: "What did you do last Sunday?" 你上週日怎麼過的？
B: "Well, Joyce came to my house and talked about her kids blah blah blah. Then we went out for shopping." 嗯，Joyce 到我家，談論她的孩子之類的。然後我們去逛街了。

→ 此對話顯示 B 對於 Joyce 關於孩子的話題不是很感興趣，在 “blah blah blah” 的部分可能表示 Joyce 談了怎麼帶孩子，買了什麼孩子的東西等等關於孩子的話題，但 B 沒有興趣，也不想再跟 A 重複，故用 “blah blah blah” 省略代替。

一點就靈

I. 填充題: 請依題意在空格填上 or so/etc./and so on/and so forth/blah blah blah

1. He can play piano, guitar,___________ .
2. They raised two hundred pounds ___________ for charity.
3. I have invited Paul, Celine, Ryan, ___________ to my party.
4. I really have no idea about computer but at the time he just kept talking about C++program ___________ .
5. She bought a bag, two dresses, three skirts, ___________ today.

答案與解說

1. etc./and so on/ and so forth　他會彈鋼琴、吉他等等樂器。“etc./and so on/ and so forth” 三者在這裡都可使用。
2. or so　他們大約為慈善募款了 200 英鎊左右。這裡空格前面沒有並排的事物，故知道並非有 “等等” 之意，需使用 “or so” ＝大約。
3. and so on/ and so forth　我已經邀請了 Paul, Celine, Ryan Denny 等人參加我的派對。雖現在有使用 “etc.” 表示 “等人”，但最好還是使用 “et al.” 較為恰當。
4. blah blah blah　我對電腦實在不懂，但當時他一直不停的在說 C++程式之類的。這裡空格前面沒有並排的事物，又前一句背景句說明了說話者對電腦沒興趣，故這裡使用 “blah blah blah”。

5. etc./and so on/ and so forth　她買了一個包，兩件洋裝和三條裙子等等。
“etc./and so on/ and so forth”三者在這裡都可使用。

II. 選擇題：請選出錯誤的句子，並指出問題所在

1. It took him ten minutes or so to finish his meal.
2. I need some help feeding the baby, changing diapers, and so on.
3. This area has a high incidence of crime, unemployment, etc..
4. The shirts are red, blue, green, and so forth·
5. A new force emerged unexpectedly (e.g. new religions, etc.)

錯誤句為：______________________________

____

____

____

____

答案與解說

錯誤句為：3、5。兩句均為標點符號的使用錯誤：

3. This area has a high incidence of crime, unemployment, etc.→ 保留縮寫點即可。
5. A new force emerged unexpectedly (e.g. a school of thought, etc.). → 括弧外需加句點。

1. 他花了大概 10 分鐘把飯吃完。
2. 我需要人幫忙餵孩子，換尿布等等。
3. 這個地區的犯罪率、失業率等很高。
4. 襯衫有紅、藍、綠等色。
5. 新力量無預警的崛起（如：新宗教團體等）

III. 翻譯題：

(A) 請將下方的中文翻譯為英文。

1. 我們最好買些茶、糖等等。

____

2. 慶祝會將在晚上六點開始, 大約十點左右結束。

____

3. Michelle, Ted, Rita 等人會在俱樂部簽到。

____

4. 我們種了許多不同的蔬菜,如紅蘿蔔、小黃瓜等。

____

(B) 請依提示改寫句子

5. Mrs. White bought some washing powder, toilet paper, kitchen foil and so on. (such as)

____

6. As I heard, there were many celebrities at the party: Johnny Depp, Brad Pitt, Julia Roberts, and so on. (including)

____

7. She has a lot of coats, skirts, sweater, etc. in her closet. (such as)

____

8. He played some famous Christmas songs like "Last Christmas," "Silent Night," "All I want for Christmas is you," and so forth. (including)

____

答案

1. We had better buy tea, sugar, etc./and so on/and so forth. "etc./and so on/ and so forth"三者在這裡都可表示"等等"；"最好"＝had better。
2. The celebration will begin at six in the evening and will be over at ten or so. "or so"放句末表示"大約"。
3. Michelle, Ted, Rita, et al./and so on/and so forth will sign in at the club. "et al./and so on/ and so forth"三者在這裡都可表示"等人"；"簽到"＝sign in。
4. We grow many different vegetables: carrots, cucumbers, etc./and so on/and so forth. "etc./and so on/ and so forth"三者在這裡都可表示"等等"。
5. Mrs. White bought some **groceries such as** washing powder, toilet paper **and** kitchen foil. White 太太買了一些雜貨如洗衣粉、衛生紙、鋁箔紙等。"such as"之前要有一個集合物的總稱，如這裡洗衣粉、衛生紙、鋁箔紙可以總稱為 groceries 雜物；此外，最後一項物品前也要加上"and"，表示舉例完畢。
6. As I heard, there were many celebrities at the party, **including** Johnny Depp, Brad Pitt, Julia Roberts. 我聽說有很多名人去了那個排隊，如 Johnny Depp, Brad Pitt, Julia Roberts 等人。"including"前記得加上逗號。
7. She has a lot of clothes **such as** coats, skirts **and** sweaters in her closet. 她的衣櫥裡有很多衣服，如大衣、裙子、毛衣等等。
8. He played some famous Christmas songs, **including** "Last Christmas," "Silent Night," and "All I want for Christmas is you." 他播放了一些有名的聖誕歌曲，包含"Las Christmas"，"Silent Night"，"All I want for Christmas is you"等等。

31 UNIT

So, for 的用法

⑷ So vs. for

So

"so＋子句"通常用來說明某事的結果（result of something），如:

◆ I was in a hurry, **so I took a taxi**. 我在趕時間，所以我搭了計程車。

→"I took a taxi"是趕時間（in a hurry）之後產生的結果。

◆ I am tired, **so I am going to bed**.

我累了，所以我要去睡了。

→"I am going to bed"是我累了（I am tired）之後產生的結果。

再來看看**標題的例句：**

◆ He wasn't home, **so I left a message**.

他不在家，所以我留了訊息給他。

→"I left a message"是他不在家（he wasn't home）之後產生的結果。

For

"For"後面通常加名詞或 Ving 來表示做某事的目的，如：

◆ We stopped **for a cup of coffee**.

我們停下來是為了喝杯咖啡。

→喝咖啡是我們停下來（we stopped）的目的。

◆ She went to the shop **for buying some milk powder**.

她到商店買了些奶粉。

→ 買奶粉是她到商店（went to the shop）的目的

⊕ 亦可使用“to＋原形動詞”來表示做某事的目的：

◆ She went to the shop **for buying** some milk powder.

她到商店買了些奶粉。

＝She went to the shop **to buy** some milk powder.

◆ The machine is used **for cutting** metal.

這部機器是用來切金屬的。

＝The machine is used **to cut** metal.

倘若**某人做事的目的是為了另一人**（即一句中牽涉不同的人），則需使用**“for＋人＋to V.”**：

◆ Amy bought some milk powder **for her children to drink**.

她買奶粉的目的是讓她的孩子喝。

→ Amy 買奶粉是為了她的孩子。（句中除了 Amy 還有她的孩子）

◆ The music teacher wrote a song **for students to sing**.

音樂老師寫歌給學生唱。

→音樂老師寫歌的目的是為了學生。（句中除了音樂老師還有她的學生）

除了表示目的，**“for＋名詞”和“for＋Ving”還可用來表示進行某個行為的原因**，例如：

◆ Jeff is in prison **for murder**.

Jeff 因為謀殺罪而坐牢。

→謀殺罪是 Jeff 進監牢（in prison）的原因。

◆ Ingrid is on diet **for losing weight**.

Ingrid 為了減重而節食。

→減重是 Ingrid 節食（on diet）的原因。

"for"後面有時**也可接子句來表達原因，用法與"because"相同**，如**標題例句：**

◆ She was sad, **for her uncle was dead**. 她很悲傷，因為她的叔叔過世了。

＝She was sad because her uncle was dead.

→叔叔過世是她悲傷（she was sad）的原因

然而，這種以"for＋子句"表示原因的用法除文學寫作外，**在現代英文中並不常見**，一般仍以"because＋子句"的文法型式來表達原因居多。

(B) "so"之前是否需加逗號（，）

雖然在現代英語中，對於"so"之前是否需加逗號，有時並沒有嚴格的限定，然而，為了在使用上更為嚴謹與正確，最好還是能了解是否使用逗號的區別。請看以下 2 個例句：

◆ I was home, so I watched the show on TV.

◆ I rushed home so I could watch the show on TV.

在這兩個句子中，第一個句子在"so"的前方加上了逗號，第二句則無，兩者有何區別呢? 又，何時該加逗號，何時不加呢?

當"so"之前的句子句意可以獨立，其後的子句只是做補充說明時，需在"so"之前加上逗號；反之，當**"so"之前的句子需要後面的子句來使句意更加完整時**（此時"so"後面的子句通常是表達目的），則**不需在"so"之前加上逗號**。在上方的第一個例句中，"I watched the show on TV"只是"I was home"的補充說明，"I was home"和"I watched the show on TV"可以是兩個獨立的句子；而第二個句子中的“I rushed home”則需要“I could watch the show”來說明急著回家的原因，讓句意更完整。再來看更多的例句：

◆ It rained, **so we could not play football.**

下雨了，所以我們不能踢足球。

◆ Jenna has got the flu, **so she is not coming**.

Jenna 得了流感，所以她不能來。

→“we could not play football”和“she is not coming”都只是補充說明，“It rained”和“Jenna has got the flu”可以是兩個獨立的句子。

◆ He covered his face with a mask **so (that) people couldn't recognize his face**.

他用面具把臉遮住，所以人們無出認出他。

◆ I watch news every day **so (that) I know what's happening in the world.**

我每天看新聞，所以我知道這個世界正發生什麼事。

→“people couldn't recognize his face”和“I know what's happening in the world”都是說明為何“he covered his face”以及為何“I watch news every day”。此外，當子句是做表達目的使用時，可以使用“so”也可以使用“so that”.

再來看此單元的標題例句：

◆ He wasn't home, so I left a message.

“I left a message”表達的是“he wasn't home”的結果（result）而不是目的（purpose），只是一個補充說明的作用，故需在“so”之前加上逗號。

(c) 句例

1. The television didn’t work, so I took it back to the store.
電視沒反應，所以我拿回店裡。→so 子句表示電視壞了之後的結果(result)。“so I took it back to the store”是一個補充說明，故句子前須加逗號。

2. He cheated so his wife left him.
他不老實，所以他老婆離開他。→ so 子句表示他欺騙老婆之後的結果(result)。“He cheated”需要有“his wife left him”說明結果，故句子前不需加逗號。

3. I am sorry for what I said to you.
對於我所對你說的話，我感到抱歉。→for 在此處可視為 because；子句說明抱歉的原因。

一點就靈

I. 填充題: 請依題意在空格填上 so 或 for

1. I turned the air conditioner on,____________ it was hot.
2. It was hot,____________ I turned the air conditioner on.
3. Alicia agreed to work on this Sunday,____________ she gets paid extra.
4. My keys didn’t work,____________ I was locked outside.
5. The weather was terrible,____________ we cancelled our trip.

答案與解說

1. for　我把冷氣機打開，**因為**天氣太熱了。　“天氣太熱”是我把冷氣機打開的原因，故用 **for**。（比較第 2 題）

2. so　天氣太熱了，所以我把冷氣機打開了。　“我把冷氣機打開”是天氣太熱所產生的結果，故用 **so**。
3. for　Alicia 同意在這個禮拜天工作，**因為**她可以領加班費。　“她可以領加班費”看起來既可以是 Alicia 在週日工作的原因也可以是結果；但因為句中還有“agree to”（同意）一詞，故子句更像是說明為何 Alicia 同意在周日加班的原因，故用 **for**。
4. so　我的鑰匙開不了門，所以我被鎖在外面了。　“被鎖在外面”是鑰匙開不了門所產生的“結果”而不是“原因”，故用 so。
5. so　天氣太壞了，所以我們把旅行取消了。　“把旅行取消”是天氣太壞所產生的“結果”而不是“原因”，故用 so。

II. 選擇題：下面 5 個句子中，請選出“so”之前需要加逗號的句子

1. I moved to London last year so I could take care of my aunt.
2. Nancy practices everyday so she can have a chance to win the competition.
3. The door was locked so she couldn't escape.
4. The movie was boring so we all fell asleep.
5. They were tired of their long distance relationship so they ended it last month.

需加逗號的句子為：______________________________

答案與解說

需加逗號的句子為：3、4、5。

當 so 後面的子句作用為表示目的（purpose）時，so 之前不需加逗號（且此時多用 so that）；而當 so 後面的子句作用為表達結果（result）時，則需在 so 之前

加上逗號。

1. **為了**照顧我的阿姨，我搬到了倫敦。
2. **為了**有機會贏得比賽，Nancy 每天練習。　因為題目說的是“有機會贏得”故知道比賽的結果還沒有出來，這個子句並非是表達結果，而是目的，故不需在 so 之前加上逗號。倘若是表達結果的子句，則句子需改為“Nancy practiced every day, so she finally won the competition.”
3. 門被鎖住了，**所以**她逃不出去。
4. 電影很無聊，**所以**我們都睡著了。　“fall asleep”＝睡著。Fall 的三態為 fall, fell fallen
5. 他們對他們的遠距離愛情感到疲倦，**所以**上個月結束這段感情了。　“遠距離戀愛”為“long distance relationship”（為可數名詞“a long distance relationship”或“long-distance relationship”）。分手＝“end the relationship”或“break up”。

III. 翻譯題：請用 so 或 for 將下方的中文翻譯為英文。

1. 我的手機壞了所以我姐姐無法與我取得聯繫。

____

2. Lucinda 很高興能獲得演唱會門票，因為她是 Beyonce 的歌迷。

____

3. 他們錯過了一班巴士，所以他們必須等待下一班。

____

4. 我們停車讓 Gavin 去上廁所。（for）

____

5. Elizabeth 昨晚被她老公打了，所以她從他身邊逃離了。

____

6. Ross 在機場遇到了麻煩，因為他的護照過期了。

____

7. Ken 的父親懲罰他，因為他打了他的妹妹。

____

8. Tom 贏得了最佳圖畫的獎。（for）

____

答案

1. My mobile phone was broken, so my sister couldn't reach/contact me. "Broken" 可廣泛地用來表示物品壞掉，現在較口語的說法為 "my mobile phone went dead（我的手機失效了）"。"與…人聯繫" =reach/contact。
2. Lucinda was pleased to receive the concert ticket, for she was a fan of Beyonce. "歌迷" 即為今日普遍稱呼的 "粉絲"，英語為 "fan"。
3. They missed one bus, so they had to wait for the next one. 錯過巴士的 "錯過" 為 miss。
4. We stopped the car for Gavin to go to the toilet. 使用 for 表達目的時，倘若某人做事的目的是為了另一人（即一句中牽涉不同的人），則需使用 "for＋人＋to V." 的句型。
5. Elizabeth was beaten by her husband last night, so she ran away from him. Beat 的三態為 beat, beat, beaten；"從某人身邊逃離" = "run away from"，run 的三態為 run, ran, run
6. Ross had trouble at the airport, for his passport was out of date. "過期" = out of date。
7. Ken's father punished him, for he hit his sister. Hit 的三態為 hit, hit, hit
8. Tom won a prize for the best drawing. 此處 for 後面使用名詞，故 for 之前不需加逗號。

32 UNIT

Find vs. Find out 用法差在哪？

“Find”和“find out”在中文翻譯上均可做“發現”之意，兩者的詞意、用法與相異之處，請看以下：

1.

Find

Find 做“發現；找到”之意時，各種詞意與句例如下：

(1) 沒有預期地發現某人／某物：

◆ Look what I have **found**!
看我發現什麼！

◆ I have **found** a small bookstore near my school.
我在我學校附近發現一間小小的書店。

(2) 找到（search）走失、遺失的人或物：find 某物（for 某人）／find（某人）某物

◆ The child was eventually **found** in the street.
那個孩子最終在街上被找到。

◆ Can you help me **find** my glasses?
你可以幫我找我的眼鏡嗎？

(3) 透過搜索或仔細閱讀及思考發現某人／某物

◆ So far, no one has **found** a cure for cancer.
到目前為止，還沒有人找到癌症的良方。

◆ She tried to **find** a solution to the problem.

她試著找出問題的解答。

(4) 透過嘗試、測試或經驗而發現某事為真實或正確的

◆ We **found** the pillows very comfortable.
我們發現這些枕頭非常舒服。

◆ The report **found** the offenders were all migrants.
報告發現違法者們都是移民。

(5) 找…使…變為可能

◆ Let's **find** time to meet.
讓我們找時間見面。

◆ Where are we going to **find** hundred million for ransom?
我們要到哪找一千萬來付贖金？

(6) 發現某人／某事在一個特殊的情況或環境

◆ Melisa woke up and **found** herself in a hospital bed.
Melisa 醒來發現自己在醫院的病床上。

◆ She came home and **found** her husband was dead on the sofa.
她回家後發現她的丈夫死在沙發上。

Find out

Find out 可做”發現；察覺”之意，各種詞意與句例如下：

◆ His parents didn't **find out** that he had been seeing the girl for a while. 他的父母沒有察覺他已經跟這個女孩來往一陣子了。

◆ Can you **find out** what time the program starts?
你可以查查節目幾點開始嗎？

◆ We **found out** later that we had been at the same company.
我們之後發現我們都有在同一間公司待過。

◆ He has been cheating on his wife but it was years before he was **found out**.

他對他妻子不忠，但直到許多年後才被發現。

2. Find vs. find out

從以上的句例可以推論出 find 和 find out 的不同點如下：

(1) 當發現或要找的是有形的東西時，需使用 Find。

◆ I have **found a small bookstore** near my school.

◆ Can you help me **find my glasses**?

(2) find 和 find out 兩者都可用在發現無形的事物，如研究結果、生活事件等，且都可能是經由思考、收集資料而得來，但兩者的不同在於，前者通常是經過長時間的找尋過程而獲得結果，但後者可能僅花較短的時間，或是無意中發現該結果。

◆ So far, no one has **found a cure for cancer**.

→ 需花長時間進行癌症的研究、分析，才能找到癌症的解藥。

◆ Can you **find out what time the program starts**?

→找到節目開始的時間不需經過長時間的研究就可獲得。

◆ His parents didn't **find out that he had been seeing the girl for a while**.

→雖然他和這個女孩已經交往一段時間，但他父母“發現這件事”則是一個短暫瞬間或無意間的動作，而不是經過長時間的比對分析而察覺。

(3) 察覺某人做了不好的事僅可用 find out

◆ He has been cheating on his wife but it was years before he was **found out**.

一點就靈

I. 填充題：請依題意在空格填上 find 或 find out，並依題意做時態的更改

1. He was the first to ____________ the value of the stone. .
2. I ____________ his phone number by looking it up.
3. He kept searching for the word in all dictionaries and couldn't ____________ it in any of them.
4. He ____________ that she was cheating on him all the time.
5. Have you ____________ the textbook?

答案與解說

1. find out　他是第一個發現這個石頭價值的人。 無意中發現無形的事物用 find out。
2. found out　我透過查詢找到他的電話號碼。短時間的搜索後的發現用 find out。
3. find　他持續在所有的字典裡找這個字的意思，但沒有在任何一本中找著。進行長時間的搜索與思考後發現（或沒發現）用 find。
4. found out　他發現她一直對他不專一。"察覺某人做了不好的事僅可用 find out。
5. found　你找到那本教科書了嗎？　找尋有形的事物用 find。

II. 選擇題：請圈選出正確的答案

1. I found/found out the door open.
2. The crime he committed was found/found out by the police.
3. Have you found/found out the key you lost?

4. You will find/find out it an interesting job.
5. The doctor used X-ray to find/find out whether the bone was broken.

答案與解說

1. found　他發現門是開著的。　發現處於某種狀態用 find。
2. found out　他所犯下的罪行被警察察覺了。　察覺某件事（短暫瞬間的動作）用 find out。
3. found　你找到你遺失的鑰匙了嗎　找尋有形的事物用 find。
4. find　你會發現這是一份有趣的工作。　發現處於某種狀態用 find。
5. find out　醫生用 X 光查看是否有斷掉的骨頭。察覺某件事（短暫瞬間的動作）用 find out。

III. 翻譯題：

1. Emma 剛發現 Timberlake 先生是她的生父。

____

2. 她找不到今晚能看顧小孩的保姆。

____

3. 你的老闆打來想知道你在哪裡。

____

4. 手術後你可能會發覺咀嚼有點困難。

____

5. 我母親總是能發覺我的秘密。

____

6. 你可以查到台北的天氣嗎？

____

7. 你可以查到台北這個字嗎？

____

8. 我絞盡腦汁找理由，但找不到一個理由。

____

答案

1. Emma just found out that Mr. Timberlake was her biological father. 察覺某件事（短暫瞬間的動作）用 find out；“生父”＝“biological father”
2. She can't find a babysitter for tonight. 找尋有形的事物用 find。
3. Your boss called to find out where you are. 短時間的搜索後的發現用 find out。
4. After the operation you may find it a bit difficult to chew. 發現處於某種狀態用 find。
5. My mother can always find out my secret. 察覺某件事（短暫瞬間的動作）用 find out。
6. Can you find out the weather in Taipei? 短時間的搜索後的發現用 find out。
7. Can you find the word 'Taipei? 找尋有形的事物用 find。
8. I have searched my mind for a reason, but can't find one. 進行長時間的思考找尋後發現用 find。

33 UNIT

While vs. When 用法差在哪？

“while”和“when”在中文裡都翻譯為“當…”，但其實兩者在含義與用法上各有相異與相同之處。

(A) While 和 when 的相異處

1. 含義與用法

While

While 子句中的動作和主要子句的動作雖不一定在同一個時間點一起開始或結束，但兩個動作的發生時間有所重疊。此外，**while 子句中的動作通常描述一個“背景動作”，且此動作會延續一段時間**。

◆ He slept **while I cooked dinner**. 當我在煮晚餐時，他在睡覺。

→ He slept ——————→ 6:00-7:00 p.m.

I cooked dinner ——————→ 6:30-7:00 p.m.

“煮晚餐”是一個持續進行的動作，在煮晚餐的期間（during the time I cooked dinner）

◆ **While she was talking**, she was holding her baby. 當她說話時，她正抱著她的孩子。

→ she hold baby ——————→ 8:00-8:30 p.m.

she talked ——————→ 8:00-8:15 p.m.

“抱孩子”是一個持續進行的動作，在抱孩子的期間（during the time she was holding her baby）

When

When 子句中的動作和主要子句的動作雖不一定在同一個時間點一起開始或結束，但兩個動作的發生時間有所重疊。和 while 不同的是，**when 子句中的動作只是一個短暫的動作，發生在主要子句的動作進行的當下（at the moment），且通常會干擾到主要子句的動作；或是馬上發生在主要子句動作結束之後（immediately after）**。

◆ I was having a bath **when the telephone rang**. 當電話響的時候，我正在泡澡。

→ had bath ——————→ 6:00-7:00 p.m.

phone rang ——————→ 6:45 p.m.

"電話響"是一個短暫的動作，發生在我泡澡的當下（at the moment）。

◆ **When you called**, he picked up his phone. 就在你打電話過來時，他接起了電話。

→ he pick up the phone ——————→ 8:30 p.m.

you called ——————→ 8:29 p.m.

"你打電話來"與"他接起電話"是一連串的動作，接起電話的動作就在打電話之後（immediately after）

2. **When 之後可接年齡或人生的某一個時期，但 while 則不可**

◆ He moved to America **when he was five**.

他在五歲時搬去了美國。

◆ She was a high school student **when she got married**.

她結婚時還是個學生。

◆ **When his parents died,** he was only ten.

他父母過世時，他只有 10 歲。

3. **While 可被視為對等連接詞（如：and, but），引導主要子句，when 則不可**

While 做為對等連接詞時，可翻譯為“而；然而”

◆ He is nice **while** his brother is mean.
他人很好，而他弟弟卻很刻薄。

◆ I like coffee **while** my husband likes coke.
我喜歡喝咖啡，而我丈夫喜歡喝可樂。

(B) While 和 when 的相同處

1. **當主要子句動詞時態為未來式時，while 和 when 子句的動詞時態需為現在式**

◆ We will be cooking dinner **while** he is driving here.
當他開車過來時，我們將準備煮晚餐。

◆ We will watch television **when** he **arrives**.
當他到達時，我們將會是在看電視。

2. **當主要子句和 while/when 子句的主詞均為同一人時，while/when 子句均可改為”while/when＋Ving”形式**

◆ He saw Vivian while he was walking around town.
＝He saw Vivian **while walking around town**.
當他在鎮上散步時，他看見了 Vivian。

◆ Mr. Smith will be happy when he starts to run his own business.
＝Mr. Smith will be happy **when starting to run his own business**.
當 Smith 先生開始自己的事業時，他將會很開心。

一點就靈

I. 填充題：請依題意填寫 while 或 when

1. ___________ Elena hears that she is accepted by the company, she will be excited.
2. Cara's face is turning red ___________ she is reading her husband's letter out.
3. He shook with excitement ___________ he took out the check from the envelope.
4. I gave Mrs. Norman a glass of water ___________ she is seated.
5. Be careful ___________ you pick that knife up.

答案與解說

1. when　當 Elena 聽到她被公司錄用時，她將會非常興奮。　聽到一件事為一個短暫的動作，故用 when。
2. while　當 Cara 大聲讀出她丈夫的信時，她的臉變紅了。　讀信是一個持續性動作，用 while。
3. when　當他拿出信封裡的支票時，他因為興奮而顫抖了。　拿出支票是一個短暫的動作，故用 when。
4. when　在 Norman 太太坐下後，我給了她一杯水。　此句表達的是在一個動作（坐下）後緊接著另一個動作（給一杯水）（immediately after），故用 when。
5. when　當你撿起那把刀時要小心。　撿起刀子為一個短暫的動作，故用 when。

II. 選擇題：請圈選出正確的選項

1. When/While you called, I was watching my baby.
2. When/While you were talking, I was watching my baby.
3. John let out a painful cry when/while the iron fell down on his toes.
4. My son sprained his ankle when/while he was playing basketball.
5. I began to feel ill when/while doing the examination.

答案與解說

1. When　當你打電話來時，我正在照看我的寶寶。　打電話（非講電話）為一個短暫的動作，故用 when。
2. While　當你說話的時候，我正在照看我的寶寶。　說話是一個持續性動作，用 while。
3. when　當熨斗砸在他腳上時，John 放聲痛哭。　熨斗掉下來為一個短暫的瞬間動作，故用 when。
4. while　我的兒子在玩足球時扭傷了腳。　玩足球是一個持續性動作，用 while。
5. while　我開始覺得不舒服是當我在考試的時候。　考試是一個持續性動作，用 while。

III. 翻譯題：

(A) 請將以下句子以“when/while＋Ving”形式改寫

例：Be careful when you pick up that knife.

Be careful when picking up that knife.

1. Darren takes his medicine when he wakes in the morning.

____

2. I heard the news on the radio while I was driving to work.

____

3. My aunt often reads while she is eating.

____

4. We will have coffee when we arrive home.

____

(B) 請將以下句子翻譯為英文

5. 當電影結束時，我們把電視關掉了.

____

6. 當在我煮晚餐時，我女兒正在寫功課。

____

7. 我喜歡狗而他喜歡貓。

____

答案

1. Darren takes his medicine waking in the morning. Darren 每天一起床就吃藥。
2. I heard the news on the radio while driving to work. 當我開車上班時，我聽從收音機到了那條新聞。
3. My aunt often reads while eating. 我阿姨常常在吃飯時閱讀。
4. We will have coffee when arriving home. 我們會在到後喝咖啡。
5. We turned off the TV when the movie ended. "電影結束"是一個短暫的動作，故用 when。
6. While I was making dinner, my daughter was doing her homework. "煮晚餐"為一個持續性動作，用 while。
7. I like dogs while he likes cats. "While"可做對等連接詞"而"

34 UNIT

Though, although, even though

“Though”, “although”和“even though”三者均可翻譯為“雖然；儘管”，並用來連接兩個相對照的句子。三者的用法和句例如下：

(A) Though, although 和 even though 的用法

Although

Although 可做連接詞，連接兩個意思相對的句子。

◆ **Although** it rained a lot, we enjoyed our holiday.
雖然雨下的很頻繁，我們還是很享受我們的假期。

◆ Dave is going to marry Alice **although** he doesn't love her.
雖然 Dave 不愛 Alice，但他還是將和她結婚。

在翻譯 although 句子時，常會翻譯為：“雖然…但是”，然而，在英語中，**although 和 but 不可一起使用，僅可擇一使用：**

◆ **Although** she smokes 20 cigarettes a day, **but** she is quite healthy. (X)

→ She smokes 20 cigarettes a day, **but** she is quite healthy. (O)

→ **Although** gh she smokes 20 cigarettes a day, she is quite healthy. (O)

雖然她一天抽 20 根煙，但她還是很健康。

Though

Though 和 although 同義，但較不正式。

◆ **Though/Although** she smokes 20 cigarettes a day, she is quite healthy.

雖然她一天抽 20 根煙，但她還是很健康

◆ **Though/Although** it was extremely hot, he still wanted to go outside.

雖然天氣非常熱，但他還是要出去。

在**口語中 though 可以放置於句末**，但 although 則不可放置於此位置：

◆ I liked the car. I didn't buy it, ~~although~~. (X)

→ I liked the car. I didn't buy it, though. (O)(＝But I didn't buy it.)

我喜歡那台車。但我沒有買它。

Even though

Even though 的語氣較 although 強烈，也更有強調性。

◆ **Even though** Dave doesn't love Alice, he is going to marry her.

雖然 Dave 不愛 Alice，但他還是將和她結婚。

→ 強調 Dave 不愛 Alice。

◆ I couldn't sleep **even though** I was really tired.

雖然我真的很累，我還是睡不著。

→ 強調我真的很累。

(B) 句例

1. **Although** he was very sick, he still went to his daughter's concert.
雖然他病得很厲害，他仍然去他女兒的演奏會。
2. **Though** I don't know him very well, I believe he is a good person.
雖然我跟他不是很熟，我相信他是一個好人。
3. I agree with Vanessa. I just don't think it is a very good idea, **though**.　我同意 Vanessa。雖然我只是不覺得這是一個好主意。

4. He bought his wife a ring **although** he is not very rich. 雖然他不是很富有，但他還是買給他妻子一個戒指。
5. **Even though** I were in front of his house, I didn't feel like to go inside. 即使我站在他家門前，但我不覺得想進去。

一點就靈

I. 填充題: 使用 although 加上下方句子，依題意填寫在空格上

I didn't speak the language ~~I don't know him very well~~

she always shows up late

the traffic was busy I had all the necessary qualification

I can't play a music instrument

例：*Although I don't know him very well*, I believe he is a good person.

1. ________________________, I managed to make myself understood.
2. We like her very much ________________________.
3. ________________________, he still arrived on time.
4. I like music ________________________.
5. I didn't get the job ________________________.

答案與解說

1. Although I didn't speak the language 雖然我不會說那個語言，但我試著讓自己被了解。
2. although she always shows up late 我們都喜歡她，雖然她總是遲到。
3. Although the traffic was busy 雖然交通繁忙，他還是準時到達。
4. although I can't play a music instrument 我喜歡音樂，雖然我不會彈奏樂器。

5. although I had all the necessary qualification 我沒有得到那個工作，及時我有所有必要的資格。

II. 選擇題：請選出錯誤的句子

1. Although she has a car, but she walks to work every day.
2. My sister didn't wear a coat though the weather was cold.
3. Penny didn't notice the sign even though it was right in front of her.
4. Lulu didn't want to invite Grey to her party. Grey didn't care, although.
5. Even though she is beautiful, she is not a nice person.

錯誤的句子為：______________________________

____

____

____

____

答案與解說

第 1、4 句為錯誤句子。

第 1 句應改為：Although she has a car, she walks to work every day. "Although"和"but"不可放在同一個句子中。

第 4 句應改為：Lulu didn't want to invite Grey to her party. Grey didn't care, though. "Although"不可放在句末。

1. 雖然她有車，她還是每天走路上班。
2. 雖然天氣很冷，但我姐姐沒穿外套。
3. 即使標示就在眼前，Penny 還是沒有注意到。

4. Lulu 沒有邀請 Grey 到她的派對。但 Grey 並不在乎。
5. 即使她很漂亮，但她不是一個好人。

III. 翻譯題：

(A) 請依括弧裡的提示改寫下列句子

例： She smokes 20 cigarettes a day, **but** she is quite healthy.（although）

Although *she smokes 20 cigarettes a day, she is quite healthy.*

1. The joke was funny but no one laughed.（although）

____

2. Becky never learned Japanese. She lived in Japan for years.（though）

____

3. In spite of not having eaten for 30 hours, I didn't feel hungry.（Even though）

____

4. Despite his injured foot, he managed to walk to the school.（Although）

____

(B) 請依提示將以下句子翻譯為英文

5. 雖然她有個英文名字，但她實際上是台灣人。（Although）

____

6. 雖然薪水很低，但我決定接受這個工作。（even though）

____

7. Robert 很愛他的老婆，雖然他從未告訴她。（although）

____

8. 雖然我們有見過他，但我從相片中認出他。（Though）

____

答案

1. The joke was funny although no one laughed. 雖然沒有人笑，但是這個笑話很有趣。
2. Becky never learned Japanese though she lived in Japan for years. 雖然 Becky 在日本住了很多年，但她還是沒有學過日文。
3. Even though I haven't eaten for 30 hours, I didn't feel hungry. 雖然我 30 個小時沒吃東西了，但我不覺得飢餓。
4. Although he injured his foot, he managed to walk to the school. 雖然他腳受傷了，他還是試著走到學校。
5. Although she has got an English name, she is in fact a Taiwanese.
6. I decided to accept the job even though the salary was low
7. Robert loves his wife very much although he never tells her.
8. Though I had never seen him before, I recognized him from a photograph.

35 UNIT

As soon as 怎麼用

“As soon as”的用法與“before”（參看第 55 單元）類似：

(A) As soon as 的句型與時態

“as soon as”可翻譯為“一…就…”；使用“as soon as”時，句型為“As soon as S+V, S+V”或“S+V as soon as S+V ”。as soon as 子句的動詞時態需視主要子句的時態不同做相應的變化：

1. **主要子句動詞時態為現在式時，as soon as 子句的動詞時態亦為現在式**

   ◆ **As soon as** he **wakes up,** he **checks** his mobile phone.
   他一起床就查看手機。

   ◆ New cars **start** to depreciate as soon as they **are** used.
   新車一旦被使用就貶值。

2. **主要子句動詞時態為未來式時，as soon as 子句的動詞時態需為現在式**

◉ 請看以下對話：

> A: When will you go on holiday this year? 你今年什麼時候去度假？
> B: I am not sure yet. I **will let** you know **as soon as I decide**. 我想還沒決定。一旦我決定了，我會讓你知道。

B 的回答中，主要子句“I will let you know” 和 as soon as 子句“as soon as I decide”兩者均描述的是未來（未來某天決定時）的動作，但 as soon as 子句的動詞需為現在式（decide）不可使用未來式（~~will decide/~~

~~am going to decide~~）

3. **主要子句動詞時態為過去式時，as soon as 子句的動詞時態需為過去式**

◆ She **telephoned her** husband **as soon as** the plane **landed.**
飛機一落地她就打電話給她丈夫。

◆ They **restarted** the football match **as soon as** the rain **stopped.**
雨一停了，他們就重新開始足球比賽了。

“As soon as”子句亦可使用完成式，意思與使用現在式或過去式無異，只是**強調 as soon as 的動作一旦完成，就進行主要子句的動作。當主要子句的時態為未來式時，as soon as 子句可使用現在完成式**（S＋will＋V＋as soon as S＋has/have p.p.）；而**當主要子句的時態為過去式時，as soon as 子句可使用過去完成式**（S＋Ved＋as soon as S＋had p.p.）：

◆ **I will let** you know **as soon as I decide.**
＝**I will let** you know **as soon as I have decided.**
→ 強調一旦決定了，就會讓你知道

◆ They **restarted** the football match **as soon as** the rain **stopped**.
＝They **restarted** the football match **as soon as** the rain **had stopped**.
→ 強調一旦雨停了，足球賽就會重新開始。

(B) “as＋adj./adv.＋as”

“as＋adj./adv.＋as” 可翻譯為“像…一樣…”：

◆ Bill is not **as rich as** his brother.
Bill 不像他哥哥那麼有錢。

◆ I don’t want to be anywhere near Debbie. She is always **as cold as** ice.

我不想靠近 Debbie，她總是冷若冰霜。

My mother prepared enough food for everyone. You can eat **as much as** you like.

我媽媽為大家準備了足夠的食物。你可以盡情的吃。

◆ Walking is definitely not **as quick as** driving a car.

走路當然沒有開車那麼快。

◆ Freddie did **as well** in his examination **as** he had hoped.

Freddie 在考試中的表現就像他預期的一樣好。

◎ 如果"as＋adj./adv.＋as"的第二個 as 後沒有動詞，則通常使用 me/him/her/them/us：

◆ My sister is not as tall as I am.

→ My sister is not as tall as **me**.

我姐姐沒有我高。

◆ We don't have as much money as they have.

→ We don't have as much money as **them**.

我們沒有他們有錢。

◎ 當談到倍數時，可用"twice as…as"，"three times as…as"等：

◆ The office expenses are **twice as big as** they were a few years ago.

辦公室的開支比幾年前還大兩倍。

◆ I think my drink is **three times as sweet as** yours.

我覺得我的飲料是你的飲料的三倍甜。

一點就靈

I. 填充題：請參考括弧中的提示，依題意填寫正確的動詞形式

1. As soon as you ____________ this button the door will open.（push）
2. Andrew ____________ on his girlfriend as soon as she left town.（cheat）
3. I ____________ as soon as I have finished.（come）
4. He brushes his teeth as soon as he ____________ his breakfast.（finish）
5. As soon as I had left home, it ____________ to rain.（start）

答案與解說

1. push 你一按按鈕，門就會打開。 主要子句動詞時態為現在式時，as soon as 子句的動詞時態亦為現在式。
2. cheated Andrew 的女友一出城，Andrew 就對她不忠。 主要子句動詞時態為過去式時，as soon as 子句的動詞時態需為過去式。
3. will come 我一旦結束了就會過來。 主要子句的時態為未來式時，as soon as 子句可使用現在完成式。
4. finishes 他一吃完早餐就刷牙。 主要子句動詞時態為現在式時，as soon as 子句的動詞時態亦為現在式。
5. started 我一離開家就下雨了。 主要子句的時態為過去式時，as soon as 子句可使用過去完成式。

II. 選擇題：

1. ____________ I（A. return B. will return C. returned）the book as soon as I have read it.

2. ____________ As soon as I （A. get B. will get C. got） my driver's license, I'm going to buy a car.

3. ____________ Simon is not as （A. older B. old C. old look） as he looks.

4. ____________ Yvonne （A. leave B. had left C. left） as soon as she had finished her tea.

5. ____________ As soon as Katherine （A. see B. had seen C. saw） me, she cried.

答案與解說

1. B　我一看完這本書我就會歸還。　主要子句的時態為未來式時，as soon as 子句可使用現在完成式。
2. A　我一拿到駕照我就會買車。　主要子句的時態為未來式時，as soon as 子句使用現在式。
3. B　Simon 沒有看起來這麼老。　“像…一樣”＝“as…as”。As 和 as 之間需使用形容詞或副詞。
4. C　Yvonne 一喝完茶就離開了。　主要子句的時態為過去式時，as soon as 子句可使用過去完成式。
5. C　Katherine 一看到我就哭了。　主要子句動詞時態為過去式時，as soon as 子句的動詞時態需為過去式。

III. 改寫題：

(A) 請將以下句子以“as＋adj./adv.＋as”形式改寫

例：Simon is younger than he looks.

Simon isn't as old as he looks.

1. The concert ticket is cheaper than I expected.

   The concert ticket isn't ______________________________

2. Beijing is a crowded city and so is Shanghai.

   Beijing is ______________________________

3. The station was nearer than I thought.

   The station wasn't ______________________________

4. Both my mother and my wife have good patience.

   My wife is ______________________________

(B) 請將以下句子以"as soon as"形式改寫

例：He wakes up and checks his mobile phone immediately.

As soon as he wakes up, he checks his mobile phone.

5. I will arrive and then I'll call you immediately.

   ____

6. It started to rain right after we got out the car.

   ____

答案

1. The concert ticket is not as expensive as I expected. 演奏會的票沒有我想像的貴。
2. Beijing is as crowded as Shanghai. 北京和上海一樣擁擠。
3. The station was not as far as I thought. 車站沒有我想的遠。
4. My mother is as patient as my wife. 我母親和我妻子的耐性一樣好。
5. I will call you as soon as I arrive. 我一到達就會打電話給你。
6. It started to rain right as soon as we got/had got out the car. 我們一下車就下雨了。

36 UNIT

關係代名詞 Who vs. Whom 的用法

⑷ **關係代名詞“who”和”whom”均有連接詞功能，用以引導形容詞子句：**

The woman lives next door.
she is very friendly.

→ The woman [**who lives next door**] is very friendly.

住在我隔壁的女人很友善。

→關代“who”在這裡代替了“the woman”，並連接上述兩個句子，引導形容詞子句“**who lives next door**”修飾“the woman”，說明這個友善的女人住在我隔壁。

You met a man yesterday.
The man is my teacher.

→ The man [**whom** you met yesterday] is my teacher.

你昨天遇見的男人是我的老師。

→關代“whom”在這裡代替了“the man，並連接上述兩個句子，引導形容詞子句”whom you met yesterday“修飾”The man”，說明我的老師是你昨天遇見的男人。

此外，由上方兩個例句可看出，“who”和“whom”在所引導的形容詞子句中，皆有代指人的功能；而通常子句中的主詞用“who”代替，受詞用“whom”代替。如上述句中，“who”代替了“the woman”，“whom”代替了“the man”。

(B) 使用“who”和“whom”做關係代名詞時的規則：

1. **“who”和“whom” 之前需有代表“人”的名詞（文法上稱為先行詞）：**

◆ He is a good man **who** loves his wife deeply.

他是一個深愛老婆的好男人。

→ “man”為關係代名詞 who 之前的先行詞。

◆ Candice is a girl **whom** everyone loves.

Candice 是個大家都喜歡的女孩。

→ “girl”為關係代名詞 whom 之前的先行詞。

2. **“who”在所引導的子句中需做為主詞或受詞；而“whom” 則需做為子句中的受詞：**

◆ He is a good man [**who** loves his wife deeply].

他是一個深愛老婆的好男人。

→ 關係代名詞 who 在子句中做為主詞（代指 he），其後可直接加動詞 loves。

◆ Candice is a girl [**whom** everyone loves].

Candice 是個大家都喜歡的女孩。

→關係代名詞 whom 在子句中做為及物動詞 loves 的受詞（everyone loves Candice）。

3. **倘若 whom 所引導的子句中的動詞為不及物動詞（其後不能直接加受詞），則此時 whom 之前需加介係詞：**

◆ I know the boy whom you are talking. (X)

◆ “I know the boy **to whom** you are talking. (O)

我認識你正在交談的男孩。

→ “talk”為不及物動詞，其後不能直接加受詞，需有介係詞”to” （talk to＋某人），故在關代子句中需改為” **to whom** you are talking"

然而，某些**固定的動詞片語**在形容詞子句中出現時，為保持該動詞片語的完整性，此時**不可將介係詞置於 whom 之前**：

◆ The only person ~~**on whom I can rely**~~ is my sister. (X)

◆ The only person (**whom**) I can **rely on** is my sister.(O)

我唯一可以倚賴的人是我姐姐。

→ "rely on"（倚賴）為動詞片語，故此處不可將 on 與 rely 分開置於 whom 之前。

⊕ **"Whom" 在口語中並不常被使用，而多以 "who" 取代或直接省略：**

◆ I know the boy to whom you are talking.

＝I know the boy (**who**) you are talking **to**.

⊕ 當關代 "who" 取代 "whom" 做**受詞**置於句中時，其後所引導的子句可為 **"主詞＋動詞"** 句型：

◆ I know the boy to whom you are talking.(O)

＝I know the boy **who you** are talking to.(O)

⊕ 但當 "who" 的作用為代替**主詞**時，其所引導的子句**不可再出現主詞**：

◆ I know the boy who ~~he~~ is drinking coffee.(X)

→ I know the boy **who is** drinking coffee.(O)

(C) **All of＋whom**

◆ Robert has three sisters. All of them are teachers.

＝Robert has three sisters, **all of whom** are teachers

→ "whom" 代替了 "three sisters"，並將 2 句合為 1 句。

其他尚有：

none of/many of/ (a) few of/ some of
any of/ half of/ each of/ both of/ neither of　} **＋whom**
either of/ one of/ two of…

◆ Eliot has many friends, **many of whom** he grow up with.
Eliot 有很多朋友，其中很多都是和他一起長大的。

◆ Two students, **one of whom** I had taught before, came into my office.
兩個學生到我的辦公室，其中一個是我之前教過的。

(D) 句例

1. A nurse is someone **who** takes care of patients.
護理師是照顧病人的人。
→ 關係代名詞“who”前有先行詞“someone”，並在所引導的子句中做主詞，其後接動詞片語“takes care of”。

2. How old is the boy **who** lent you the money?
借你錢的男孩幾歲？
→ 關係代名詞“who”前有先行詞“boy”，並在所引導的子句中做主詞，其後接動詞“lent”。

3. The girl with **whom** I live is a Japanese.
和我一起住的女孩是日本人。
→ “live”做“居住”時為不及物動詞，其後不能直接加受詞，需有介係詞“with”（live with＋某人）。而使用 whom 做關代時，需把介係詞置於 whom 之前。

4. The girl **who** I live with is a Japanese.
→ 上句亦可使用“who”做為關代，此時介係詞則不需置於“who”之前。

5. I have four roommates, none of **whom** speaks Chinese.

   我有四個室友，他們都不會說話中文。

   → “whom”在這裡代替“four roommates”；2 句合併為 1 句：“I have four roommates. None of them speaks Chinese.”合併後受詞 them 改為 whom。

一點就靈

I. 填充題: 請依題意在空格填上 who 或 whom

1. Mr. Middleton is a man for ____________ I enjoy working.
2. The woman ____________ answered the phone told me you were not in the office.
3. Stephen is the partner ____________ he is going to travel with.
4. The man ____________ I wanted to see is my acquaintance.
5. Derek has three girlfriends, none of ____________ knows about each other.

答案與解說

1. whom　Middleton 先生是個我很樂意為他工作的人。　“work for 某人”（為某人工作），在子句中，介係詞“for”需置於關代“whom”之前，但不可置於“who”之前。
2. who　接電話的女人告訴我你不在辦公室。　空格後是動詞“answered”，故空格需有主詞性質，故填可代替主詞的關代“who”。
3. who　Stephen 是將和他一起旅行的夥伴。　空格處若填 whom 時，需將介係詞“with”置於空格之前，但此處的“with”放在空格之後，故空格需填 who。（此種寫法屬於口語說法，正式英文寫作需寫為：“Stephen is the partner **with whom** he is going to travel.”）

4. whom/who　我想見的那個男人是我的舊識。　此處“whom”和“who”均可使用，但前者為較正式的用法。
5. whom　Derek 有三個女朋友，但沒有人知道彼此。　原句為：“ Derek has three girlfriends, none of them knows about each other.” 受詞“them（three sisters）”以關代“whom”取代。

II. 選擇題：請選出錯誤的句子並改正

1. I met the girl to who he is talking yesterday.
2. The man to whom Joan is married has been married twice before.
3. She is the woman who I want to spend the rest of my life with.
4. The lady whom is getting on the bus is my colleague.
5. The boy whom I travel with is from Spain.

錯誤的句子為：______________________________

____

____

____

答案與解說

錯誤的句子為：1、4、5。

第 1 句應改為：I met the girl **who** he is talking **to** yesterday. / I met the girl **to whom** he is talking yesterday.　關代“who”之前不可加介係詞。

第 4 句應改為：The lady **who** is getting on the bus is my colleague.　關代“whom”不可做主詞，不能直接在其後加上動詞，故需改為可代替主詞的關代“who”。

第 5 句應改為：The boy **with whom** I travel is from Spain. / The boy **who** I travel **with** is from Spain. 和某人一起旅行（travel with＋某人），介係詞需置於關代“whom”之前。或將關代改為“who”。

1. 我昨天遇到的女孩正和他交談。
2. Joan 嫁的男人之前已經結過兩次婚了。
3. 她是我想一起度過餘生的女人。
4. 那個正要上巴士的女士是我的同事。
5. 那個和我一起旅行的男孩來自西班牙。

III. 翻譯題：

(A) 請將以下兩兩句子使用關代“who”或“whom”連接為一個句子。

例：I met the woman yesterday. I don’t like her.

I don’t like the woman whom I met yesterday.

1. The footballer took drugs. He has been banned from playing again.
   The footballer ______________________________
2. The police arrested the man. He has now been released.
   The man ______________________________
3. These are poor people. No one cares about them.
   These are ______________________________
4. The man has bought the house. He comes from Beijing.
   The man ______________________________
5. Ivan has two roommates. One of them is my boyfriend.
   Ivan ______________________________

(B) 請依括弧提示將下方的中文翻譯為英文

6. 我是從 York 先生那獲得這個資訊。（whom）
   ____

7. 她不喜歡那些一直嘗試著搞笑的人。（who）

____

8. 發現新藥的那個科學家贏得了諾貝爾獎。（who）

____

答案

1. The footballer **who** took drugs has been banned from playing again. 那個吸毒的足球員已經被禁賽了。
2. The man **whom** the police arrested has now been released. 那個被警察逮捕的男人已經被釋放了。
3. These are poor people **about whom** no one cares. 沒有人關心這些窮人。
4. The man **who** has bought the house comes from Beijing. 買這棟房子的男人來自北京。
5. Ivan has two roommates, one of **whom** is my boyfriend. Ivan 有兩個室友，其中一個是我男朋友。
6. Mr. York is the person from whom I obtained the information. 本句使用關係子句強調 York 先生訊息來源，原句為：“I obtained information from Mr. York.” 使用關代“whom”改寫時，介係詞“from”應移至 whom 之前。
7. She doesn't like thoes people who try to be funny all the time. 她不喜歡的人是做搞笑動作的人，而不是“接受搞笑動作的人”，故這裡不可使用受詞關代“whom”，而需使用“who”做主詞引導形容詞子句，說明這些人是一直嘗試著搞笑的人。
8. The scientist who discovered a new medicine has won the Nobel Prize. 贏得獎項的科學家發現新藥，而不是“接受新藥”，故這裡不可使用受詞關代“whom”，而需使用“who”。

37 UNIT

關係代名詞 Which vs. That 的用法

(A) 關係代名詞“which”

關係代名詞“which”和“who”和“whom”相同，均有連接詞功能，用以引導形容詞子句：

{ The parcel came this afternoon.
It was from my mother.

→ The parcel [**which came this afternoon**] was from my mother.

今天下午送來的包裹是我媽媽寄來的。

→ 關代“which”在這裡代替了“the parcel”，並連接上述兩個句子，引導形容詞子句“which came this afternoon”修飾“the parcel”，說明這個包裹是下午送來。

{ This is the book.
I like the book.

→ This is the book [**which I like**]. 這是我喜歡的書。

→關代“which”在這裡代替了“the book”，並連接上述兩個句子，引導形容詞子句“which I like ”修飾“the book”，說明這本書是我喜歡的。

由上方兩個例句可看出，**“which”在所引導的形容詞子句中，皆有代指事或物的功能（不可代指人）；且可在子句中代替主詞或受詞使用**。如上述第一句中，“which”代替了“the parcel”，後面直接加動詞片語“came this afternoon”；而第二句的“which”則代替了受詞

"the book"（"I like the book" 主詞為 "I"，受詞為 "the book"）。

(B) 使用 "which" 做關係代名詞時的規則

1. **"which" 之前需有代表 "事或物" 的名詞（文法上稱為先行詞）：**

◆ Where are the apples **which** were on the table?

之前放桌上的蘋果在哪？

→ "apples" 為關係代名詞 which 之前的先行詞。

◆ The window **which** I broke has now been repaired.

我砸破的窗戶已經修好了。

→ "window" 為關係代名詞 which 之前的先行詞。

2. **"which" 在所引導的子句中需做為主詞或受詞：**

◆ Where are the apples [**which** were on the table]?

之前放桌上的蘋果在哪？

→ 關係代名詞 which 在子句中做為主詞（代指 apples），其後可直接加動詞 were。

◆ The window [**which** I broke has now been repaired].

我砸破的窗戶已經修好了。

→ 關係代名詞 which 在子句中做為及物動詞 repair 的受詞（Someone has repaired the window）。

而 **"which" 做受詞時可省略：**

◆ The window (**which**) I broke has now been repaired.

我砸破的窗戶已經修好了。

◆ The TV program (**which**) we missed is repeated tonight.

我們錯過的那個電視節目今晚將重播。

3. **倘若 which 所引導的子句中已有主詞，且子句中的動詞為不及物動詞（其後不能直接加受詞，故 which 既無法在子句中做主詞也無法做受詞），則此時 which 之前需加介係詞：**

◆ The house which he lives is very small.(X)

◆ The house **in which** he lives is very small.(O)　他住的房子很小。

→ 形容詞子句中已有主詞“he”，且“live”（住）為不及物動詞，故 which 之前需加上介係詞，將子句改為“**in which** he lives is very small.”

⊙ **介係詞亦可置於子句動詞之後“…which** he lives **in**”，但此為**口語用法**。參見第 3 單元。

然而，某些**固定的動詞片語**在形容詞子句中出現時，為保持該動詞片語的完整性，此時**不可將介係詞置於 which 之前**：

◆ The main thing ~~**on which** you should **pay attention**~~ is your family.(X)

◆ The main thing(**which**)you should **pay attention to** is your family.(O)你應該要關心的主要事情是你的家庭。

→ “pat attention to”（關心；留意）為動詞片語，故此處不可將 to 與 pay attention 分開置於 which 之前。

⊙ “介係詞＋which”請參看第 46 單元

(C) **關係代名詞“that”**

關係代名詞“that”**可取代“who”，“whom”及“which”**：

◆ I like the girl **who** lives next door.

＝I like the girl **that** lives next door.　我喜歡住在隔壁的女孩。

◆ Mrs. Green is the teacher **whom** we all respect.

＝Mrs. Green is the teacher **that** we all respect.

Green 太太是我們都很尊敬的老師。

◆ This is the dress **which** Nicole wore yesterday.

＝This is the dress **that** Nicole wore yesterday.

這是 Nicole 昨天穿的洋裝。

在下列情況下，**通常用"that"做關代：**

1. **在序數詞（the first, the second,…the last）之後，通常用"that"而不用"whom"或"which"（但仍使用"who"）**

◆ She is **the last** person ~~**whom**~~ I want to see.(X)

→ She is **the last** person **that** I want to see.(O)

她是我最不想見的人。

◆ Drinking coffee is **the first** thing ~~**which**~~ I do every day.(X)

→ Drinking coffee is **the first** thing **that** I do every day.(O)

我每天做的第一件事是喝咖啡。

◆ It is said that De Forest was the first person **who** used the word "radio." (O)

◆ =It is said that De Forest was the first person **that** used the word "radio." (O)據說 De Forest 是第一個使用"radio"這個字的人。

2. **避免與疑問詞（who, what, where, when, how, etc.）重複**

◆ **Who** is the woman ~~**who**~~ wears blue hat?(X)

→ **Who** is the woman **that** wears blue hat?(O)

那個戴著藍帽子的女人是誰？

◆ **Where** is the dictionary ~~**which**~~ you borrowed from the library yesterday?(X)

→ **Where** is the dictionary **that** you borrowed from the library yesterday?(O) 你昨天跟圖書館借的書在哪？

3. **當"人"和"物"兩個名詞同在一起時，需使用"that"做為關代**

◆ In Mrs. Peterson's life, **her son** and **her job that** she thinks about every day are two important things to her. 在 Peterson 太太的生活中，她每天想的都是她的兒子和工作，這兩件事也是對

來說她最重要的事。

◆ Look at **the girl** and **the cat that** are coming this way.
看那個朝這裡走來的女孩和貓。

(D) 使用“that”做關係代名詞時的規則

1. **“that”之前不可有逗點（關代“that”不可用於非限定的子句中）**

◆ Yesterday I met Bonnie, ~~**that**~~ told me she was getting married. (X)
→ Yesterday I met Bonnie, **who** told me she was getting married.(O)　昨天我遇見 Bonnie，她告訴我她要結婚了。

⊕ 限定與非限定修飾的形容詞子句用法參見第 49 單元

2. **“that”之前不可有介係詞**一參見第 3 單元

◆ I know the man ~~**to that**~~ she is talking.(X)
→I know the man **to whom** she is talking.(O)
→I know the man **that** she is talking **to**.(O)　我認識正和她交談的男人。

一點就靈

I. 填充題：請依題意選填 which, that 或 which / that（＝which 和 that 兩者皆可）

例：Lynda works for a company <u>which / that</u> designs gardens.

1. What was the name of the dog ____________ you lost when you were little?
2. This is the photo ____________ she won the competition.
3. Taipei is the city in ____________ I live.

4. Tainan is the city ____________ she came from.
5. A dictionary is a book ____________ gives you the meanings of words.

答案與解說

1. which / that　你小時候弄丟的狗叫什麼名字？　“which”和“that”均可代替受詞 dog 在此處使用。
2. which / that　這是她贏得比賽的照片。“which”和“that”均可代替受詞 photo 在此處使用。
3. which / that　台北是我居住的城市。　空格之前有介係詞“in”，故空格處不可填 that，僅可填 which。
4. which / that　她來自台南。　此處“which”和“that”兩者皆可使用，但 that 會較 which 合適。使用 which 在此屬於口語用法，正式的用法應是“…from which…”（參見第 3 單元）。
5. which / that　字典是告訴你字義的書。　“which”和“that”均可代替主詞 dictionary 在此處使用。

II. 選擇題：請選出錯誤的句子並改正

1. Who is the man who has brown hair over there?
2. The house which has a glass door is my aunt's house.
3. Luke is the man that I fall in love with.
4. UCL is a school which is located in London.
5. Look at the girl and the dog which are coming to us.

錯誤的句子為：____

____

____

____

錯誤的句子為：1、5

第 1 句應改為：Who is the man that has brown hair over there? 使用疑問句時，多使用“that”做關代。

第 5 句應改為：Look at the girl and the dog that are coming to us. “girl”和“dog”為兩個不同性質的名詞，故需使用“that”。

1. 那個在那裡的褐色頭髮的男人是誰？
2. 那棟有著玻璃門的房子是我阿姨的家。
3. Luke 是我喜歡的男人。
4. UCL 是位於倫敦的一所學校。
5. 看那走向我們的女孩和狗。

III. 翻譯題：

(A) 請將以下兩兩句子使用關代“which”或“that”連接為一個句子。

例：This is a cheap car. You can afford it.

*This is a cheap car **which/that** you can afford.*

1. I attended this school. It had only five classrooms.

   The school ______________________________

2. Harry Potter is a book. Many people want to read it.

   Harry Potter ______________________________

3. This is the gun. The robber killed Mrs. Black with it.

   This is ______________________________

4. He came from Tokyo. It is the capital city of Japan.

   He ______________________________

5. I like the stories. The stories have happy endings.

   I ______________________________

(B) 請將下方的中文翻譯為英文

6. 這部電影是關於一個有各種污染的國家。

____

7. Neil Armstrong 是第一個登錄月球的人。

____

8. 所發生的每件事都是我的錯。

____

答案

1. This school **which/that** I attended had only five classrooms. 我上的學校只有五間教室。
2. *Harry Potter* is a book **which/that** many people want to read it. “哈利波特”是很多人想讀的書。
3. This is the gun with which the robber killed Mrs. Black. / This is the gun that the robber killed Mrs. Black **with.** 這是強盜用來殺 Black 太太的槍。 此題需注意介係詞“with”與不同關代的位置搭配使用。
4. He came from Tokyo, **which** is the capital city of Japan. 他來自東京，日本的首都。 本題為非限定用法（東京為單一性名詞，世界上只有一個東京，故不需再特別限定說明是哪個東京），關代前需有逗號，故不可使用 that。
5. I like the stories **which/that** have happy endings. 我喜歡有快樂結局的故事。
6. This movie is about a country **which/that** has all kinds of pollution. 污染（pollution）為不可數名詞。
7. Neil Armstrong was the first person **who/that** landed on the moon. 月亮（moon）之前需加冠詞“the”。
8. Everything **which/that** happened was my fault. 每件事（everything）為單數名詞，故動詞需為 was 而非 were。

38 UNIT

什麼時候關係子句要逗號？

⒜ **關係子句“…who/which…”和“…,who/which…”在文法上的區別稱為「限定修飾用法」和「非限定修飾用法」：**

◆ The woman [**wh**o lives next door] is very friendly.
住我隔壁的女人非常友善。

◆ My uncle [**, who** is 75,] goes swimming every day.
我 75 歲的叔叔每天去游泳。

→第一句的關係子句說明了這個女人（the woman）是誰，**限定**了這個女人的身份是“住在隔壁的女人”（who lives next door）；而第二句的關係子句“who is 75”，對說話者所指明的人物並**沒有限定功用**，因為讀者已經知道是說話者的叔叔（my uncle）。

👁 再看另一例句：

◆ This is the book [**which** I like].
這本是我喜歡的書

◆ *Jane Eyre* [**, which** was published in 1847,] is my favorite book.
1847 年出版的「簡愛」是我喜歡的書。

→第一句的關係子句說明了這本書（the book）是什麼書，**限定**了這本書是“我喜歡的書”（which I like），而不是隨便任何一本書；而第二句的關係子句“**which** was published in 1847”，並**沒有限定**說話者所指的書是哪一本的功用，因為讀者已經知道這本書是「簡愛」（*Jane Eyre*）。

如果覺得「限定修飾用法」和「非限定修飾用法」的概念不好理解，不妨**將「非限定修飾用法」視為是句中的"額外訊息"**（extra information）。例如："My uncle, **who is 75**, goes swimming every day." 句中"who is 75"（75 歲）只是一個附加訊息，沒有這個訊息，仍不妨礙對這個句子的理解，讀者仍知道每天游泳的人是說話者的叔叔。而在"*Jane Eyre*, **which was published in 1847**, is my favorite book." 句中，"which was published in 1847"（在 1847 年出版），是關於這本書的額外訊息，即使沒有此訊息，讀者仍知道說話者喜歡的書是「簡愛」。

(B) 使用「限定修飾用法」和「非限定修飾用法」時的規則：

1. **關代"that"不可使用於非限定修飾用法中：**
   - ◆ My uncle, ~~**that**~~ is 75, goes swimming every day.(X)
   - ◆ Jane Eyre, ~~**that**~~ was published in 1847, is my favorite book. (X)
2. 在限定修飾中，當關代"which/that/who"的作用為代替受詞時，在句中可以省略；但**使用非限定修飾用法時，關代"which/whom"不可省略：**

限定修飾用法

- ◆ The woman **(who/that)** we saw yesterday is my neighbor.
  我們昨天見到的女人是我的鄰居。
- ◆ The book **(which/that)** I lent you belongs to my brother.
  我借你的書是我哥哥的。

非限定修飾用法

- ◆ Rachel, **whom** we saw yesterday, is my neighbor.
  我們昨天見到的 Rachel 是我的鄰居。
- ◆ The book *The Great Gatsby*, **which** I lent you, belongs to my brother.　我借你的那本「大亨小傳」是我哥哥的。

3. **使用非限定修飾用法時，關代前必須有逗號（,）；倘若子句的位置在句中，則子句的句末亦需有逗號：**

◆ She gave me her phone number, **which was written on a tissue**.
她把電話號碼寫在紙巾上給我。

◆ The strike at the school, **which lasted a week,** is now over.
持續一周的學校罷工現在結束了。

4. **在非限定修飾用法子句中，介係詞需置於“whom”（人）或“which”（物）之前：**

◆ Mr. Simpson, **to whom** I spoke on the phone this morning, is interested in buying our house.
今早和我講電話的 Simpson 太太很有興趣買我們的房子。

◆ London, **in which** I was born, is the capital city of England.
我出生的地方倫敦，是英國的首都。

然而，在口語中，通常將介係詞放於關代之後，並多使用 who 而不用 whom：

◆ Mr. Simpson, **who** I spoke **to** on the phone this morning, is interested in buying our house.

◆ London, **which** I was born **in**, is the capital city of England.

5. **有時一個句子既可以用限定修飾，亦可以使用非限定修飾用法：**

◆ Emily is a good student who is never late for school.
Emily 是個從不遲到的好學生。

◆ Emily is a good student, who is never late for school.
Emily 是個好學生，她從不遲到。

→ 第一句的子句“who is never late for school”說明 Emily 是個什麼樣的好學生（她可能成績不好，但她從不遲到）；而第二句的重點是 Emily 是個好學生（可能成績和操行都好，毋需特別說明），“上學不遲到”只是一個額外訊息。

(C) “which”的「非限定修飾用法」

在非限定修飾用法中，關代 which 不止可代替名詞，亦可代替整個句子：

◆ Neil was accepted by the university. This surprised everyone.
=Neil was accepted by the university, **which** surprised everyone. 每個人都很訝異 Neil 被大學錄取了。
→關代“which”=“the fact he was accepted by the university”

◆ It rained all day. This was good for the garden.
=It rained all day, **which** was good for the garden.
下了一整天的雨對花園有好處。
→關代“which”=“the fact it rained all day”

一點就靈

I. 填充題：請依題意選擇合適的選項並改為「限定修飾」或「非限定修飾」用法的關係子句，填入下方空格

the place I proposed to my wife　　her son is a fireman
the stadium holds 10,000 people　　the bowl costs five hundred dollars
the house is located on Cherry Street　　~~Tina's mother is 70~~

例：Tina's mother ____who is 70____ plays golf every weekend.

1. Mrs. Jackson showed me a photo of her son ________________.
2. I bought a house ________________.
3. This is the place ________________.
4. The new stadium ________________ will be opened next Monday.

5. The bowl my sister gave me ______________________ was broken.

答案與解說

1. , who is a fireman　Jackson 太太的兒子是個消防隊員，她給我看他的照片。主要子句已經說明照片裡的是 Jackson 太太的兒子，子句中的“消防隊員”只是額外的訊息。
2. (,)which/that is located on Cherry Street　我買了位在 Cherry 街的房子。　此句可做限定修飾亦可做非限定修飾。做限定修飾表示說明說話者要強調買的是在 Cherry 街的房子；倘若做非限定修飾，表示說話者的重點在“買了房子”這件事，房子的位置只是一個附加的訊息。
3. which/that I proposed to my wife　這是我向我老婆求婚的地方。　主要子句只提到“是一個地方”，故需要限定修飾說明這是一個什麼樣的地方。
4. , which/that holds 10,000 people,　這個能容納 10,000 人的體育場將在下週一開幕。　主要子句已告訴讀者體育場是新開的那個，故“能容納 10,000 人”只是一個附加訊息，故此處使用非限定用法。
5. , which/that costs five hundred dollars,　我姐姐給我的那個價值 500 元的碗破了。　主要子句已告訴讀者這個碗是姐姐給的那個，故關係子句“值 500 元”只是一個附加訊息（沒有這個訊息，讀者也知道是哪個碗），故此處使用非限定修飾用法。

II.　選擇題：請選出錯誤的句子並改正

1. My grandfather, who is a bit deaf, couldn’t hear the phone.
2. The road which leads to the lake is not suitable for cars.
3. This is my father who cares about me very much.
4. Samantha has lost her job, which has made her very depressed.

5. She is a woman, who always goes to the supermarket on Wednesday.

錯誤的句子為：______________________________

____

____

____

答案與解說

錯誤的句子為：3、5

第 3 句應改為：This is my father, **who** cares about me very much. 當主要子句的名詞有其單一性時，需使用非限定修飾。因為通常父親只有一個，不需要關係子句來限定是哪個父親。

第 5 句應改為：She is a woman who always goes to the supermarket on Wednesday. 此句若使用非限定修飾（關代前加逗號），意指整句的重點是告訴讀者這個"她"是個"女人"。此句應使用限定修飾，重點在於說明這個女人是"每週三道超市的女人"。

1. 我的祖父有點耳背，聽不見電話聲響。
2. 朝向湖邊的那條路不適合車走。
3. 這是我的父親，他非常關心我。
4. Samantha 丟了工作讓她心情很低落。
5. 她是一個總是在週三去超市的女人。

III. 改寫題：將以下兩兩句子使用「限定修飾用法」或「非限定修飾用法」，改寫為一個句子。

例：A road leads to the lake. It isn't suitable for cars.

*The road **which** leads to the lake is not suitable for cars.*

1. The students put on a play last week. The play was "The Importance of Being Earnest."

   The play ______________________________

2. The Italian restaurant I went to yesterday was very good. Many people had recommended it.

   The Italian restaurant ______________________________

3. Someone hit an old lady. It was Jimmy.

   The person ______________________________

4. Monica is my doctor. She told me to be positive.

   Monica ______________________________

5. Thank you for your gift. I was very happy to receive it.

   Thank you ______________________________

6. He came from Beijing. It is the capital city of China.

   He ______________________________

7. The police blocked off the road. That caused a traffic jam.

   The police ______________________________

8. Miranda left the keys in the car. That was rather careless of her.

   Miranda ______________________________

答案

1. The play **that/which** the students put on a play last week was "The Importance of Being Earnest." 那些學生上週演出的戲是「不可兒戲」。使用限定用法說明是哪齣戲。
2. The Italian restaurant I went to yesterday, **which** many people had recommended, was very good. 我昨天去的意大利餐廳非常好，有很多人推

薦。主要子句已說明是哪家餐廳（我昨天去的那家），故“很多人推薦”只是額外訊息，用非限定修飾用法。

3. The person **who** hit an old lady was Jimmy.
打那個老太太的人是 Jimmy。 關係子句限定打人的是 Jimmy。

4. Monica is my doctor, **who** told me to be positive. Monica 是我的醫生，她叫我要樂觀。　主要子句已經限定醫師是 Monica，故關係子句為附加訊息，使用非限定修飾用法。

5. Thank you for your gift, **which** I was very happy to receive. 謝謝你的禮物，我很開心收到這個禮物。　主要子句已說明我要感謝的事是你的禮物，關係子句只是額外說明我收到禮物的心情，為非限定修飾用法。

6. He came from Beijing, **which** is the capital city of China.　他來自北京，是中國的首都。北京為單一性名詞，世界上只有一個北京，故不需再特別限定說明是哪個北京，為非限定修飾用法。

7. The police blocked off the road, which caused a traffic jam.　警察把路封鎖了，造成了交通阻塞。　這裡“which”＝“the fact that the police blocked off the road ”。

8. Miranda left the keys in the car, which was rather careless of her.　Miranda 把鑰匙留在車上了，她有點粗心。　這裡“which”＝“the fact that Miranda left the keys in the car”。

39 UNIT

Know, understand, acknowledge, realize 的用法

Know，understand，acknowledge 和 realize 的含義、差別及用法請看以下：

Know

Know 可翻譯為”知道、了解”，通常不做進行式使用（~~I am knowing~~）。**使用 know 做“知道”某事時（know something），此事大多和個人的經驗或教育有關**。透過之前的經驗和所學的知識而對相關的訊息有所了解，如：

◆ You will **know** the weather is bad when there is rain.
下雨時你知道天氣不好。
→ 透過經驗知道下雨＝天氣不好。

◆ You look at a character and you **know** it is English.
你看到一個字母就知道是英文字。
→ 由於以前學習過，於是知道該字母＝英文字

Understand

Understand 可翻譯為“理解、熟諳”，通常不做進行式使用（~~I am understanding~~）。**使用 understand 做“理解”某事時（understand something），此事大多已經過分析、思考、解讀，知道其背後的成因，且可以進一步運用以處理訊息或解決問題等**，如：

◆ You will **understand** how rain affects the weather after you learn how rain is formed.

在學了雨是怎麼形成的之後，你就會理解它是如何影響天氣的。

→ 經過對雨形成這件事的分析思考，理解下雨和天氣不好的關係是什麼。

◆ After you take time to study English, you will **understand** the language.

在花時間研讀英文之後，你會熟習這門語言。

→ 經過對英語這門學科的研讀，你會熟習並可以進一步運用這個語言。

經由上述比較，可以得知 know 和 understand 的不同在於：

(1) 前者是"知道"某事，但並沒有深入的了解，例如，知道這是英文字（know it is a English character）但不一定理解英文的文法規則或字詞變化等（doesn't understand the language）；

(2) 因此，使用前者時，多是不需經由頭腦思考即知道的事，例如，一看到字母就知道是英文（know it is a English character），因為以前有學過，故不需要再經過頭腦去思考分析這是哪一國的字母。但要能理解、會用這門語言（understand the language），必須花時間用頭腦去背誦、分析；

(3) 故一般而言，"理解某事"（understand something）的過程會比"知道某事"（know something）所花的時間還長。

◆ We all **know** the earth is round but only few people **understand** why the earth is round.

我們都知道地球是圓的，但只有一些人理解為何地球是圓的。

→(1) 我們透過學過的知識知道地球是圓的；(2) 因此不需思考就知道這個事實，但為何地球是個球體，這件事需要頭腦去分析、理解，並且不是人人都知道；(3) 要懂為何地球是圓的，要花一段時間去理解。

Acknowledge

Acknowledge 為及物動詞，後面可直接加受詞，可翻譯為“承認；確認收到…；對…表示謝意；對…致意”。

◆ Ned **acknowledged** that he was a drug addict.
Ned 承認自己是個吸毒成癮者。

◆ The school sent me an email to **acknowledge** my request.
學校寄給我一封電子郵件確認收到我的申請。

◆ The singer **acknowledged** the applause with a bow.
那個歌星鞠躬以示對掌聲的感謝。

◆ Although she had seen him, she refused to **acknowledge** him.
雖然她已經見到他，但她拒絕對他打招呼。

Realize

Realize 在英式英語中寫法為 realise，可翻譯為“領悟、認識到”，通常不做進行式使用（~~I am realizing~~）。**使用 realize 做“領悟”某事時（realize something），通常是強調由一個原本不知道突然變為知道的過程：**

◆ He **realized** how serious the problem is now.
他現在認識到問題的嚴重性。
→之前不知道問題有多嚴重，現在突然知道了。

◆ I just **realized** the value of this stone.
我才剛意識到這塊石頭的價值。
→之前沒有意識到石頭多有價值，現在領悟到了。

⊙ 經由上述比較，可以得知 realize 和 know 的不同在於：
知道某事（to know）是一個穩定持續的過程，比如“know how serious the problem is”，一直是知道問題的嚴重性；但 realize 則是一個突然轉變的過程（由不知道變為知道），如“realized

how serious the problem is”，突然領悟到問題的嚴重性。兩者用時間線表示則為：

I don’t know/realize…我不知道 → | I realize … 我領悟到 | → I know… 我知道

◆ I **realized** he loved me.

我意識到他愛著我。

→ 可能因為他做了某事，我突然發現他愛我。

◆ I **knew** he loved me.

我知道他愛我。

→ 我一直都是知道他愛我這件事。

而 realize 和 understand 的不同則在於：

前者可能是因為某事的啟發而突然有所領悟，而後者多牽涉對訊息及情況的理解（comprehension）。

◆ I **realize** drinking driving is dangerous.

我領悟到酒後駕車是危險的。

→ 可能是由於身邊有人曾因為酒後駕車發生事故，而認識到這件事的危險性。

◆ I **understand** drinking driving is dangerous.

我理解酒後駕車是危險的。

→ 理解酒精對人體判斷力等的影響，故知道酒後駕車是危險的。

(B) 補充：I know vs. I see

在和人對談中，常會使用到“我知道”一詞，此時到底是使用上述哪一種方式來表示呢？

I know

通常以“I know”回覆對方時，表示聽話者早就知道說話者所說的訊息了：

“Mr. Allen divorced his wife at their anniversary.” “I know!” “Allen 先生在結婚紀念日時和他太太離婚了。” “我知道！”

因為“I know”有”我早就知道了”的意味，故使用時要特別注意;倘若對方是長輩或上位者，用“I know”做回應時，有時會有不禮貌之感。

I see

相較於“I know”，“I see”會更常在口語中使用。使用“I see”時，通常表示聽話者是經由說話者的說明才知道這個訊息。

“You can’t ring this bell. It’s for the disable only.” “Oh, I see. Sorry.” “你不可以按這個鈴。這是給身障者使用的。” “噢，我知道了。抱歉。”

有時即使聽話者早知道說話者所提的訊息，但為了表示禮貌和謙虛，此時仍可使用“I see”。

一點就靈

I. 填充題：選擇“know”，“understand”，“acknowledge”和“realize”，並依題意改變時態，填寫在空格上

1. I ____________ that I had left my wallet at the office when I put my hand in my pocket.
2. My brother ____________ 3×3＝9 though he can’t explain.
3. I didn’t ____________ the meaning of that word, so I looked it up in a dictionary.
4. We must ____________ her letter.
5. They gratefully ____________ the contributions of everyone who helped them.

答案與解說

1. realized　當我摸我的口袋時，才發現錢包留在辦公室了。　之前並不知道錢包不在身上，後來才知道，故用 realize。
2. knows　雖然我弟弟知道 3×3＝9，但他無法解釋為什麼。　知道一個知識，但無法解釋背後的含義，通常用 know。
3. understand　我不知道這個字的含義，所以查了字典。　說話者要知道的是深層的知識，故用 understand。
4. acknowledge　我們應該告訴她信收到了。　確認收到信用 acknowledge。
5. acknowledged　他們誠摯地感謝每一位幫助他們的人所做的貢獻。　“對…感謝”＝“acknowledge”。

II. 選擇題：

1. ____________ I first （A. knew　B. realized　C. acknowledged　D. understood）how hard it is to
speak another language when I took a French class last year.
2. ____________ Ella（A. knows　B. realizes　C. acknowledges　D. understands）computering science very well because it was her major at university.
3. ____________ Do you （A. know　B. realize　C. acknowledge　D. understand）your mistake yet？
4. ____________ Even though I speak Chinese, I（A. know　B. realize　C. acknowledge　D. understand）very little how its grammar actually work.
5. ____________ I（A. know　B. realize　C. acknowledge　D. understand） Mr. White is a good teacher even though he is very strict with his students.

答案與解說

1. B 我第一次意識到學語言很難，是在去年上法文課的時候。 之前並不知道學語言，後來才知道，故用 realize。
2. D Ella 對電腦科學很了解，因為這是她大學的主修。 對某事有深入了解用 understand。
3. B 你意識到你的錯誤了沒？ 表示之前並不知道自己的錯誤，故用 realize。
4. D 即使我說中文，我還是不理解它的文法規則。 對某事有深入了解用 understand。
5. A 我知道 White 老師是個好老師，即使他對學生非常嚴格。 經由經驗得知，並一直是知道的，故用 know。

III. 翻譯題：

1. 我之前沒有意識到那個歌星那麼受歡迎，直到昨晚我和朋友去了他的演唱會（才知道）。

   ____

2. 我只知道他們反對我們。我想要知道原因。

   ____

3. 我向 Flora 揮手告別，但她連招呼都不打。

   ____

4. Martin 剛剛意識到自己說的每個字都被 Lucy 聽到了。

   ____

5. 國王拒絕承認改革的必要性。

   ____

6. 我不知道他是死是活。

   ____

7. 僅有少數人了解這個差別。

____

8. 你知道你的登機時間嗎？

____

答案

1. I didn't realize that the singer was so popular until my friend and I went to his concert last night. 之前並不知道這個歌星很受歡迎，後來才知道，故用 realize。
2. I knew they were against us. I want to know the reasons. 由於第二句提到"想知道原因"，故這個"知道他們反對我們"僅是表面的經由經驗得知，故用 know。
3. I waved Flora goodbye but she didn't even acknowledge me. "向…打招呼" = "acknowledge"。
4. Martin just realized that Lucy had heard every word he said. 之前並不知道自己說的話被聽見了，後來才知道，故用 realize。
5. The king refused to acknowledge the need of reform. "承認" = "acknowledge"。
6. I don't know whether he is alive or dead. 是死是活一般可以瞬間判斷，不需要動腦思考，故用 know。
7. Only few people understand the difference. 如果僅有少數人知道，通常是需經過動腦思考，長時間的解讀，故用 understand。
8. Do you know your boarding time? 知不知道登機時間這件事可以瞬間判斷，不需要動腦思考，故用 know。

40 UNIT

"I don't know who she is." 還是 "I don't know who is she."

首先，在回答標題的問題之前，先來了解直接問句（direct question）和間接問句（indirect question），又稱報告式問句（reported question）是什麼：

A. 你去哪裡？
B. 告訴我。

此處 A 為直接問句，但當 A 句和 B 句合併為依一個句子後，即成為間接問句："告訴我你去哪裡"。句中"告訴我"為主要子句，"你去哪裡"則是附屬子句。

接著，來看看直接問句改為間接問句的用法和句例。

(A) 直接問句改為間接問句或與直述句合併為間接問句

1. 問句為 Wh-問句時（含"How long…"，"How old…"等問句）

直接問句 **'Where are you going?'** Mother wondered.

間接問句 Mother wondered where **we were going?**

媽媽想知道我們要去哪裡。

直接問句 **How does Katie walk 5 kilograms to school every day**?

I don't have any idea.

間接問句 I really don't have any idea **how Katie walk 5 kilograms to school every day**.

我真的不知道 Katie 如何每天走 5 公里去學校。

直接問句　The teacher asked, '**How long have you learned English**, Emma?'

間接問句　The teacher asked Emma **how long she had learned English**. 老師問 Emma 學了多久的英語。

從上述句例可得知，在直接問句轉換為間接問句時，如果附屬子句中原本的問句並非使用助動詞 do/does，則需保留動詞動詞，並將其移至附屬子句的主詞後方（如上方第 1 句和第 3 句）；但如果附屬子句中原問句使用助動詞 do/does，則需將 do/does 去掉，並將原問句的動詞時態依題意做相應的修改。

接著來看看標題 "I don't know who she is vs. I don't know who is she"。此處 "I don't know" 為主要子句，而附屬子句中原本的問句並非使用助動詞 do/does，而是使用 be 動詞（is），因此需將 be 動詞移至附屬子句的主詞後方，故標題的 "I don't know who she is" 才是正確的句型。

2. 問句非 Wh-問句時

當附屬子句原本的問句開頭非 Wh-問句時，通常將間接問句改為 if 或 whether（是否）句型：

直接問句　She asked, "**Have you found your keys, Arvin**?"

間接問句　She asked Arvin **if he had found his keys**.

她問 Arvin 是否找到鑰匙了。

直接問句　He asked, "**Can you still walk, Clair**?"

間接問句　He asked Clair **whether she could still walk**.

他問 Clair 是否還能走路。

在多數情況下，上述兩類間接問句的動詞通常需改為過去式，因為在說明、報告某事時，此事通常已經成為過去的事情了，故：

am/is → was　are → were　have/has → had

will → would　can → could

do, go, think etc. → did, went, thought etc.

is going → was going　has gone → had gone

◆ '**Where are you going**?' Mother wondered.

→Mother wondered **where we were going?**

◆ He asked, '**Can you still walk, Clair**?'

→He asked Clair **whether she could still walk**.

(B) 直接問句和直接問句合併為間接問句

當我們要詢問資訊時，常以"Could you tell me….?"或"Do you know…?"做為開場白；而此類問句與其他問句合併成為間接問句時，字詞的順序會與原本不同：

1. 附屬子句的問句為 wh-問句時

直接問句　What time is it? Could you tell me?

間接問句　Could you tell me **what time it is**?

你可以告訴我現在是幾點嗎？

直接問句　When does the shop open? Do you know that?

間接問句　Do you know **when the shop opens**?

你知道那間店幾點開嗎？

2. 附屬子句的問句非 wh-問句時

當附屬子句原本的問句開頭非 Wh-問句時，通常將間接問句改為 if 或 whether（是否）句型：

直接問句　Did he see you? Do you know that?

間接問句　Do you know **whether he saw you**?

你知道他是否有看到你嗎？

"I don't know who she is." 還是 "I don't know who is she."

{ 直接問句 Is Roselyn still here? Could you tell me?
  間接問句 Could you tell me if Roselyn is still here? 你可以告訴我 Roselyn 是否還在這嗎？

一點就靈

I. 填充題：請參考提示，以"Could you tell me⋯.？"或"Do you know⋯？"將句子改寫為間接問句

例：Where can I find the toilet?

Do you know <u>where I can find the toilet?</u>

1. What time do the post offices close?

   Could you tell me ______________________?

2. Has Alice arrived yet?

   Do you know ______________________?

3. How long does the show last?

   Do you know ______________________?

4. Are we allowed to smoke here?

   Could you tell me ______________________?

5. How much does the shirt cost?

   Could you tell me ______________________?

答案與解說

1. <u>what time the post office closes</u> 你可以告訴我郵局幾點關嗎？ 去掉助動詞 do，並將動詞 close 改為 closes。
2. <u>whether/if Alice has arrived yet</u> 你知道 Alice 是否到了呢？ 非 Wh-問句需使用 whether/if。

3. how long the show lasts　你知道這場秀要多久呢？　去掉助動詞 does，並將 last 改為 lasts。
4. whether/if we are allowed to smoke here　你可以告訴我這裡是否可以抽煙呢? 非 wh-問句需使用 whether/if。
5. how much the shirt costs　你可以告訴我這件襯衫多少錢嗎?。　去掉助動詞 does，並將 cost 改為 costs。

II. 選擇題： 請選出錯誤的句子

1. Can't you remember where you parked your car?
2. Do you know what time he did leave?
3. Tell us why you did this.
4. I wonder how he went back home.
5. I don't know where is Lisa.
6. Could you tell me is Annie a teacher?
7. The president said yesterday that the country was doing well.
8. Do you know if he loves me?

錯誤的句子為：____

____

____

____

答案與解說

錯誤的句子為：2、5、6

第 2 句應改為：Do you know what time he left?　此處助動詞 did 需去掉，並將動詞改為過去式。

第 5 句應改為：I don't know where Lisa is. 附屬子句中原本的問句並非使用助動詞 do/does，而是使用 be 動詞（is），因此需保留 be 動詞並移至附屬子句的主詞後方

第 6 句應改為：Could you tell me whether Annie is a teacher? 直接問句（Is Annie a teacher?）和直接問句（Could you tell me?）合併為間接問句時，當附屬子句原本的問句開頭非 Wh-問句時，通常將間接問句改為 if 或 whether（是否）句型。

1. 你不記得你把車停哪裡了嗎？
2. 你知道他幾點離開的嗎？
3. 告訴我們我為何你這樣做。
4. 我納悶他是怎麼回家的。
5. 我不知道 Lisa 在哪。
6. 可以告訴我 Annie 是否是老師呢？
7. 總統昨天說國家發展的很好。
8. 你知不知道他是否愛我？

III. 翻譯題：請依括弧提示完成以下句子

(A) 你昨天參加了一個面試，人事主管問了你以下幾個問題：

例：~~What is your name?~~

1. How old are you?
2. Where are you from?
3. Do you have an English name?
4. Why did you apply for this job?
5. How long have you been working in your present job?
6. Are you married?

回家後，你要向你的家人重述人事主管問你的問題：

例：*She asked me what my name is/was.*

1. ______________________________
2. ______________________________
3. ______________________________
4. ______________________________
5. ______________________________
6. ______________________________

(B) 請將以下中文翻譯為英文

7. 我不知到道 Olivia 如何賺這麼多錢。

____

8. 你知道這附近是否有好的旅館呢?

____

9. 請告訴我飛機是幾點?

____

10. 我母親問我是否有男朋友。

____

答案

1. She asked me **how old I am/was.** 她問我幾歲了。
2. She asked me where I **am/was from**. 她問是哪裡人。
3. She asked me **whether/if I have/had an English name**.
   她問我是否有英文名字。
4. She asked me **why I applied for this job**. 她問我為何申請這個工作。
5. She asked me **how long I have/had been working in my present job**.
   她問我現在的工作做了多久。

"I don't know who she is." 還是 "I don't know who is she."

6.. She asked me **whether/if I was married**. 她問我結婚了沒有。

*上述報告式的間接問句因為報告的事情多已發生，故常使用過去式（how old I was etc.）；但此處因為是關於自己的訊息，到現在仍適用，故亦可使用現在式（how old I am etc.）。

7. I don't know how Olivia made so much money. 附屬子句的問句為"How did Olivia make so much money?"因附屬子句中使用助動詞 did，故需將 did 去掉，並將原問句的動詞時態依題意做相應的修改(make → made)。

8. Do you know whether/if there are any good hotels nearby? 附屬子句的問句為"Are there any good hotels nearby?"非 wh-問句，故改為間接問句時，需使用 whether 或 if。

9. Could you tell me what time the flight is? 附屬子句的問句為"What time is the flight?"附屬子句為 wh-問句，句中動詞為 be 動詞，需將其改移至句末。

10. My mother asked me whether/if I had a boyfriend. 在說明某事時（說明我媽媽問我這件事），此事通常已經成為過去的事情了，故需要用過去式。

41 UNIT

Wish 的用法

"Wish" 依所表達的情況而與不同的時態搭配使用：

(A) **Wish…＋過去式**

使用此文法表達**期望事情和現在有所不同**：

◆ I **wish** I **lived** in the country.

我希望我住在鄉下。

→ 表示現在不住在鄉下，可能住在城市裡。

◆ I **wish** I **didn't have** to work.

我希望我不用工作。

→ 表示現在必須工作。

此類 wish 句型等同於「與現在事實相反的假設語態（Second Conditional）」

◆ If I lived in the country , I would buy a big farm.

如果我住在鄉下的話，我會買個大農場。

→ 表示說話者現在不住在鄉下，住在鄉下只是他的想像。

◆ If I didn't have to work, I would travel around the world.

如果我不用工作，我會環遊世界。

→ 表示說話者現在還在工作，不用工作只是他的想像。

⊕ 注意**當使用 wish 表達「期望事情和現在有所不同」時，wish 之後不可使用 would 但可使用 could**:

◆ I **wish** I **were/was** slimmer. (O)

◆ I **wish** I **would be** slimmer.(X)

◆ I **wish** I ~~**could be**~~ slimmer.(O)

我希望我能苗條一點。

(B) **Wish…+過去完成式（had+p.p.）**

使用此文法表達**期望事情和過去有所不同：**

◆ I **wish** you **had told** me today is your birthday.

我希望你有告訴我今天是你的生日。

→ 但你"沒有告訴我"

◆ I feel sick. I wish I **hadn't eaten** so much.

我覺得不舒服。我希望我沒有吃這麼多。

→ 但我"已經吃很多了"

此類 wish 句型等同於「與過去事實相反的假設語態（Third Conditional）」

◆ If you had told me today is your birthday, I would have bought you a present.

如果你有告訴我今天是你生日，我就會去買份禮物給你。

→ 表示說話者沒被告知今天是對方的生日。

◆ If I hadn't eaten so much, I wouldn't have felt sick.

如果我沒吃這麼多，我就不會不舒服了。

→ 表示說話者已經吃太多了。

注意當使用 wish 表達「期望事情和現在有所不同」時，wish 之後不可使用 would have 但可使用 could have 或 might have:

◆ I **wish** I **had been** at your weeding, but I was in America.（O）

◆ I **wish** I **would have been** at your weeding, but I was in America.（X）

◆ I **wish** I **could have been** at your weeding, but I was in America.

(O)我希望我可以參加你的婚禮，但我當時人在美國。

(C) **Wish…＋would**

一般 wish 不會和 would 一起使用，但當兩者一同出現時，通常是：**（1）期望某事能發生；（2）期望某人可以做某事；（3）期望某人的行為能有所改善：**

◆ I **wish** it **would stop** raining.

我希望雨可以停。

◆ I **wish** my parents **would tell** us what's happening.

我希望我父母可以告訴我發生什麼事。

◆ I **wish** you **would be** more considerate to everyone.

我希望你對每個人都可以更體貼一些。

此外，還可用"I wish…wouldn't"來抱怨某人做事的方式：

◆ I wish you wouldn't drive so fast. I feel carsick now.

我希望你沒開這麼快。我暈車了。

因為"wish…would"有期望某人改善行為之意，故一般不會使用"I wish I would…"。

(D) Wish＋to Vr.

"wish＋to Vr."可譯為"想要…"，但較"want to"更為正式一些，而又比"would like to"語氣更強烈。

◆ I **wish to** see the manager.

我想見經理。

◆ I **wish to** make a complaint.

我想要做一個正式的抱怨。

(E) Wish vs. hope

"wish"和"hope"兩者均可譯為"希望"，那麼，在使用上有何異同呢？

相同處

1. 均可用不定詞（to Vr）做受詞

◆ I **wish to study** abroad.

=I **hope to study** abroad.

我希望能出國唸書。

2. 均可做為名詞，但“wish”帶有“願望、心願”之意，而“hope”則有“希望、可能性”之意

◆ Her **wish** is to become a doctor.

她的願望是當個醫生。

◆ Don't give up **hope**.

不要放棄希望。

不同處

1. 單純描述希望某事在未來可以發生時（不討論是否希望情況有所不同），需使用 hope

◆ I ~~wish~~ he is safe.(X)

→ I hope he is safe.(O)

我希望他平安無事。

◆ I wish they are having a good time. (X)

→ I **hope** they are having a good time. (O)

我希望他們玩得愉快。

＊“hope”之後接 that 子句時，依所要表達的狀況使用時態，即：表現在狀況用現在式，表未來狀況用未來式，表進行狀況用進行式。

2. 兩者做“祝福”之意時，wish 需使用“wish＋人＋名詞”的句型，但 hope 則需使用“hope that＋子句”句型

◆ We **wish** **you a merry Christmas**. (O)

◆ We ~~hope you a merry Christmas.~~ (X)

→ We **hope (that) you have a merry christmas.** (O)

我們祝福你有個愉快的聖誕佳節。

一點就靈

I. 填充題：請參考括弧中的提示，並依題意填寫正確的動詞形式

1 I have left school for a while. I wish I ___________ harder at school. (study)

2 It's raining now. I wish I ___________ an umbrella. (have)

3 Lucas wishes he ___________ very rich. (be)

4 I wish I ___________ Kurt better. He took away all my money. (know)

5 Camilla is so rude. I wish she ___________ more polite. (be)

答案與解說

1. had studied 我已經離開學校一陣子了。我希望我以前在學校有更認真唸書。期待與過去情況（過去沒唸書的情況）不同，用 wish＋had p.p.。
2. had 下雨了。我希望我有帶傘。 期待與現在的情況（沒帶傘的情況）不同，用 wish＋過去式。
3. was Lucas 希望他很有錢。期待與現在的情況（沒錢的情況）不同，用 wish＋過去式。
4. had known 我希望我之前更了解 Kurt 一點。他拿走了我所有的錢。 期待與過去情況（過去沒更加認識 Kurt 的情況）不同，用 wish＋had p.p.。
5. would be Camilla 太無禮了。我希望她有禮貌一點。 "wish…would＋原形動詞"用來表示期望某人的行為能有所改善。

II. 選擇題：

1. ____________ My brother wishes he（A. didn't break up B. hadn't broken up C haven't broken up）with his girlfriend.
2. ____________ Henry wishes he（A. had taken B. took C. have taken）the job offer.
3. ____________ I am so tired and sleepy now. I wish I（A. would get B. had got C. could get）more energy.
4. ____________ Provence is so beautiful. I wish you（A. were B. had been C. are）here.
5. ____________ Jean wishes her son（A. tided B. had tided C. would tidy）up his room.

答案與解說

1. B 我弟弟希望他沒有和他女朋友分手。 期待與過去情況（分手的情況）不同，用 wish＋had p.p.。
2. A Henry 希望他有接受那個工作。 期待與過去情況（過去沒接受工作的情況）不同，用 wish＋had p.p.。
3. C 我現在又累又想睡。我希望我有更多的精力。 期待與現在的情況（沒精神的情況）不同，用 wish＋過去式。此處不可用 would，"wish…would" 用於期待某人的行為有所改善。
4. A 普羅旺斯非常漂亮。我希望你在這裡。 期待與現在的情況（現在你沒在這的情況）不同，用 wish＋過去式。
5. C Jean 希望她兒子會打掃房間。"wish…would" 用於期待某人的行為有所改善。

III. 翻譯題：

(A) 請看以下句子，並以 I wish…改寫

例：I don’t know many people. I am lonely.

I wish I knew more people.

1. I live in the country but I hate here.

___

2. I started smoking when I was 20. It is bad for my health.

___

3. The water pipe of my house has just broken. I don’t know anything about fixing it.

___

4. I just painted the wall black. It looks awful.

___

5. I couldn’t attend the meeting because I was out of town.

___

(B) 請使用 wish 翻譯以下各題

6. 你曾經希望你會飛嗎？

___

7. 你希望你以前學的是法文而不是西班牙文嗎？

___

8. 我祝你有個美好的生日。

___

答案

1. I wish I didn’t live in the country. 我希望我不是住在鄉下。 期待與現在的情況不同，用 wish＋過去式。
2. I wish I hadn’t started smoking when I was 20. 我希望我在 20 歲時沒有開始抽煙。 期待與過去情況不同，用 wish＋had p.p.。
3. I wish I knew anything about water pipes. 我希望我知道關於水管的事。期待與現在的情況不同，用 wish＋過去式。“Water pipe”在這裡需去除 the 並改為複數，因為不是只知道特定的某根水管的知識。
4. I wish I hadn’t painted the wall black. 我希望我沒有把牆漆成黑色。 期待與過去情況不同，用 wish＋had p.p.。
5. I wish I had attended the meeting. 我希望我出席了會議。如果我是總統，我會做的更好。 但我不是總統，這只是我的想像。與現在事實相反的假設。
6. Do you ever wish you could fly? 期待與現在的情況不同，用 wish＋過去式。
7. Do you wish you had learned French instead of Spanish? 期待與過去情況不同，用 wish＋had p.p.。
8. I wish you a great birthday. 用“wish＋人＋名詞”表示祝福。

42 UNIT

使役動詞的用法

(A) 請閱讀下方兩個句子，看看哪一個是正確的。

1. She let me use her bathroom.
2. She let me to use her bathroom.

“Let”為使役動詞，有“允許、同意”之意，文法句型為：“let＋受詞＋原形動詞”，故第 1 個句子“…let me use…”才是正確的，而第 2 個句子需把“to”給去掉。

(B) 第 2 單元探討某些動詞可以在不使用 to V 或 Ving 型式的情況下，直接在其後加上原形動詞；而“**使役動詞: make, let, have**”即為其中的一種形式。

「使役」的意思為「使某人勞役；讓某人做事」，故“make, let, have”三者均有“**允許，強迫，導致某人去做某事**”之意，各詞的文法型式為：

Make

1. **make＋受詞＋原形動詞**

◆ My wife **made me do** the dishes.
我妻子叫我洗碗。

◆ Bob's teacher **made him finish** his homework.
Bob 的老師要求他完成作業。

2. **make＋受詞＋p.p.**

◆ I **made the dishes done.**

我把碗洗了。

◆ Bob **made his homework finished**.

Bob 把他的作業完成了。

make 的另一個被動語態表達法為 **"受詞+be 動詞+made+to 原形動詞"**：

◆ I **was made to** do the dishes （by my wife）.

◆ Bob **was made to finish** his homework （by his teacher）.

然而，使役動詞 "make" 的使用仍以主動語態形式 "make+受詞+原形動詞" 為多，上述兩種被動語態表示法一般都較少使用。

3. **make+受詞+形容詞**

◆ I **made the dishes clean**.

我把碗弄乾淨了。

◆ Bob **made his homework finished**.

Bob 把他的作業完成了。

* 此處 finished 為形容詞。

4. **make+受詞+另一名詞**

◆ All work and no play **makes Jack a dull boy**.

整天工作沒有玩樂讓 Jack 變成一個無聊的孩子。

◆ Brad Pitt says that fatherhood **has made him a better man**.

Brad Pitt 說，成為父親讓他變成了更好的人。

Let

1. **let+受詞+原形動詞**

◆ She **let me use** her bathroom.

她讓我用她的浴室。

◆ **Let me try** it.

讓我試試。

2. **主詞＋let＋受詞＋be 動詞＋p.p.**

◆ She **let her bathroom be used** by me.

◆ **Let it be tried** by me.

let 的另一個被動語態為 **"受詞＋be 動詞＋let＋to 原形動詞"**：

◆ I **was let to use** her bathroom by her.

◆ I **was let to try** it.

然而，雖然此語態合乎文法，但多數英美人士認為此種語法並不自然（not natural English），故此種句型幾乎不使用，而多以"allow"（允許）取代：

◆ I **was allowed to use** her bathroom by her.

◆ I **was allowed to try** it.

Have

1. **have＋受詞＋原形動詞**

◆ Cody's father **had Cody paint** the house.

Cody 的父親要他油漆房子。

◆ Wendy **had the doctor check** her stomach.

Wendy 讓醫生檢查她的胃。

2. **have＋受詞＋p.p.**

◆ Cody **had the house painted**.

◆ Wendy **had her stomach checked** by the doctor.

一點就靈

I. 填充題：請依照括號中的提示，填上正確的動詞型式

1. What he said really make me ____________ .(sad)

2. I had my hair ____________ yesterday.(do)
3. He let his dog ____________ in his bed.(sleep)
4. The boss had Tom ____________ his mails to his office.(deliver)
5. I won't let you ____________ that way.(treat)

答案與解說

1. sad　他說的話真讓我傷心。　Make 可加形容詞表示"讓某人/某事…."
2. done　我昨天去弄頭髮了。　這裡受詞"my hair"（我的頭髮）不會自己去做（do）什麼事，故需使用被動語態"have＋受詞＋p.p."
3. sleep　他讓他的狗睡在他的床上。　狗會睡在床上，而不是"被睡在床上"，所以用主動語態"let＋受詞＋原形動詞"。
4. deliver　老闆要 Tom 送郵件到他的辦公室。　Tom 是送郵件，而不是"被送郵件"，故用主動語態"had＋受詞＋原形動詞"。
5. be treated　我不會讓你受到那種待遇。此句如果是主動語態時，"treat"後面需有受詞（如：I won't let you **treat my sister** that way.），此處並無受詞，故需做被動語態。

II. 選擇題：

1. ____________ I went to the bank to have my check（A. cash　B. to cash　C. cashed）.
2. ____________ Who（A. made　B. let　C. had）Jerry so angry?
3. ____________ My grandmother（A. to let　B. let　C. letting）me buy her some apples.
4. ____________ I need to have the job（A. do　B. doing　C. done）before lunch.

5. ____________ Patience and professional skills （A. have B. let C. make）him a good doctor.

答案與解說

1. C 我到銀行去兌現支票。 這裡受詞“my check”（我的支票）不會自己去兌現（cash）故需使用被動語態“have＋受詞＋p.p.”
2. A 誰讓 Jerry 這麼生氣? Make 可加形容詞表示“讓某人/某事…”
3. B 我祖母讓我買些蘋果給她。 主詞後面直接加使役動詞 let。
4. C 我需要在午餐前完成工作。 這裡受詞“the jon”（工作）不會自己去完成（finish）故需使用被動語態“have＋受詞＋p.p.”
5. C 耐心和專業讓他成為一個好醫生。 Make 可加形容詞表示“讓某人/某事….”

III. 翻譯題：

(A) 請加入主詞及使役動詞，並改寫下列句子

例：Victor cleaned his room. (Victor's mom/make)

Victor's mom had him clean his room.

1. Mr. Simms will publish the story. (The editor/let)

____

2. I am on diet. (My wife/make)

____

3. His daughter showed me around. (The landlord/has)

____

4. Charlie picked up his sister at the airport. (Charlie's father/make)

____

(B) 請依提示將下列中文翻譯成英文（時態可能需做變化）

5. 這本書讓我們大笑。（make）

____

6. Sophie 的母親要她餵貓。（have）

____

7. 手機讓人們的生活更方便了。（make）

____

8. Clair 不讓她的弟弟使用他的電腦。（let）

____

答案

1. The editor will let Mr. Simms publish the story.　編輯讓 Simms 先生發表那個故事。
2. My wife makes me go on a diet.　我老婆讓我減肥。
3. The landlord had his daughter show me around.　房東讓她女兒帶我四處看看。
4. Charlie's father made him pick up his sister at the airport.　Charlie 的父親讓他去機場接他妹妹。
5. This book made us laugh.　Make 可加動詞表示"讓某人／某事…."
6. Lisa's mother has her feed the cat.　"Have＋受詞＋原形動詞"表示"讓某人做某事"。
7. Mobile phones make people's life easier.　Make 可加形容詞表示"讓某人／某事…"
8. Clair doesn't let her brother use her computer.　"let＋受詞＋原形動詞"表示"讓某人做某事"。

43 UNIT

What 和 Which 如何分別使用

“What”和“which”既可做為關係代名詞，亦可做為疑問詞。

⑷ 關係代名詞“What”和“which”

What

“What”為複合關係代名詞，可視為“the thing(s) which/that…”（所…的事/物）。

◆ **What** he said was true.

＝The thing which he said was true.

他說的事是真的。

◆ She is interested in **what** I am doing.

＝She is interested in the things that I am doing.

她對我正在做的事很有興趣。

Which

“Which”為關係代名詞，在所引導的形容詞子句中，可代指事或物（不可代指人），並具有連接詞功能。

◆ He said a thing. The thing was true.

→He said a thing **which** was true.

他說了一件事，那件事是真的。

◆ She is interested in the things. The things I am doing.

＝She is interested in the things **which** I am doing.

她對我正在做的事很有興趣。

(B) 使用“what”做關係代名詞時的規則

1. **What 之前不可有先行詞（名詞）**

“what” ＝ “the thing(s)…which/that”，其**本身已具有先行詞“the thing(s)”**，故不需要再有先行詞置於 what 之前。

◆ I won’t tell anyone ~~the things what~~ happened.(X)

→ I won’t tell anyone **what** happened.(O)

＝I won’t tell anyone the things that happened.

我不會告訴任何人發生什麼事。

2. **What 在所引導的形容詞子句中可做為主詞或受詞**

◆ **What** really bothers me is his attitude.

最讓我困擾的是他的態度。

◆ Did you hear **what** I said?

你有聽到我說的話嗎？

在第 1 句中， what 做為子句的主詞，等同於“the thing which”；而第 2 句中 what 做為受詞，等同於“the things that”。

3. **在非限定修飾用法中，關代 which 可代替整個句子，但 what 則無此功能**

◆ Alicia couldn’t join us. This was a pity.

＝Alicia couldn’t join us, **which** was a pity(O)

≠Alicia couldn’t join us~~, **what**~~ was a pity.(X)

此句中“which” ＝ “the fact that Alicia couldn’t join us”，故可用來代替整個句子；但“what”僅等同於“the fact that”，語

意不完整，故無法用來代替整個句子。

(C) 疑問詞“what”和“which”

“What”和“which”“which”在文法上亦可做為疑問詞，前者可翻譯為“什麼…?”，後者則多翻譯為“哪一個…?”。兩者的不同在於使用 what 時，通常具有眾多的選項，；而使用 which 時，則是在限定的選項中做選擇，如：

◆ **What** music instrument do you play?

你玩什麼樂器？

→說話者問這個問題時，有許多樂器選項在心中，例如：鋼琴、吉他、小提琴等。

◆ **Which** way do you go there?

你走哪條路？

→說話者問這個問題時，是選項已經固定，例如：只有走右邊或走左邊的兩條路。

因為“which”問句通常具有限定選項，故在使用 which 做問句時，通常其後會附上可能的選項：

◆ Which way do you go there, right or left?

你走哪條路去那裡，右邊的還是左邊的？

◆ Which school will you go to, Oxford, Cambridge or York?

你要去哪間學校，牛津、劍橋還是約克？

此外，在**某些問句中，同一個句子既可使用“what”，也可使用“which”**：

◆ **What/Which** day is your cooking class?

你的烹飪課是哪天？

◆ **What/Which** airplane will you catch?

你要搭的飛機是哪一班？

◆ **What/Which** part of China are you from?

你從中國的哪一個邊來？

(D) 使用疑問詞“What”和“which”的規則

1. **除非 what 之後有加上名詞，否則 what 通常用來問事或物，而 which 可用來問人或事物**

◆ **What doctor** did you see?

你看什麼醫生？（回答可能是外科、牙科或皮膚科）→ 問人

◆ **What (film)** did you see?

你在看什麼?／你在看哪部電影？→ 問事或物

◆ **Which doctor/film** did you see?

你看哪個醫生？（回答可能是林醫師或吳醫師）／你看哪部電影? → 問人或事物

2. **“What”和“which”後可加單複數名詞**

◆ **What job** did you apply for?

你申請什麼工作？

◆ **What books** do you read recently?

你最近在讀哪些書？

◆ **Which car** did you buy eventually?

你最後買了哪輛車？

◆ **Which questions** did you answer in the exam?

你在考試中回答了哪幾個問題？

3. **“What”和“which”後亦可不加名詞**

◆ **What** did you say?

你剛說什麼？

◆ **Which** is better, the blue one or the red one?

哪一個比較好，藍的還是紅的？

4. **"Which" 後可接 one, ones 或 of；但 what 之後則不可**

◆ You can have a flower. **Which one** would you like?
你可以有一朵花。你想要哪一朵？

◆ You can have some flowers. **Which ones** would you like?
你可以有一些花。你想要哪幾朵？

◆ **Which of** these flowers would you like?
你想要這些花中的哪幾朵？

一點就靈

I. 填充題：請依題意選填 what 或 which

1. ____________ sports do you play?
2. ____________ airport will be convenient for you to pick me up, Kaohsiung or Taipei?
3. Victoria has two sisters.____________ one is in our school?
4. This is the gift____________ my girlfriend gave me.
5. ____________ he said was unbelievable.

答案與解說

1. What　你玩什麼運動？　當說話者問此類問題時，通常不知道對方的答案，心中不會預設什麼選項，故用 what。
2. Which　哪個機場你來接我會比較方便，高雄的還是台北的？　問句最後已經提供選項，故使用 Which 。
3. Which　Victoria 有兩個姐姐。哪一個在我們學校？　What 後方不可接 one，故使用 which。

4. which 這是我女朋友給我的禮物。 空格前已有名詞（先行詞）gift，故不可使用 what，需用 which。

5. What 他所說的話令人不敢置信。“which” 前須有先行詞，但此處無，故需填 what。

II. 選擇題：請選出錯誤的句子並改正

1. The weather was so terrible, what we hadn't expected.
2. She doesn't believe what he said.
3. There are four girls in the classroom. What one is your daughter?
4. Which hotel will you stay in Shanghai?
5. The professor gave me a book, which was written in Japanese, as a reference.

錯誤的句子為：________________________________

____

____

____

____

答案與解說

錯誤的句子為：1、3

第 1 句應該為：The weather was so terrible, which we hadn't expected. 關代 “What” 不可代指整個句子，僅可等同於 “the fact that…” ，故需改為 which (= “the fact that the weather was so terrible”)。

第 3 句應該為：There are four girls in the classroom. Which one is your daughter? 疑問詞 “what” 後面不可接 one，故需使用 which。

1. 我們沒有預期天氣會這麼差。
2. 她不相信他說的話。
3. 有四個女孩子在教室裡。哪一個是你的女兒？
4. 你在上海會待在哪間旅館？
5. 教授給我一本日語的書做為參考資料。

III. 句型題：

(A) 請依括弧提示使用關代，改寫以下句子

例：This is an expensive ring. You can't afford it. (which)

This is an expensive ring which you can't afford.

1. The thing that surprises me was that he borrowed money from his mother-in-law. (what)

______

2. My boyfriend gave me a mobile phone on my birthday. I really like the mobile phone. (which)

______

3. I don't think the things that he did was for his own benefits. (what)

______

4. Do you have any evening dress? The evening dress I can wear to the party. (which)

______

(B) 請將下列問句改寫

例：Did you go to the Shinkong Mitsukoshi Department store or the Far Eastern one last weekend? Which department store did you go to last weekend (, the Shinkong Mitsukoshi or the Far Eastern)?

5. Did you take the 15:00 flight or the 18:00 one?

____

6. Was this building built in 2001 or 2005 or 2010 or…?

____

7. Is yours the green shirt or the yellow shirt?

____

8. Do you speak Chinese, or Japanese, or Korean, or…?

____

答案

1. **What** surprises me was that he borrowed money from his mother-in-law. 讓我驚訝的是，他向他的岳母借錢。 "The thing that" = "what" 。
2. My boyfriend gave me a mobile phone, **which** I really like, on my birthday. 我男友在我生日時給我一支我很喜歡的手機。主要子句已經說明手機是男友給的那支，關係子句的訊息只是附加訊息，故用非限定修飾用法。
3. I don't think **what** he did was for his own benefits. 我不相信他做的事是為了自己的利益。 "the things that" = "what" 。
4. Do you have any evening dress **which** I can wear to the party? 你有任何我可以穿去派對的晚禮服嗎？ 此處用限定修飾，說明需要的晚禮服是什麼樣的晚禮服。
5. Which flight did you take? 你搭哪一班飛機？ 此處問話者只有 15:00 和 18:00 的選項，故用 which。
6. What year was this building built? 這棟建築在哪一年建的？ 原問題沒有確定的年份選項，故用 what。
7. Which shirt is yours? 你的襯衫是哪一件？ 原問題有綠色與黃色兩個限定選項，故用 which。
8. What language do you speak? 你說什麼語言？ 原問題沒有特定的語言選項，故用 what。

44 UNIT

Before vs. By 的用法

“Before”與“by”的用法請看以下：

(A) Before

做連接詞（linking words）

Before 做連接詞時多翻譯為“在…之前”。Before 子句的動詞時態需視主要子句的時態不同做相應的變化：

1. **主要子句動詞時態為現在式時，before 子句的動詞時態亦為現在式**

◆ She always **comes to** our house **before we have** dinner.
她總是在我們吃晚餐前來我們家。

◆ We **like to** buy some apples **before we visit** grandmother.
我們喜歡在拜訪外婆前買些蘋果。

2. **主要子句動詞時態為未來式時，before 子句的動詞時態需為現在式**

請看以下對話：

A: What time will you come to my house tomorrow?
你明天幾點到我家

B: Around 6, I think. I **will phone** you **before I leave** my home.
我想大概 6 點吧。我在出門前會打電話給你。

B 的回答中，主要子句“I will phone you”和 before 子句“before I leave my home”兩者均描述的是未來（明天）的動作，但 before 子句的

動詞需為現在式（leave）不可使用未來式（~~will leave/am going to leave~~）

3. **主要子句動詞時態為過去式時，before 子句的動詞時態需為過去式**

◆ She **came to** our house **before we had** dinner.
她在我們吃晚餐前來我們家。
→“She came to our house”和“we had dinner”兩件事都發生在過去，前者當時比後者早發生。

◆ We **bought** some apples **before we visited** grandmother.
我們在拜訪外婆前買了些蘋果。→“We bought some apples”和“we visited grandmother”兩件事都發生在過去，前者當時比後者早發生。

4. **主要子句動詞時態為過去完成時，before 子句的動詞時態需為過去式**
當要強調 before 子句動作比主要子句的動作早發生（通常為負面含義）時，主要子句需使用過去完成式，而 before 子句則使用過去式。

◆ We **had done** all the work **before he arrived**.
在他來之前，我們已經做了所有的工作了。→強調工作在他來之前已經做好了，所以他不能居功。

◆ Ellen **had dated** Chris for a while before her father found out.
Ellen 在她父親發現前已經跟 Chris 約會一陣子了。
→強調約會這件事在父親發現前發生，他父親之前都不知道。

5. before＋Ving
before 子句可改為“before＋Ving”形式：

◆ I read through my report again before I submitted it to the professor.

→I read through my report again **before submitting** it to the professor. 在交報告給教授之前，我又重頭到尾讀了一遍。

◆ Alex always has a shower before he goes out.

→Alex always has a shower **before going out**. Alex 總是在外出前淋浴。

做副詞（adv.）

Before 做副詞多翻譯為“以前、曾經”，通常置於句末，且常使用現在完成式（表達某事比現在還早發生“at any time before now”）**或過去完成式**（表達某事比過去某段時間還早發生“at any time before the past moment”）。

◆ I **have seen** Tom **before**.

我以前見過 Tom。→在“現在”這個時間點之前我就見過 Tom。

◆ I bought a car in March. I **had passed** my driving test two months **before**.

我在三月時買了一輛車。但我兩個月前就通過駕照考試了。

→在三月的兩個月前（two months before March）就通過考試了。

做介係詞（prep.）

Before 做介係詞時可翻譯為“在…以前；先於；在…面前”，後面直接加名詞

◆ Only one week left **before the competition**.

比賽前只剩一周了。

◆ Your number comes **before mine**.

你的號碼比我的前面。

◆ I can't speak **before a group of people**.

我無法在一群人面前演講。

(B) By

By 做時間相關用詞時，通常譯為**"不晚於⋯（no later than）"**，句型為**"by＋時間點"**（by 的其他用法參看第 38 單元）

◆ The teacher asked us to submit the homework **by Wednesday**.

老師要求我們交作業的時間不可晚於週三。

→ 週三或週三前交作業；最晚週三，不可晚於週三。

◆ If you leave now, you will arrive home **by eleven**.

如果你現在離開，你將不會晚於 11:00 到家。

→ 11:00 整或 11:00 前到家；最晚 11:00，不可晚於 11:00。

(C) Before vs. By

1. **Before 之後可直接加子句，但 by 則不可**

◆ You should give my books back **before I go to the library next Monday**.（O）

在我下週一去圖書館之前，你要把書還給我。

◆ You should give my books back ~~**by I go to the library next Monday**~~.（X）

→ You should give my books back **by next Monday**.（O）

你最遲不要晚於下週一把書還我

2. **Before 之後亦可加時間點，但"before+時間點"表示在此時間點之前，而"by＋時間點"則是在此時間點（包含此時間點）或此時間點之前**

◆ You should give my books back **before next Monday**.（O）

→下週一前要還我，最晚週日前要給我。（不可以到週一才還我）

◆ You should give my books back **by next Monday**.（O）

→下週一前或最晚下週一當天還我。（可以在週一當天還我）

3. **Before 和 By 兩者都可直接加 Ving，但“By+Ving”表示“經由…方法”**

◆ The fireman got into the house **by breaking** the door.

消防員破門而入。

◆ Jason showed his appreciation **by sending** the girl a card.

Jason 寄了一張卡片給那個女孩表示謝意。

一點就靈

I. 填充題:請依題意填寫 before 或 by

1. He calls his mother every day ____________ he goes to bed.
2. Please come ____________ eight o'clock but don't come later than eight.
3. She paid her bills ____________ using her sister's credit card.
4. I will drop by your house ____________ leaving the city.
5. Have you ever been to Norway ____________ ?

答案與解說

1. before 他每天睡前打電話給他媽媽。 By 之後不可加子句，故用 before。
2. by 請不要晚於 8 點過來。 But 之後還有說明“don't come later than eight”，表示 8 點整到也可以，包含 8 點，故不使用 before（before 8 則不含 8 點整）。
3. by 她用她姐姐的信用卡付賬單。 “經由…方法”用“by+Ving”。

4. before　我會在離開這個城市前去你家拜訪。　"by＋Ving"是表示"經由…方法"與本題語意不合，故用 before 表示"在…之前"；"drop by"＝順道拜訪。

5. before　你以前曾經到過挪威嗎？　By 不可置於句末，故使用 before。此處 before 為副詞，表示"以前、曾經"。

II. 選擇題：

1. ____________ We had coffee before the boss（A. comes　B. has came　C. came）to the office.

2. ____________ I must go to the shop before it（A. closes　B. has closed　C. closed）.

3. ____________ He（A. has eaten　B. had eaten　C. eats）the whole cake before we arrived.

4. ____________ My mother always cooks dinner before we（A. come　B. had come　C. came）back home.

5. ____________ I will write you a check before I（A. go　B. had gone　C. went）abroad.

答案與解說

1. C　我們在老闆進辦公室前喝了咖啡。　主要子句動詞時態為過去式時，before 子句的動詞時態需為過去式。

2. A　我必須在那間店關門前過去。　主要子句動詞時態為現在式時，before 子句的動詞時態亦為現在式。

3. B　他在我們到達前把整個蛋糕都吃完了。　Before 子句為過去式時，主要子句可為過去式或過去完成式，此處沒有過去式選項，故選過去完成式。

4. A　我媽媽總是在我們回家前煮晚餐。　主要子句動詞時態為現在式時，before 子句的動詞時態亦為現在式。

5. A　我會在出國前寫一張支票給你。　主要子句動詞時態為未來式時，before 子句的動詞時態需為現在式。

III. 翻譯題：

(A) 請將以下句子以“before + Ving”形式改寫

例：I called my brother and then I went out.

I called my brother before going out.

1. Kate decided to buy this house after she thought carefully.

____

2. He had his dinner but first he prayed.

____

3. The murder ran away. He was afraid someone may recognize him.

____

4. I will have a party at home tomorrow. I have to tidy up my room.

____

(B) 請使用 before 和 by 翻譯以下各題

5. 我到機場的時間不能晚於 9:00。

____

6. 她現在應該在這裡了。

____

7. 我以前沒看過這種動物。

____

8. 請在 10:30 前到我辦公室。

____

答案

1. Kate thought carefully before deciding to buy this house. Kate 在買下這棟房子前仔細考慮了一下。
2. He prayed before having his dinner. 他在晚餐前先祈禱。
3. The murder ran away before being recognized by someone. 兇手在被人認出前跑走了。
4. I have to tidy up my room before having the party tomorrow. 我必須在明天的家庭派對之前把房間整理好。
5. I have to be at the airport by 9:00. "by＋時間點"表示"不晚於…"。
6. She should be here by now. "現在應該在這裡"，表示在此之前就應該出現在這裡，或是最晚現在就該在這裡，故用 by 而不用 before。
7. I haven't seen this kind of animals before. 在"現在"這個時間點之前我沒見過這種動物，用現在完成式。
8. Please come to my office before 10:30. 題目是"10:30 之前"而不是"不晚於 10:30"，故用 before 而不用 by。

45 UNIT

At first, first, firstly 的用法

“At first”，“first”和“firstly”的差異與用法如下：

(A) At first, first 和 firstly 的意義差別

At first

At first 用來表示在某個時間點一開始所發生的事，通常與後來發生的事成對比。

First 和 firstly

First 和 firstly 通常用來說明多個原因、觀點、意見等。英式英語中常用 firstly，而美式英語則多用 first of all。

(B) At first, first 和 firstly 的用法和句例

1. **說明多個觀點時用 First 和 firstly**

◆ This method has two disadvantages: **first** it is slower and secondly it is more expensive.

這個方法有兩個缺點：第一是比較慢了，第二是比較貴。

◆ There are several reasons for this decision: **firstly**…, secondly… thirdly…

做這個決定有幾個原因：第一，…，第二，…，第三，…

使用 first/firstly 列要點時，可以是“first, secondly, thirdly”，也可以是“firstly, secondly, thirdly”，但在寫作中，**最多三到四點已足夠**（即最多列到 thirdly dly 或 fourthly，不要再有 fifthly, sixthly）。此外，亦可用“firstly, then, next, finally”等副詞代替

"first, secondly, thirdly" 做順序的介紹。

2. **At first 用來表示在某個時間點一開始所發生的事**

◆ **At first** he didn't understand what I meant, but later it became very clear.

一開始他不知道我指的是什麼，但之後一切都變得很清楚了。

◆ **At first** she didn't want to go, but soon she changed her mind.

起初她不想去，但很快地她改變了主意。

"At first" 和" in the beginning" 均可用來和之後所改變的事做比較，如：

◆ **At first**, he liked her very much but now he doesn't even want to look at her.

一開始他很喜歡她，但現在他甚至不想看到她。

◆ **In the beginning**, their marriage went well but now they argue all the time.

一開始他們的婚姻很順利，但現在他們時常爭吵。

"In the first place" 則可視為 "firstly"，通常用來說明首要的理由：

◆ I don't like Leona. **In the first place**, she is nosy. And she is also annoyed.

我不喜歡 Leona。第一，她很愛管閒事，而且她還很令人厭煩。

此外，**in the first place 還可用來批判某人不該做某事，此時 "in the first place" = "before"：**

◆ She shouldn't have married him **in the first place**.

她一開始就不該嫁給他。

◆ I feel sick. I think I shouldn't have drunk so much **in the first place**!

我覺得不舒服。我之前不應該喝那麼多酒的！

3. **First 可用來修飾動詞，表示“首先；第一”**

◆ Who came here **first** this morning?

誰今早先到這的？

◆ You much finish your homework **first** before going out.

你必須在出去前先完成你的作業。

4. **First 之前可加 the 表示“第一（的）；第一個（的）”**

◆ Elisa was **the first**（one）in her family to go to college.

Elisa 是她家族中最早上大學的。

◆ I overslept and didn't catch **the first** bus.

我睡過頭，以致於沒有趕上第一班巴士

5. **First 可與其他名詞做搭配，形成形容詞或複合名詞（compound noun）**

◆ first-aid　急救（adj.）

◆ first class　最好的（adj.）；頭等艙（n.）

◆ first edition　初版（n.）

◆ the first family　美國第一家庭（美國總統的家庭）（n.）

◆ first hand　第一手的（adj.）

◆ first language　母語（n.）

一點就靈

I. 填充題：請依題意填寫 first, firstly 或 at first

1. ____________ I knew no one here, but as the time went by, I made more and more friends.

2. I would like to meet your parents ____________.

3. Sheila was the ____________ to arrive.
4. There is more room in ____________ class.
5. Maggie had written to her boyfriend nearly every day ____________. Now she wrote much less.

答案與解說

1. At first　一開始我不認識任何人，但隨著時間過去，我交了越來越多的朋友。“at first”＝一開始；通常用來與之後的事件（交越來越多朋友）做比較。
2. first　我想先見見你的父母。　“First”可做修飾動詞，做“首先”。
3. first　Sheila 是第一個到的。　“the first”可做為名詞，等同於“第一人”或”第一件事”。
4. first　頭等艙還有空位。　“first class”＝頭等艙。
5. at first　Maggie 過去幾乎天天寫信給她男朋友。現在她很少寫信了。　用“at first”可與之後的事件（現在很少寫信）做比較。

II. 選擇題：請圈選出正確的選項

1. At first/First I didn't like to eat cheese. But after a while, I just could not live without it.
2. I first/firstly met my wife at Steve's party five years ago.
3. At first/First I would like to talk about our business plan.
4. There are few things you need to keep in mind. First/Firstly, always lock the door when you go out. Secondly, remember to feed the dog.
5. When did you think about Brenda when you first/firstly saw her?

答案與解說

1. At first　一開始我不喜歡吃起士，但過了一陣子之後，我不能沒有它。　用"at first"與之後的事件（不能沒有起士）做比較。
2. first　當我第一次遇到我妻子，是在五年前 Steve 的派對上。　"First"可做修飾動詞，做"首先；第一次"。
3. First　首先我想談談我們的事業企劃　"First"可做修飾動詞，做"首先；第一次"。
4. first / firstly　有幾件事你應該記在心上。第一，出門時要鎖門。第二，要記得餵狗。"first / firstly"用來表示一連串事情的順序。
5. first　當你第一次見到 Brenda 的時候，你對她有什麼看法？　"First"可做修飾動詞，做"首先；第一次"。

III. 翻譯題：

1. 首先，你必須把開關打開。

____

2. 為何你不先過來我家？

____

3. 我不想和那個男人說話。第一，我不認識他。第二，他看起來不是很友善。

____

4. Paul 一開始只吃垃圾食物。自從他得了癌症之後，他改變了他的飲食習慣。

____

5. 這本書第一次出版是在 20 年前。

____

6. 一開始那個男孩不喜歡說英語但現在他只說這個語言。

---

7. 我辭職有兩個原因：第一是我不喜歡老闆，第二是我不滿意我的薪水。

答案

1. First, you have to turn the switch on. “First”可做修飾動詞，做“首先；第一次”。
2. Why don’t you come over my house first? “First”可做修飾動詞，做“首先；第一次”。
3. I don’t want to talk to that man. First(ly), I don’t know him. Secondly, he looks not very kind. “firstly/first”皆可用來表示一連串事情的順序。
4. At first, Paul only ate junk food. Since he got cancer, he has changed his eating habit. 用“at first”與之後的事件（改變飲食習慣）做比較。
5. This book was published twenty years ago. “First”可做修飾動詞，做“首先；第一次”。
6. At first, the boy didn’t like to speak English but now he only speaks this language. 用“at first”與之後的事件（只說英語）做比較。
7. There were two reasons that I quit the job: first(ly), I didn’t like my boss; secondly, I was not satisfied with my salary. “firstly/first”皆可用來表示一連串事情的順序。

46 UNIT

Where vs. In which vs. Which

(A) "Where" vs. "in which"

"Where"在文法上可做為關係副詞，由"介係詞＋關係代名詞 which"組成，故"where＝in which"，此外，視地點或位置，where 亦可等同於"at which"。

◆ This is the city. I met my husband there.

→This is the city **where** I met my husband.

＝This is the city **in which**I met my husband.

這是我遇見我丈夫的城市。

◆ I met my husband at Taiwan University. We studied there.

→I met my husband at Taiwan University, **where** we studied.

＝I met my husband at Taiwan University, **at which**we studied.

我在台灣大學遇見我丈夫，那是我們唸書的地方。

由上述句例可知，**"where"引導的子句只可用來修飾表地方的名詞**。此外，第 1 句中使用了「限定修飾用法」說明這是個什麼城市（是"我和我丈夫相遇的城市"）；而在第 2 句中，說話者已說明她和丈夫在台灣大學相遇，故子句中的"where we studied"只是個附加訊息，故使用「非限定修飾用法」。

在口語或非正式寫作中，"where"，"in which"或"at which"可從限定修飾用法中省略：

◆ This is the city **(where)** I met my husband. (O)

＝This is the city **(in which)** I met my husband. (O)

但使用非限定修飾用法時，則不可省略：

◆ I met my husband at Taiwan University, we studied. (X)

(B) "Where"，"in which"，"at which"的用法和區別

1. **"in which"和"at which"使用上會較"where"正式**，試比較：

◆ Thepound **where** I found my dog was on Gower Street.

◆ Thepound **at which** I found my dog was on Gower Street.

我找到我的狗的收容所位於 Gower 街上。

→ 第 2 句聽起來會比第 1 句更為正式，使用的場合可能會是在法庭等正式場合。

2. **"in which"和"at which"使用上會較"where"更精確地說明位置**

使用"in which"和"at which"時，可以表達地點的不同，如：

◆ This is the hotel **at which** I saw Mary.

◆ This is the hotel **in which** I saw Mary.

上述兩句都可寫為"This is the hotel where I saw Mary"（我在這間旅館見到 Mary），但用"at which"和"in which"則表達了細微的不同；前者是在旅館的這個點（可能在旅館裡也可能在旅館外）見到 Mary，後者則是在旅館裡面見到 Mary。

3. **在問句中，使用"in which"或"at which"做為疑問詞開頭會較為正式，故一般使用"which"做為疑問詞，並將介係詞"in"或"at"置於子句末端：**

◆ **In which** room does he live?

＝**Which** room does he live **in**?　他住在哪間房間?

(C) which

"which"在文法上可做為關係代名詞，**具有連接詞功能，用以引導形容詞子句：**

The letter came this morning.
It was from my boyfriend.

→The letter [**which came this morning**] was from my boyfriend.

今天早上送來的信是我男友寄來的。

→關代"which"在這裡代替了"theletter"，並連接上述兩個句子，引導形容詞子句"which came this morning"修飾"the letter"，說明這個包裹是下午送來。

This is the movie.
I like the movie.

→This is the movie [**which I like**].

這是我喜歡的電影。

→關代"which"在這裡代替了"the movie"，並連接上述兩個句子，引導形容詞子句"which I like"修飾"the movie"，說明這部電影是我喜歡的。

由上方兩個例句可看出，**"which"在所引導的形容詞子句中，皆有代指事或物的功能（不可代指人）；且可在子句中代替主詞或受詞使用**。如上述第一句中，"which"代替了"the letter"，後面直接加動詞片語"came this morning"；而第二句的"which"則代替了受詞"the movie"（"I like the movie"主詞為"I"，受詞為"the movie"）。

一點就靈

I. 填充題：請依題意選填 which 或 where

1. Yesterday I went back to the town ___________ I was born.
2. Where are the magazines ___________ I bought last week?
3. The chicken ___________ we had for lunch was very delicious.
4. I didn't get the job ___________ I applied for.

答案與解說

1. where　昨天我回去我出生的鎮上。　"where"所引導的形容詞子句修飾表地方的名詞；此處若要使用 which，則句子需改為"Yesterday I went back to the town **in which** I was born"或"Yesterday I went back to the town **which** I was born **in**."
2. which　我上禮拜買的雜誌在哪?　"where"僅可修飾表地方的名詞，此處先行詞為 magazine（雜誌），故需使用 which。
3. which　我們午餐吃的雞肉很好吃。　"where"僅可修飾表地方的名詞，此處先行詞為 chicken（雞肉），故需使用 which。
4. which　我沒有得到我申請的工作。　"where"僅可修飾表地方的名詞，此處先行詞為 job（工作），故需使用 which。

II. 選擇題：請選出較正式的句子

1. I know a convenient store we can get a good sandwich.
2. This is the desk in which the documents are stored.
3. She lives in a place where all the houses are surrounded by high fences.
4. In which room was he murdered?

5. This is the bathroom he was murdered in.

較正式的句子為：________________________________

____

____

答案與解說

較正式的句子為：2、4

使用“介係詞＋關代 which”在句中會較為正式。

1. 我知道一間我們可以買到好吃的三明治的便利商店。
2. 文件都存放在這張桌子裡。
3. 她住在一個房子都被高籬笆包圍的地方。
4. 他在哪個房間被謀殺的?
5. 他在這間浴室被謀殺。

III. 改寫題：請依括弧提示使用關代，將以下句子連接為一個句子。

例：This is an expensive ring. You can't afford it. (which)

This is an expensive ring ***which*** *you can't afford.*

1. I took the blouse back to the shop. I bought it there. (where)

   I ____
2. Mila lives in a forest. You can find many wild animals there. (in which)

   Mila ______________________________________
3. This is the tool.My nephewbroke the door with it. (which)

   This is ____________________________________
4. Is there a post office nearby? I can send my letter there. (where)

Is ______________________________

5. Next weekend I am going to Newcastle. There is a big football stadium in Newcastle. (where)

Next weekend ______________________________

答案

1. I took the blouse back to the shop **where** I bought it.我把襯衫拿回我買它的店裡。需去掉“there”，代指限定修飾用法，說明是什麼樣的商店。
2. Mila lives in a forest, **in which** you can find many wild animals.Mila 住在一個森林裡，在那裡你可以看到很多野生動物。主要子句已經說明 Mila 住在森林裡，關係子句的訊息只是附加訊息，故用非限定修飾用法。
3. This is the tool **with which** my nephew broke the door.這是我外甥用來破壞門的工具。“介係詞＋關代 which”為正式的寫法。
4. Is there a post office nearby, **where** I can send my letter？附近有郵局嗎，我可以寄信的地方？ 句子已經說明說話者要找的是郵局，後面的訊息只是附加說明，故用非限定修飾用法。
5. Next weekend I am going to Newcastle, **where** there is a big football stadium.下週末我將要去 Newcastle，那裡有個很大的足球場。 句子已經提到說話者要去 Newcastle 這個城市，後面“there is a big football stadium”只是額外訊息，故用非限定修飾用法。

47 UNIT

單位量詞有哪些?

(A) 要數算可數名詞時，可使用 a/an 或數字，如："a cake"，"two cakes"；"an apple"，"five apples"，但要數算不可數名詞時，則不可使用 a/an 或數字：~~"a water"~~，~~"three flour"~~，而是使用 **"a/an/數字＋單位量詞（為可數名詞）＋of＋不可數名詞"**，如："a glass of water"。此外，如果單位量詞前的數字超過 1，則該單位量詞（可數名詞）需加上 s 或 es："three bags of flour"。

(B) 不可數名詞（uncountable nouns）

1. 食物

某些物品和其量詞的搭配並非是固定用法，而是依照該物品當時放置或呈現的方式來數算，如："a carton of ice cream"（一盒冰淇淋）或"a scoop of ice cream"（一勺冰淇淋）：

A bowl of rice	一碗飯	**A bag of** rice	一包米
A dash of salt	一小搓鹽	**A bag of** salt	一袋鹽
A slice of pizza	一片比薩	**A box/carton of** pizza	一盒比薩
A ear of corn	一粒玉米粒	**A kernel of** corn	一根玉米

A clove of garlic
一瓣蒜頭

A head of garlic
一整個蒜頭

A piece of chocolate
一塊巧克力

A bar of chocolate
一整排巧克力

⊙像「士力架」（Snickers）這樣的巧克力，也稱呼為 **“a bar of** chocolate”，或直接叫做 “a chocolate bar”。

⊙toast 的計量單位亦可寫為：**“a piece of** toast”，但仍以 **“a slice of toast”** 較為普遍。此外，平時中文把左邊兩圖都稱呼為吐司，但其實 “toast” 指的是**烤過**的單片土司，一長條吐司英文則稱為 “bread”。

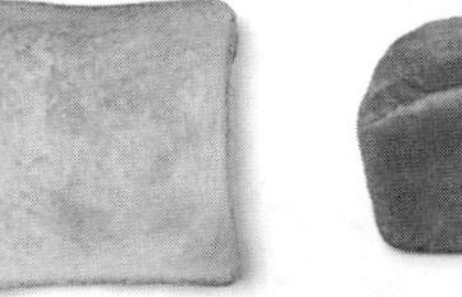

A slice of toast
一片烤土司

A loaf of bread
一條土司麵包

其他尚有：

◆ **A cube of** ice　一塊冰塊
◆ **A grain of** wheat/salt　一粒麥子／鹽
◆ **A head of** lettuce/cabbage　一個球生菜／高麗菜
◆ **A jar of** jam/peanut butter　一瓶果醬／花生醬
◆ **A teaspoon of** sugar　一茶匙的糖

⊙亦有寫為：**“a block of** ice”，但仍以 “a cube of ice” 較為普遍；此外 “an ice cube” 也是一個常見的用法。

2. 液體

液體多以盛裝容器來做計量單位：

A	**barrel**	of	beer/whiskey/wine	一個橡木桶的啤酒／威士忌／葡萄酒
	bottle		beer/whiskey/wine	一瓶啤酒／威士忌／葡萄酒
	bucket		water	一水桶的水
	can*		beer/soup	一瓶罐裝的啤酒／湯
	cup**		coffee/tea	一杯咖啡／茶
	glass**		water/wine/juice	一杯水／葡萄酒／果汁
	shot**		vodka/tequila	一杯伏特加／龍舌蘭酒

⊕ 在美式英語中，“can”可用來做為盛裝食物及飲料的容器，如：“a can of beans”或“a can of beer”；但在英式英語中，“can”多用來指盛裝食物的容器，而以“tin”指盛裝飲料或油漆的容器，如：“a tin of coke”或“a tin of paint”。

**各種不同的“杯”：

cup　　glass　　shot

其他尚有：

◆ **A jug of** milk/juice　一壺牛奶／果汁

◆ **A tank of** water/petrol*　一槽的水／石油（*petrol 為英式英語，美式英語為 gasoline）

◆ **A teaspoon of** oil　一茶匙的油

◆ **A tablespoon of** vinegar　一湯匙的醋

◆ **A drop of** blood/rain/tear　一滴血／雨／淚

3. 日常用品

◆ **A bar of** soap　一塊香皂

◆ **A tube of** toothpaste/hand cream　一條牙膏／護手霜

◆ **A roll of** toilet paper/aluminum foil　一卷廁紙／錫箔紙

◆ **Apair of** scissors　一把剪刀

◆ **A piece/sheet of** paper　一張紙

◆ **A pile of** paper　一疊紙

◆ **A bottle of** shampoo/perfume　一瓶洗髮精／香水

其中，體香劑依包裝分為：

A bottle of deodorant
瓶裝體香劑

A stick of deodorant
棒狀體香劑

4. 其他

◆ **A piece of** information/news/advice　一則訊息／新聞／建議

◆ **A piece of** luggage　一件行李

◆ **A pile of** rubbish　一疊垃圾

◆ **An item of** furniture　一件家具

亦可做：“an item of news”

以上各項食物、液體等，也可用重量、容積等做為計量單位：

◆ **A pound of** cheese/meat　一磅的起士／肉

◆ **A liter of** water　一公升水

◆ **A gallon of** gasoline/petrol　一加侖石油

◆ **A pint of** beer/blood　一品脫的啤酒／血

(C) 可數名詞

可數名詞可直接加數字來表示數量，但某些可數名詞也可用 **“a/an/數字＋單位量詞（為可數名詞）＋of＋可數名詞”** 讓物品的表達更加明確，例如：

1. **A piece of** cake

如果只說“a cake”有時會不清楚是指“一塊蛋糕”或是“一整個完整的蛋糕”，故要表達“一塊蛋糕”時，可使用“a piece of cake”，讓意思更清楚。此外，“a piece of cake”還可做為習慣用語“輕而易舉”之意：“This job for him is just a piece of cake.（這個工作對他來說輕而易舉。）”

2. **A bunch of** flowers 和 **a banquet of** flowers

花朵為可數名詞，可用“two flowers”或“many flowers”，但如果要說明花的樣子是成束的，就可用“a bunch of flowers”或“a banquet of flowers”。而這兩者的不同，在於後者專指有特別設計的花束，而前者則無，如新娘捧花即為“a banquet of flowers”。另外，由於一束花通常由很多朵花組合而成，故使用複數 flowers。

3. **A strip of** stamps 和 **a sheet of** stamps

單張郵票為“a stamp”，但若指一行／排郵票，則為“a strip of stamps”；而若是到郵局買一整張的郵票，則為“a sheet of stamps”：

A strip of stamps

A sheet of stamps

4. A pile of books 和 a pile of cars

“A pile of”有”一疊”之意，除了用於不可數名詞外，亦可用於可數名詞，如：“a pile of books”指一疊書，而“a pile of cars”則是指車禍時或在廢車回收廠裡，車子堆疊在一起的狀態。

(D) 例句

1. Could you buy **two bottles of** milk at the shop?

你可以在商店裡買兩瓶牛奶嗎？→倘若是紙盒裝牛奶，則為“two cartons of milk”。

2. I need **half a pound of** ham.

我需要半磅的火腿。→當使用重量做為計量單位時，如果只有一半的重量，則把一半（half）置於“a＋重量單位”

前：“half a pound”，“half a kilo”

3. He held **a handful of** sand in his hand.

他手裡握著一把沙子。→“a handful of”＝“一把”

4. Marco needed **a** new **pair of** shoes.

Marco 需要一雙新鞋。→“一雙”、“一對”使用“a pair of”

5. She brought **a bunch of** bananas to me.

她帶了一串香蕉給我。→“bunch”可做為“一串、一束”之意。又一串香蕉通常不只一根，所以 banana 需加 s。

一點就靈

I. 填充題：請將以下單位量詞填入合適的空格內

piece　　loaf　　slice　　grain　　~~cup~~　　glass

例：Would you like a ___cup___ of tea?

1. How much is a __________ of bread at this bakery?
2. Would you like a __________ of cheese on your toast?
3. There is a __________ of sand in my meal.
4. That was a difficult __________ of homework!
5. He poured me a __________ champagne.

答案與解說

1. loaf　這間麵包店一條吐司麵包多少錢？　“a loaf of bread”＝一條麵包。
2. slice　你想要放片起士在你的烤吐司上嗎？　起士放吐司上時，通常會切為片狀，故用 slice。
3. grain　有一粒沙在我的餐點裡。沙子、鹽、米等顆粒狀的東西，其單位量詞為“grain”。
4. piece　那份作業真難!　“homework”為不可數名詞，以 piece 做為單位量詞。
5. glass　他倒了一杯香檳給我。　香檳通常放在玻璃杯裡，故用“a glass of”。

II. 選擇題：請圈出正確的選項

1. ______ Which one is the uncountable noun?（A. luggage B. watch C. city）
2. ______ Which one is the countable noun?（A. advice B. hour C. tennis）
3. ______ We got two（A. slices B. drops C. pieces） of information from the tourist center.
4. ______ My mother bought a（A. jar B. jug C. cup）of jam and some apples at the supermarket yesterday.
5. ______ I only need three（A. kilos B. pounds C. meters） of cable.

答案與解說

1. A 以下哪個是不可數名詞? "luggage"（行李）為不可數名詞，其他兩個選項的複數形式分別為：watches（手錶）和 cities（城市）。
2. B 以下哪個是可數名詞? "hour" 為可數名詞，其複數形式為 "hours"；其他兩選項 advice（建議）和 tennis（網球）為不可數名詞。
3. C 我們從遊客中心獲得兩個訊息。Information（訊息）的單位量詞為 piece。
4. A 我媽媽昨天從超市買了瓶果醬和幾個蘋果。 Jam（果醬）的單位量詞一般用 jar（寬口瓶），而 jug 和 cup 分別為水壺和杯子，一般果醬不會使用這兩種容器盛裝。
5. C 我只需要三公尺的纜線。 線通常以長度來做為單位量詞，而 "kilo"（公斤）和 "pound"（磅）均為重量的單位，故選 meter（公尺）。

III. 翻譯題：請將下方的中文翻譯為英文。

1. 你有幾件行李?

____

2. 我通常放三茶匙糖在我的茶裡。

____

3. 我要買半磅的咖啡豆。

____

4. 可以請你遞給我一把剪刀嗎?

____

5. 她總是在午餐後喝一杯咖啡。

____

6. 就我而言，一雙襪子會是一份好禮物。

____

7. 他在超市買了一條牙膏和一塊香皂。

____

8. 我可以請你喝杯龍舌蘭酒嗎?

____

答案

1. How many pieces of luggage do you have? “行李” (luggage)為不可數名詞，單位量詞為 piece。
2. I normally put 3 teaspoons of sugar in my tea. “茶匙” ＝teaspoon。
3. I want to buy half a kilo of coffee beans.客氣一點的說法為：“I would like to buy half a kilo of coffee beans.”

4. Could you hand me a pair of scissors, please? 此處拼寫時需注意“剪刀”為 scissors，最末有 s。
5. She always has a cup of coffee after lunch. “一杯咖啡” = “a cup of coffee”
6. As far as I am concerned, a pair of socks is a good present. “就…而言” = “as far as … be concerned”；”一雙” = “a pair of”。關於“a pair of+名詞”後面該接單數動詞或複數動詞，說法不一，但大部分的人還是認為應將此處“一雙襪子”視為一個整體的物品，故使用單數動詞 is。
7. He bought a tube of toothpaste and a bar of soap at the supermarket. 一條牙膏和一塊香皂的單位量詞分別為：“a tube”和“a bar”。
8. May I buy you a shot of Tequila? 龍舌蘭酒為烈酒，一般裝在較小的烈酒杯（shot）中；不過一般不大會限定要請什麼酒，所以最常聽到的酒吧搭訕語還是：“May I buy you a drink?”我可以請你喝杯酒嗎?

48 UNIT

Old vs. Senior 可否一起用？差別在哪裡？

(A) Old 僅可做為形容詞（an **old** man）；而 senior 則可做為形容詞（a **senior** member）和名詞（my **senior**）使用。兩者的詞意與句例請看以下說明：

Old

形容詞（*adj.*）
1. …歲的 ◆ My brother is 20 years **old**. 我哥哥 20 歲。 ◆ How **old** are you? 請問您幾歲？ 2. 老的；上了年紀的 ◆ The **old** lady who lives next door is my teacher. 住在隔壁的老太太是我的老師。 ◆ He was a man grown **old** before his time. 他看起來比實際年齡老。 3. 舊的 ◆ I am going to sell my **old** car. 我打算把我的舊車賣掉。 4. 之前的 ◆ I went back to visit my **old** school. 我回去參觀我以前的學校。 ◆ I miss the good **old** days. 我懷念以前的好時光。 5. 認識很久的 ◆ Ryan is an **old** friend of mine. Ryan 是我認識很久的朋友。

Senior

形容詞（*adj.*）

1. 資深的
   - ◆ He is a **senior** manager in this company.
     他是這間公司的資深經理。
   - ◆ There is a **senior** position available now.
     有個資深的職位現在正在招人。
2. 較年長的
   - ◆ My sister is two years **senior** to me.　我姐姐比我大兩歲。
3. （相對於 Junior，書寫在姓名後表示年長者，常 寫）老..
   - ◆ Peter Graves, Jr. was named after his father Peter Graves, **Sr.**

名詞（*n.*）

1. 較年長者
   - ◆ My **sister** is my senior by two years.　我姐姐比我大兩歲。
2. 前輩；上司；學長；等級較高者
   - ◆ He is often bullied by his **seniors** at school.
     他在學校常被他的學長們欺負。

(B) 由上可知，“old”和“senior”均有年長的之意，但**“old”可指”上了年紀的人或老人家”**，如：“Johnny’s grandmother is 90 years old. She is an old lady.”而**“senior”通常指“相對於某人歲數較大者”**，並非只是指老人家；例如：“Johnny is 20 years old and his sister is 25 years old. Johnny’s sister is five years senior to him but she is not an old lady.”“senior”做“資深的；位階高的”。

然而，今日稱呼年紀較大者，一般不說“old people”，而是委婉的稱呼為**“senior citizens”**或**“the elderly”**。

(C) “old” 與 “senior” 是否可以一起使用?

當 “old” 與 “senior” 一起使用時，兩者至少需有一個為形容詞，而依文法排列規則， “old” 做形容詞時通常排在 “senior” 前面，故以下以 “old” 做為形容詞來探討兩者的一起使用時的方式：

1. **“old” ＝年紀大的；“senior” ＝較年長者（n.）／較年長的（adj.）**

當 “old” 和 “senior” 均做 “較年長的／較年長者” 時， “old” 不可置於其前做修飾，因為兩者詞意相似，會造成讀者困惑：

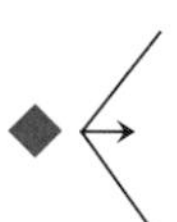

senior 老的年長者

Old 語意重複

old senior lecturer 老的較年長的講師（X）

2. **“old” ＝年紀大的；“senior” ＝資深者（n.）／資深的（adj.）**

當 “senior” 做 “資深的／資深者” 時， “old” 可置於其前做修飾：

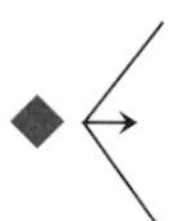

senior 老的上司

Old 語意未重複

old senior lecturer 老的資深講師（O）

3. **“old” ＝之前的／認識很久的；“senior” ＝資深者（n.）／資深的（adj.）**

當 “senior” 做 “資深的／資深者” 時， “old” 可置於其前做修飾：

◆ ←

senior of mine 我之前的／認識很久的上司（O）

Old 語意未重複

senior lecturer of mine 我之前的／認識很久的資深講師（O）

由上可知，old 及 senior 可一起使用，但詞組像 “old senior” 和 “old senior lecture” ，雖然文法正確、英語寫法均相同，但中文意思均不同，故在寫類似英文詞組時，需在之前先有 **“背景句” 做說**

明，讀者才會明瞭該詞組所指的是什麼意思，例：

◆ There are two senior lecturers in my school. Jennifer is the older one.
我們學校有兩個資深講師。Jennifer 是比較年長的那個。→由第一句知道這裡的“old senior lecture”是“年紀較大的資深講師”。

◆ I have worked with Mr. Dyson for 20 years. He is an old senior of mine.
我已經跟 Dyson 先生一起工作 20 年了。他是我認識很久的上司。→由第一句推斷這裡的“old senior of mine”是“我認識很久的上司”

(D) 形容詞的排列方法

一個句子中有時會出現兩個形容詞：

◆ Nina drives an **ugly pink** car. Nina 開一輛醜陋的粉紅色小車。

◆ Gwen bought a **beautiful Japanese crystal** vase. Gwen 買了一個漂亮的日本水晶花瓶。

兩句中“ugly”和“beautiful”均屬於“意見形容詞”（opinion adjectives），為某人的意見和想法；而“pink”，“Japanese”，“crystal”均屬於“事實形容詞”（fact adjectives），提供了關於該物的資訊（如：顏色、產地、材質等）。當有意見形容詞和事實形容詞同時出現時，意見形容詞通常會置於事實形容詞之前：

	意見形容詞	事實形容詞	
a/an	nice	old	house
	delicious	French	cake
	intelligent	young	man

然而，有時一個句子中可能會出現一個以上的事實形容詞，此時排

列的順序通常（非總是）如下：

	大小	新舊	顏色	產地／國籍	材質	用途及其他事實形容詞	
a/ an/ the	small	new	red				car
				Russian		national	anthem
		old		Chinese		senior	manager
	long				wooden		cane
			green			washing	powder

一點就靈

I. 填充題：請判斷括弧內的形容詞排列順序，並依題意填在空格上

1. This is a ____________ ____________ book. (boring, new)
2. It is a ____________ ____________ dog. (small, cute)
3. He gave her an ____________ ____________ ring. (wooden, unusual)
4. Let's watch an ____________ ____________ soap tonight. (American, old)
5. She is carrying a ____________ ____________ ____________ bag. (plastic, big, black)

答案與解說

1. boring, new　這是一本無聊的新書。"boring" 為意見形容詞（A 覺得 boring 但也許 B 不覺得），"new" 為事實形容詞；意見形容詞需置於事實形容詞之前。

2. cute, small　牠是一隻可愛的小狗。“cute”為意見形容詞，“small”為事實形容詞，同第 1 題。
3. unusual, wooden　他給她一個罕見的木頭戒指。“unusual”為意見形容詞，“wooden”為事實形容詞，同第 1 題。
4. old, American　我們今晚來看一部老的美國影集吧。“old”和“American”均為事實形容詞，放置順序為：新舊→產地／國籍。
5. big, black, plastic　她拿著一個大的黑色塑膠袋。此處三個形容詞均為事實形容詞，放置順序為：大小→顏色→材質。

II. 選擇題：請圈出正確的選項

1. Queen Elizabeth II is almost 90. We can say she is an old/a senior lady.
2. “How old/senior are you?” “I am 20 years old.”
3. I have known Peter since we were in the high school. He is an old/a senior friend of mine.
4. Mr. Brown has ten years experience at old/senior management level.
5. Luke’s cousin is ten years old/senior to him.

答案與解說

1. an old　伊麗莎白女王已經快 90 歲了。我們可以說她是一位老婦人。 句子前有提到女王的年紀，故知道要表達的是年紀大的“old”。
2. old　“你幾歲了?” “我 20 歲了” 。問人年紀用“How old…” 。
3. an old　我從高中就認識 Peter 了。他是我的老朋友。前面背景句說明兩人認識很久，故選擇“old＝認識很久的” 。

4. senior　Brown 先生在高階管理層有 10 年的經驗。這裡空格的形容詞是用來修飾"management level"，考量"old"的幾個含意中，並無合適的詞意，故選"senior＝高階的；資深的"。
5. senior　Luke 的表哥比他大 10 歲。這裡表達"大幾歲"所使用的句型是：… to 人，故需使用"senior"；倘若用 old，則需改為"Luke's cousin is 10 years **older than him**"。

III. 翻譯題：請依提示將下方的中文翻譯為英文。

1. 他今年 55 歲。

____

2. 她是一個 6 歲的女孩。

____

3. 他被晉升到一個高階的職位。

____

4. 我弟弟現在讀大四。

____

5. 這是一幅有趣的日本畫。

____

6. Judith 是有著一頭漂亮紅色長髮的女孩。

____

7. 把你的舊白色襯衫穿上。

____

8. 她遞給我一個黑色的金屬盒子。

____

答案與解說

1. He is fifty-five years old this year. 說明年紀用“old”
2. She is a six-year-old girl. 當把年齡用形容詞的方式表示時，year 後面不需加“s” (NOT a six-years-old girl)
3. He was promoted to a senior position. “資深的” = senior
4. My brother is in his senior year. “Senior”在美式英語中可意指大學中的最高年級（大一到大四分別為：freshman, sophomore, junior, senior）。
5. This is an interesting Japanese painting. “有趣的”是意見形容詞，“日本的”是事實形容詞，故 interesting 需置於 Japanese 之前。
6. Judith is a girl with beautiful long red hair. “漂亮的”是意見形容詞，“長的”和“紅色的”均是事實形容詞，故 beautiful 需置於 long 和 red 之前，又事實形容詞中，大小長度需置於顏色之前，故為 beautiful long red hair。
7. Put your white cotton shirt on. 形容詞放置原因請參考前述；“穿上（衣服、鞋襪等）”為 put on。
8. She handed me a black metal box. 形容詞放置原因請參考前述；名詞“手”可做動詞＝“遞給”。

Learn Smart! 029

英文文法一點靈

A Sudden Flash of English Grammar Understanding

作　　者　蘇瑩珊
發 行 人　周瑞德
企劃編輯　倍斯特編輯部
執行編輯　劉俞青
封面設計　高鍾琪
內文排版　菩薩蠻數位文化有限公司
校　　對　徐瑞璞

印　　製　世和印製企業有限公司
初　　版　2014 年 3 月
出　　版　倍斯特出版事業有限公司
電　　話　（02）2351-2007
傳　　真　（02）2351-0887
地　　址　100 台北市中正區福州街 1 號 10 樓之 2
Email　best.books.service@gmail.com
定　　價　新台幣 329 元

總 經 銷　235 商流文化事業有限公司
地　　址　新北市中和區中正路752號7樓
電　　話　（02）2228-8841
傳　　真　（02）2228-6939

港澳地區總經銷　泛華發行代理有限公司
地　　址　香港筲箕灣東旺道3號星島新聞集團大廈3樓
電　　話　（852）2798-2323
傳　　真　（852）2796-5471

國家圖書館出版品預行編目(CIP)資料

英文文法一點靈 / 蘇瑩珊著 — 初版. — 臺北市：倍斯特, 2014. 03
面；　公分.
ISBN 978-986-90331-2-1(平裝)

1. 英語 2. 語法

805.16　　103002615